Cette chanson-là

L'auteur

Sarah Dessen est née aux États-Unis en 1970. Elle a baigné très jeune dans la littérature puisque ses parents, professeurs de lettres, lui offraient des livres en guise de jouets. Enfant, elle reçoit une machine à écrire et se lance dans l'écriture. Après son diplôme de Lettres, elle décide de travailler comme serveuse et d'écrire le reste du temps. Son premier roman est publié au bout de trois ans. Elle enseigne aujourd'hui l'écriture et vit avec son mari et ses deux chiens.

Du même auteur

Écoute-là
Pour toujours... jusqu'à demain
Toi qui as la clé...
En route pour l'avenir
Quelqu'un comme toi
Te revoir un jour

SARAH DESSEN

Cette chanson-là

Traduit de l'anglais par
Marie Leymarie

Directeur de collection :
Xavier d'Almeida

Titre original :
This Lullaby

Publié pour la première fois en 2002
par Penguin Group, New York.

Loi n° 49 956 du 16 juillet 1949 sur les publications
destinées à la jeunesse : mai 2012.

© 2002, Sarah Dessen, tous droits réservés.
© 2006, éditions Pocket Jeunesse,
département d'Univers Poche,
pour la traduction française.
© 2012, éditions Pocket Jeunesse,
département d'Univers Poche, pour la présente édition.

ISBN 978-2-266-22860-2

*Au milieu de l'hiver,
j'ai découvert en moi
un invincible été.*

Albert Camus

*Elle reviendra bientôt.
Elle est en train d'écrire.*

Caroline

JUIN

Chapitre 1

This Lullaby. C'est le titre. Et cette chanson-là, j'ai bien dû l'entendre un million de fois.

Mon père l'a écrite le jour de ma naissance dans une chambre de motel au Texas. Ma mère et lui étaient déjà séparés. On raconte qu'il se serait assis, sa guitare dans les bras, et que l'air lui serait venu comme une évidence. Une petite heure, trois accords, deux couplets et un refrain. Il a passé sa vie à écrire des chansons et c'est la seule qui ait eu du succès. Même après sa mort, mon père est resté l'homme d'un miracle. Pardon, deux (avec moi).

C'était la première semaine de juin et je l'entendais une fois de plus, alors que je patientais sur la chaise en plastique d'un concessionnaire de voitures. Il faisait chaud. Les arbres étaient en fleurs, on se serait cru en été. Rien de tel pour donner à ma mère l'envie de se remarier.

Elle en était à son quatrième essai, le cinquième avec mon père. Moi, je ne le compte pas. Peut-on considérer qu'avoir été unis au milieu du désert, par un quasi-inconnu rencontré sur une aire de repos, est un vrai mariage ? Aux yeux de ma mère, oui. Mais ma mère change de mari comme d'autres changent de couleur de cheveux. Par ennui, par paresse ou parce qu'elle s'imagine que le prochain va enfin lui apporter ce qu'elle cherche. Quand j'étais petite et que j'étais encore curieuse, je lui avais demandé comment ils s'étaient rencontrés. Ma mère avait soupiré, puis avait balayé la question d'un petit geste de la main : « Oh, Julie, c'étaient les années 1970, tu sais... »

Ma mère croit toujours que je sais, mais c'est faux. Pour moi, les années 1970, ça se résume au Vietnam, au président Carter et au disco, c'est-à-dire à ce que j'ai appris à l'école ou sur la chaîne Historia. Et tout ce que je connais de mon père, c'est *This Lullaby*. Un tube sentimental et niais que j'ai entendu toute ma vie, dans des publicités, au cinéma, à des mariages ou encore en dédicace sur des radios FM. Mon père est mort, mais sa chanson lui a survécu. Avec un peu de chance, elle me survivra aussi.

On en était au milieu du deuxième couplet quand Roger Davis, de chez Roger Davis Autos, passa la tête par la porte de son bureau.

— Julie, chérie, je suis désolé de t'avoir fait attendre. Entre donc.

Je me levai et le suivis. Plus que huit jours et Roger deviendrait mon beau-père ; Roger était le premier vendeur de voitures, le second gémeau et le seul à avoir de l'argent de côté. Il avait rencontré ma mère ici même, dans son bureau, quand on était venues lui acheter sa nouvelle Camry[1]. Je l'avais accompagnée parce que toute seule elle aurait été capable de payer le prix affiché sans broncher, croyant sans doute que c'était fixé d'avance, comme quand on va acheter un kilo d'oranges ou du papier toilettes à l'épicerie du coin... Et bien sûr, personne n'aurait rien fait pour la détromper. Ma mère étant relativement connue, tout le monde l'imagine pleine aux as.

Le premier vendeur, fraîchement débarqué de l'école, avait failli avoir une attaque quand elle s'était avancée d'un petit pas dansant vers un modèle dernier cri, qu'elle avait plongé la tête à l'intérieur, avait pris une inspiration profonde pour en humer l'odeur puis, un sourire aux lèvres, avait eu ce grand geste de la main qui lui ressemble tant :

— Je la prends.

— Maman ! avais-je protesté, réprimant une grimace.

Elle savait ce que je voulais dire. J'avais passé le trajet à l'abreuver de conseils et à lui expliquer les petites ficelles qui font les bonnes négociations. Elle, de son côté, n'avait cessé de tripoter les buses d'aération et de jouer avec les vitres automatiques – prétendant bien sûr m'écouter avec la plus grande attention.

Maintenant qu'elle avait tout fichu par terre, je

---

1. Berline fabriquée par Toyota. *(N.d.T.)*

devais une fois de plus recoller les morceaux. Je m'étais mise à mitrailler le vendeur de questions jusqu'à ce qu'il disjoncte. Il n'arrêtait pas de jeter à ma mère des regards désespérés par-dessus mon épaule, comme si j'avais été un chien d'attaque bien dressé qu'elle aurait pu envoyer au panier d'un mot. J'étais habituée.

Alors que je le tenais presque, nous avions été interrompus par Roger Davis en personne. Quinze secondes lui avaient suffi pour nous entraîner vers son bureau et quinze minutes pour tomber raide amoureux de maman. Et tandis qu'ils se faisaient les yeux doux, j'obtenais pour elle un rabais de trois mille dollars, un contrat de maintenance, un bidon d'anti-fuite et un changeur de CD. La plus mauvaise affaire de Roger Davis Autos, même si, bien sûr, c'était passé totalement inaperçu. Mais pour ma mère, il est normal que je sache tout faire : je lui sers de conseillère juridique, de thérapeute, d'intendante et, en ce moment, j'organise son mariage. J'ai vraiment trop de chance...

— Alors, Julie, déclara Roger tandis que nous prenions place, lui dans l'énorme trône en cuir pivotant derrière son bureau, moi sur la chaise, inconfortable-juste-ce-qu'il-faut-pour-accélérer-la-vente, qui lui faisait face.

Tout était conçu pour manipuler les acheteurs : les notes aux vendeurs négligemment « laissées » dans des endroits où vous pouviez les lire ; la disposition des bureaux, qui vous faisait « surprendre » votre vendeur en train de négocier un rabais avec son patron ; les bureaux donnant sur le parking où les gens venaient chercher leur voiture flambant neuve. À chaque instant, un vendeur au sourire bienveillant présentait des clefs rutilantes à leur heureux propriétaire, puis la voiture s'éloignait dans le soleil couchant, comme dans les pubs. Une sacrée foutaise.

Pour le moment, Roger, droit sur sa chaise, ajustait sa cravate. C'était un homme corpulent, avec un ventre proéminent et une légère calvitie. Le mot *pâteux* venait spontanément à l'esprit lorsqu'on le voyait, mais il adorait ma mère – que Dieu ait pitié de lui.

— Que puis-je pour toi, aujourd'hui, Julie ?

— Bon, dis-je en extrayant de la poche arrière de mon jean la liste que j'avais apportée. J'ai recontacté le tailleur pour le smoking, il s'attend à ce que tu passes dans la semaine pour les dernières retouches. Le dîner de réception a été fixé à soixante-quinze invités et le traiteur veut le reste de l'acompte mardi.

— Très bien.

Il ouvrit un tiroir, en sortit le portefeuille en cuir où il rangeait son chéquier, puis chercha un stylo dans la poche de sa veste.

— Combien, pour le traiteur ?

Je consultai mon papier et avalai ma salive :

— Cinq mille.

Il hocha la tête et se mit à écrire. Cinq mille dollars ne représentaient presque rien pour lui. Le mariage lui-même lui coûtait déjà plus de vingt mille, mais ça n'avait pas l'air de le perturber plus que ça. Si on y ajoutait les travaux réalisés dans la maison pour qu'on puisse former une famille unie, l'annulation de la dette sur la camionnette de mon frère et le coût de la vie quotidienne avec ma mère, on pouvait considérer que Roger faisait un sacré investissement. Mais c'était son premier mariage, c'était un « bleu ». Ma famille, elle, était depuis longtemps passée professionnelle dans ce domaine.

Il détacha le chèque, le fit glisser sur le bureau et sourit.

— Quoi d'autre ?

Je consultai de nouveau ma liste.

— Eh bien... je crois qu'il ne reste que les musiciens. La réception de l'hôtel voudrait savoir...

— C'est réglé, coupa-t-il d'un geste. Ils seront là. Dis à ta mère de ne pas s'inquiéter.

Je fis un effort pour sourire, car c'était ce qu'il attendait de moi. Nous savions tous deux que ma mère n'avait pas l'ombre d'une inquiétude concernant son mariage. Elle avait choisi sa robe et son bouquet, puis m'avait délégué le reste, au prétexte que l'écriture de son dernier roman ne lui laissait pas une minute de libre. La vérité, c'est que ma mère avait horreur des détails. Elle adorait se lancer dans un nouveau projet, s'y consacrait pleinement pendant un bon quart d'heure, puis laissait tomber. C'est ainsi qu'on pouvait trouver, éparpillés dans la maison, tout un tas de trucs qui avaient un jour retenu son attention : kit d'aromathérapie, logiciel de généalogie, livres de cuisine japonaise ou encore un aquarium aux parois couvertes d'algues où survivait un unique rescapé : un gros poisson blanc qui avait bouffé tous les autres.

La plupart des gens croyaient que c'était parce qu'elle était écrivain qu'elle était si fantasque. Mais pour moi, c'était une fausse excuse. C'est vrai, quoi... Il y a aussi des dingues chez les chirurgiens du cerveau. Mais là, plus personne ne trouve ça drôle.

Par chance pour ma mère, j'étais la seule à penser comme ça.

— ... si vite, déclara Roger, en tapotant son calendrier. Tu peux le croire, toi ?

— Non, dis-je, en essayant de rétablir le début de sa phrase. C'est absolument incroyable.

Il me sourit, puis retourna à son calendrier, où la date de leur mariage, le 10 juin, était entourée de cercles de différentes couleurs. On ne pouvait pas lui reprocher d'être impatient. À son âge, ses amis avaient depuis longtemps renoncé à le voir marié. Il avait vécu ces quinze dernières années seul, dans un immeuble près de l'autoroute, et avait passé l'essentiel de ses journées à vendre plus de Toyota que quiconque dans le pays. Dans neuf jours, il partagerait l'existence de Barbara Starr (fabuleuse auteure de romans à l'eau de rose) et, en prime, celle de mon frère Chris et la mienne. Et il était content. C'était vraiment incroyable.

À cet instant, l'interphone de son bureau grésilla. Une voix de femme se fit entendre :

— Roger, Martin a un huit cinquante-sept sur le parking, il a besoin de toi. Je te les envoie ?

Roger me lança un regard, puis tourna le bouton.
— Pas de problème. Juste une minute.
— Huit cinquante-sept ?
— Jargon de commerciaux, expliqua-t-il en se levant.

Il passa la main dans ses cheveux, histoire de camoufler la petite zone dégarnie de son crâne. Derrière lui, de l'autre côté de la fenêtre, une femme, un bébé dans les bras, attrapait les clefs que lui tendait un vendeur rougeaud. Son fils essayait désespérément d'attirer son attention en tirant sur son tee-shirt.

— Je suis désolé de devoir te laisser, mais...
— J'ai fini, rétorquai-je en fourrant la liste dans ma poche.
— Je suis vraiment touché de tout ce que tu fais pour nous, Julie, ajouta-t-il en contournant le bureau.

Il posa paternellement la main sur mon épaule. Je fis un effort pour ne pas me souvenir de tous les beaux-pères qui avaient eu le même geste avant lui. Leur main avait pesé le même poids, celui de la certitude. Tous persuadés d'être embauchés en CDI.

— Pas de souci, dis-je, tandis qu'il ôtait sa main et m'ouvrait la porte.

Un vendeur attendait dans le hall, accompagné du « huit cinquante-sept » (un code pour désigner un client indécis, je suppose), une petite bonne femme qui avait un chat en appliqué sur son pull et qui se cramponnait à son sac à main.

— Roger, expliqua le vendeur d'un air doucereux, je te présente Sylviane. Nous essayons de la convaincre d'acheter sa nouvelle Corolla aujourd'hui.

Sylviane jeta un regard nerveux à Roger, puis à moi, puis de nouveau à Roger.

— C'est juste que...

— Sylviane, commença Roger d'une voix apaisante, asseyons-nous deux minutes et prenons le temps de voir ce que nous pouvons faire pour vous. Vous voulez bien ?

— Tout à fait, renchérit le vendeur en la dirigeant doucement vers le bureau. On va juste discuter.

— D'accord, répondit-elle, toujours hésitante.

Elle me jeta un regard en passant, comme si je faisais partie du complot. Je dus me retenir de lui dire de prendre ses jambes à son cou et, surtout, de ne jamais revenir.

— Julie, ajouta Roger d'un air calme, comme s'il s'en était aperçu, on se verra plus tard, d'accord ?

— D'accord.

Je ne pus m'empêcher de les suivre des yeux. Le vendeur la dirigea vers la chaise inconfortable, face à la fenêtre. Un couple d'Asiatiques grimpait justement dans son nouveau pick-up, le visage illuminé. Ils réglèrent les sièges, s'extasièrent sur l'intérieur, puis la femme fit pivoter le pare-soleil et vérifia son maquillage dans la glace. Ils inspiraient tous deux de grandes brassées d'air pour s'imprégner de l'odeur de leur nouvelle voiture.

Le mari mit la clef dans le contact et ils s'éloignèrent en saluant leur vendeur d'un geste de la main. Au top, le soleil couchant.

— À nous, Sylviane, commença Roger, tout en s'enfonçant dans son fauteuil.

La porte se referma et son visage disparut de mon champ de vision.

— Que pouvons-nous faire pour votre bonheur ?

J'avais traversé la moitié du hall d'exposition quand je me souvins, in extremis, que ma mère m'avait demandé, *s'il te plaît, ma chérie*, de rappeler à Roger qu'ils avaient un cocktail le soir même. Sa nouvelle éditrice faisait une halte, comme par hasard, dans son périple vers Atlanta, et avait manifesté le désir de la rencontrer. En réalité, ma mère lui devait un roman et elle commençait à s'inquiéter.

Je fis demi-tour. Le bureau était toujours fermé et des murmures filtraient à travers la porte. L'horloge en face de moi me faisait penser à celles qu'on trouve dans les lycées, avec ses gros chiffres noirs et sa petite aiguille tremblotante. Déjà une heure et quart. J'avais eu mon bac la veille. Au lieu de filer vers la plage ou de récupérer d'une cuite au fond de mon lit, comme tout le monde, j'étais coincée à régler les derniers détails du mariage, tandis que ma mère roupillait sur son matelas biportant *king-size*, stores soigneusement baissés, pour une sieste soi-disant indispensable à son activité créatrice...

Dans ces moments-là, quand l'injustice devenait trop criante, je ressentais une brûlure sourde à l'estomac. Était-ce du ressentiment ? Un début d'ulcère ? Peut-être un peu des deux.

Quelqu'un devait s'amuser avec le bouton de la sono, car le volume était de plus en plus fort. Agressée par le remix d'un tube de Barbra Streisand, je croisai les jambes, fermai les yeux et m'agrippai nerveusement aux accoudoirs de la chaise. Encore quelques semaines, pensai-je. Quelques semaines, et je ne serai plus là.

À cet instant précis, quelqu'un percuta ma chaise. Mon coude heurta violemment le mur, juste à l'endroit où ça fait mal, et une décharge électrique me traversa le bras.

Ce fut la goutte de trop. J'étais énervée. Très énervée. C'est curieux comme il suffit parfois d'une simple bousculade pour vous rendre fou furieux.

— Bordel ! criai-je, prête à dévisser la tête du vendeur stupide qui se permettait ce genre de familiarités avec moi.

Mon coude vibrait toujours et j'avais des ondes de chaleur dans le cou. Très mauvais signe.

En tournant la tête, je vis que ce n'était pas un vendeur, mais un type de mon âge, les cheveux noirs et bouclés, vêtu d'un tee-shirt orange vif. Et cet abruti *souriait*.

— Salut ! s'exclama-t-il d'une voix enjouée. Ça va ?

— C'est quoi, ton problème ? je rugis en me frottant le coude.

— Mon problème ?
— Tu m'as envoyée dans le mur, connard !
Il cligna des yeux.
— Mon Dieu, quel langage...
Je le dévisageai. Toi, mon pote, tu ne tombes vraiment pas le bon jour...
— En fait, reprit-il, comme si on était en train de discuter météo ou politique internationale, je t'ai vue dans le hall. J'étais à côté du présentoir de pneus...
Mon regard devait être chargé comme une mitraillette. Mais il continua.
— Et alors, tout à coup, j'ai pensé qu'on avait quelque chose en commun. Une sorte de chimie naturelle, si tu veux. Et j'ai senti qu'il allait nous arriver quelque chose de fou. À tous les deux. Qu'on était faits l'un pour l'autre, d'une certaine façon.
— Tout ça à côté du présentoir de pneus ?
— Tu ne l'as pas senti ?
— Non. Par contre, j'ai bien senti que tu m'envoyais dans le mur, rétorquai-je, très froide.
Il se pencha vers moi et ajouta, à voix basse :
— Ça, c'est un accident. Une maladresse. Regrettable. J'étais trop pressé de te parler.
Je continuai à le regarder. La sono diffusait maintenant une version sautillante du jingle de Roger Davis Autos.
— Dégage, dis-je.
Il sourit, puis se passa la main dans les cheveux. La sono poussa un crescendo, puis le haut-parleur

explosa, proche du court-circuit. On leva tous les deux la tête.

— Tu sais quoi ?

Il désigna l'enceinte, qui craqua encore plus fort, puis siffla avant de reprendre le thème principal à plein volume.

— À partir de maintenant, et pour toujours...

Il désigna à nouveau l'enceinte.

— ... ce sera *notre* chanson !

— Non, mais je rêve...

À cet instant, je fus sauvée, alléluia, par l'apparition de Roger, Sylviane et du vendeur. Elle avait une liasse de papiers à la main et cet air épuisé, ahuri, de celui qu'on vient de délester de quelques dizaines de milliers de dollars. Mais, mais... elle avait le porte-clefs plaqué faux-or, rien que pour elle !

Je me levai. Le type bondit.

— Attends, je voulais juste...

— Roger ? dis-je, sans faire attention à lui.

— Tiens, prends ça...

Sans me laisser le temps de réagir, il me prit la main, la retourna, sortit un stylo de sa poche et commença (sérieux !) à écrire son nom et son numéro de téléphone entre mon pouce et mon index.

— Ça ne va pas, non ?

Je retirai ma main d'un geste brusque. L'encre bava sur les derniers chiffres et le stylo roula sous un distributeur de chewing-gums.

— Yo, Roméo ! lança une voix depuis le hall, suivie d'un éclat de rire. Allez, mec, on y va !

Je le regardai, incrédule. Le respect de la personne, il connaissait ? Ça m'était déjà arrivé d'envoyer mon verre à la figure d'un type qui avait eu le culot de me frôler, alors en laisser un s'emparer de ma main et *écrire dessus* !

Il jeta un coup d'œil derrière lui, puis se tourna à nouveau vers moi.

— À bientôt, ajouta-t-il, un sourire aux lèvres.
— Que dalle.

Il s'éloignait déjà. Il contourna le pick-up et le monospace d'exposition, puis passa la porte vitrée, devant laquelle stationnait un camion blanc cabossé. La porte arrière s'ouvrit. Mais, alors qu'il commençait à grimper, le camion avança de quelques mètres. Il perdit l'équilibre, poussa un soupir, posa les mains sur ses hanches, leva les yeux au ciel, puis s'agrippa à la poignée de la porte et tenta à nouveau de monter. Le même manège recommença, ponctué, cette fois, d'un coup de klaxon. La scène se répéta sur toute la longueur du parking, à la plus grande joie des vendeurs. Quand une main secourable se tendit enfin pour l'aider, il préféra l'ignorer et réussit à se hisser à l'intérieur. La portière claqua, le klaxon retentit, le camion s'ébranla, toussotant, crachotant, et quitta les lieux.

Je baissai les yeux vers ma main. 933-54quelque-chosequelquechose, et un mot. Mon Dieu, quelle écriture ! Un D majuscule, une traînée d'encre sur la dernière lettre. Damien. Quel nom de débile !

À peine entrée, j'entendis la musique. Le gémissement d'un hautbois et les pleurs d'un violon résonnaient dans toute la maison. Puis l'odeur de bougie me prit à la gorge, une odeur de vanille, douce et piquante à la fois. Enfin, signe qui ne trompe pas, je trouvai un chemin de papiers froissés répandus comme les miettes du Petit Poucet, qui partait de l'entrée, passait par la cuisine et débouchait dans la véranda.

Dieu merci, pensai-je, elle s'est remise à écrire.

Je déposai mes clefs sur la table près de la porte, puis me baissai pour ramasser une boule de papier, que je dépliai en me dirigeant vers la cuisine. Ma mère, par une sorte de superstition, continuait à écrire à la machine, une antiquité qu'elle avait autrefois trimballée à travers le pays, quand elle faisait des critiques musicales pour un journal de San Francisco. C'était une machine bruyante, qui sonnait à chaque fin de ligne et semblait dater de l'époque des diligences, mais ma mère ne se servait de son ordinateur dernier cri que pour jouer au solitaire.

La page que je tenais à la main avait un 1 en haut à droite.

Mélanie était une femme qui aimait les défis. Elle aimait se frotter à plus fort qu'elle, se mettre à l'épreuve, n'arracher la victoire qu'après une longue lutte. Un jour froid de novembre, elle entra au Plazza, retira le châle de ses cheveux et le secoua pour en faire tomber la pluie. Elle n'avait pas décidé de rencontrer Brock Dobbin. Ils ne s'étaient pas revus depuis Prague, où ils avaient laissé leur relation dans un état aussi déplorable qu'au début de leur amour. Mais aujourd'hui, alors qu'un an avait passé et que son mariage approchait, il était de retour en ville. Et elle s'apprêtait à le rencontrer. Cette fois, elle était bien décidée à gagner. Elle était

Elle était... quoi ? Une traînée d'encre suivait le dernier mot, là où la page avait été arrachée de la machine.

Je continuai à ramasser les papiers épars. Ils se ressemblaient tous. Sur l'un, l'action se déroulait à L.A. plutôt qu'à New York, et sur un autre, Brock Dobbin était devenu Dock Brobbin. D'ailleurs, il redevenait Brock Dobbin quelques feuillets plus tard. Il fallait toujours du temps à ma mère pour retrouver son rythme de croisière mais, une fois qu'elle était partie, attention ! Elle avait expédié son dernier roman en trois semaines et demie. Et il était assez épais pour servir de marche-pied !

Plus j'approchais de la cuisine, plus la musique et les *cling !* de la machine se faisaient entendre. Mon frère, Chris, était en train de repasser une chemise sur la table, la salière, le moulin à poivre et la boîte à serviettes ayant émigré sur le bord. Quand il m'aperçut, il dégagea les cheveux de son visage.

— Salut.

Il souleva le fer, qui se mit à siffler, puis l'appliqua sur la pointe du col et appuya d'un geste précis.

Je tirai la poubelle de dessous l'évier et y glissai les papiers.

— Ça fait combien de temps qu'elle y est ?

Il haussa les épaules, puis actionna la vapeur et fit craquer ses phalanges.

— Je dirais deux heures...

Je jetai un regard par-dessus son épaule, dans la véranda. Ma mère s'acharnait sur sa machine à écrire, une bougie posée à côté d'elle. C'était un curieux spectacle. Elle défonçait à moitié les touches, courant après les lettres, comme si ses doigts n'arrivaient pas à suivre le rythme de sa pensée. Elle allait taper pendant des heures sans s'arrêter, puis émergerait, les mains raides, le dos douloureux, avec une bonne cinquantaine de pages. De quoi apaiser, dans un premier temps, l'angoisse de son éditeur new-yorkais.

Je m'assis à la table et feuilletai la pile de courrier, tandis que Chris retournait sa chemise et appliquait lentement le fer sur le poignet. Il était toujours très lent. À tel point qu'il m'était arrivé plus d'une fois de quitter la pièce, incapable de supporter qu'il lui faille autant de temps pour venir à bout d'un col. Rien ne m'énerve autant que la lenteur.

— Alors, c'est le grand soir ?

Il se pencha, très concentré sur la poche.

— Il y a une soirée chez Marie-Anne, expliqua-t-il. Chic décontracté.

— Chic décontracté ?

— Ça veut dire, continua-t-il d'une voix lente

(toujours aussi concentré), pas de jean, mais pas de veste non plus. Cravate en option. Ce genre-là, quoi.

Je levai les yeux au ciel. Il y a six mois, mon frère ne connaissait pas le sens du mot *chic*, et encore moins *décontracté*. Le jour de ses vingt et un ans, il s'était fait choper en train de vendre du shit. Et ce n'étaient pas ses premiers accrocs avec la loi : au lycée, il avait accumulé plusieurs effractions (négociées contre coopération), une conduite en état d'ivresse (non-lieu) et la possession de substance illicite (TIG[1] et grosse amende, à laquelle il avait échappé de justesse). Il s'était même retrouvé derrière les barreaux. Pas plus de trois mois, mais ça lui avait fait l'effet d'une décharge électrique. À la sortie, il s'était trouvé un job chez Speedy. C'est comme ça qu'il avait rencontré Marie-Anne, le jour où elle avait amené sa Saturn pour la révision des quarante-cinq mille.

Marie-Anne était, dans la bouche de ma mère, « un sacré morceau ». C'était un petit bout de femme avec de longs cheveux blonds, top classe (même si ça nous faisait mal de le reconnaître). En six mois, elle avait eu plus d'influence sur mon frère que nous en vingt et un ans. Depuis qu'il la connaissait, il s'habillait mieux, travaillait plus dur et utilisait des mots aussi farfelus que *réseau de contacts*, *multitâches* ou *chic décontracté*. Elle était réceptionniste dans un cabinet de médecins, mais se présentait comme « spécialiste de l'accueil ».

---

1. Travaux d'intérêt général.

Elle avait le don de rendre brillant ce qui ne l'était pas. Il y a peu, je l'avais surprise en train de décrire Chris comme un « expert multiniveaux en lubrification automobile ». On aurait pu croire qu'il dirigeait la NASA.

Il leva bien haut la chemise et la secoua très légèrement. Un *clac* se fit entendre en provenance de la véranda.

— Qu'est-ce que tu en penses ?
— Ça m'a l'air bien... Tu as juste oublié un pli sur la manche gauche.

Il regarda la manche, laissa échapper un soupir, puis reposa la chemise sur la table.

— C'est fou comme c'est dur... Je ne comprends pas pourquoi les gens trouvent ça aussi important.
— Ce qui me dépasse, c'est que *toi*, tu trouves ça important... Depuis quand tu ne supportes plus le moindre pli sur tes chemises ? Avant, tu trouvais que porter un pantalon, c'était déjà de l'élégance !
— Très drôle, rétorqua-t-il dans une grimace. De toute façon, tu ne peux pas comprendre.
— Excuse-moi, tête d'œuf, j'avais oublié que c'était toi le cerveau ici...

Il tira sur la manche sans relever la tête.

— Ce que je veux dire, expliqua-t-il d'une voix posée, c'est que tu ne sais pas ce que c'est de faire un effort pour quelqu'un d'autre. Par considération. Par *amour*.
— Allez...
— Si. Exactement.

Il releva de nouveau la chemise. Le pli était

encore là, mais il pouvait toujours courir pour que je le lui dise.

— C'est exactement ça. L'empathie. L'amitié. Deux choses dont, par malheur, tu es totalement dépourvue.

Je lui jetai un regard indigné.

— Je suis la reine de l'amitié ! Et j'ai quand même passé la matinée à régler les détails du mariage ! Si ça, ce n'est pas de l'empathie !

Il posa la chemise sur son bras, façon serveur.

— Tu n'as encore jamais vécu de vraie histoire d'amour...

— Hein ?

— Et tu as tellement pesté contre ce mariage que j'ai du mal à appeler ça de l'empathie.

Je restai immobile, consternée. Discuter avec lui était devenu impossible. On aurait cru qu'une secte lui avait lavé le cerveau.

— Pour qui tu te prends ?

— Moi, tout ce que je dis, reprit-il d'une voix calme, c'est que je suis vraiment heureux. Et j'aimerais que tu le sois autant que moi.

— Mais je suis heureuse ! répliquai-je d'un ton sec.

Je pris conscience que mon énervement rendait ma voix un peu amère et je répétai, plus calme :

— Je suis heureuse.

Il me tapota l'épaule, genre « je sais mieux que toi », puis se dirigea vers l'escalier.

— À tout à l'heure.

Je le regardai monter avec, sur son bras, sa chemise avec un pli. Je m'aperçus que j'avais la mâchoire crispée. Ça m'arrivait bien trop souvent, ces derniers temps.

Cling ! Ma mère commençait une nouvelle ligne. Mélanie et Brock Dobbin devaient être sur le point de se déchirer, à en croire le cliquetis. Les romans de ma mère, terriblement romantiques, se déroulaient toujours dans des cadres exotiques, avec des personnages qui avaient à la fois tout et rien : des riches pauvres de cœur, etc.

J'avançai jusqu'à la véranda sur la pointe des pieds. Quand elle écrivait, elle avait l'air ailleurs, dans un monde où on n'existait plus. Même quand, petits, on criait et râlait, elle se contentait de lever la main, sans se retourner et, tout en continuant à taper, disait : « Chhhhhh. » On devait comprendre qu'elle était ailleurs, au Plazza ou sur une plage de Capri, où une femme élégante luttait pour reconquérir l'homme qu'elle pensait avoir perdu à jamais.

Quand Chris et moi étions au primaire, ma mère était fauchée. Elle casait un papier de temps en temps, mais même, ça a commencé à se gâter quand le groupe sur lequel elle écrivait (la même musique que mon père, ces trucs des années 1970 qu'on appelle maintenant *rock classique*) a déserté les hit-parades et disparu des ondes. Elle enseignait l'écriture à l'université du coin, qui la payait des cacahuètes. On passait d'un appartement sordide à un autre, dans des cités aux doux noms de *Les pins de Ridgewood* ou *La forêt du lac*, et où, bien évidemment, il n'y avait ni pins ni lac. À cette époque, elle écrivait sur la table de la cuisine, le soir ou tard dans la nuit, parfois l'après-midi. Ses histoires étaient déjà exotiques. Elle collectait les brochures gratuites des agences de voyages et repêchait *Gourmet* dans les piles destinées au recyclage. Elle avait même trouvé mon prénom en voyant une pub pour du cognac dans *Vogue*. On mangeait des nouilles au fromage quand ses personnages se prélassaient sur des divans en dégustant des petits fours au caviar, tout de Dior vêtus. Alors qu'elle achetait nos vêtements dans des dépôts-ventes. Elle avait toujours aimé le luxe, même si elle ne l'avait jamais approché de près.

Chris et moi ne cessions de l'interrompre et ça la rendait folle. Un jour, à un marché aux puces, elle dénicha l'un de ces rideaux tsiganes, faits de longues cordes et de perles, qu'elle accrocha à l'entrée de la cuisine. C'était notre repère : s'il était ouvert, la cuisine était libre d'accès, mais s'il était tiré, cela signifiait que ma mère travaillait et qu'il fallait trouver un autre terrain de jeux.

À six ans, j'adorais passer mes doigts dans les perles, écouter le petit bruit qu'elles faisaient en glissant. C'était un tintement très léger, comme de minuscules cloches. Je pouvais voir ma mère au travers, ma mère qui semblait transformée en magicienne, diseuse de bonne aventure ou fée, ce qu'elle était vraiment. Mais je ne le savais pas encore.

Presque tous les meubles et objets de cette époque avaient disparu, mais le rideau de perles nous avait suivis dans la Grande Maison Neuve, comme on l'appelait alors. C'était ce qu'elle avait installé en premier, avant même nos photos d'école ou l'affiche de Picasso dans le salon. Il y avait un clou pour le relever, mais là, il était descendu. Et même s'il était plutôt usé, il faisait toujours aussi bien son travail. Je me penchai légèrement, guettant ma mère à travers les perles. Ses doigts virevoltaient avec fébrilité. Je fermai les yeux et écoutai. C'était une musique que j'avais entendue toute ma vie, plus encore peut-être que *This Lullaby*. Tant de touches, tant de lettres, tant de mots... J'effleurai les perles du bout des doigts, regardant son image se déformer, comme un reflet dans l'eau qui se froisse dans un scintillement, puis se reforme.

Chapitre 2

Le moment était venu de plaquer Jonathan.

— Explique-moi encore pourquoi, insista Lisa qui fumait sur mon lit.

Sa cigarette était en train d'empuantir ma chambre, malgré le soin qu'elle avait pris d'ouvrir la fenêtre. Je ne supportais pas l'odeur du tabac. Mais avec Lisa, je laissais toujours les choses aller plus loin que je ne l'aurais voulu.

— Je l'aime bien, Jonathan, moi.

— Tu aimes tout le monde, rétorquai-je, m'approchant du miroir pour vérifier le contour de mes lèvres.

Elle attrapa un CD et en regarda la pochette.

— C'est pas vrai. Je n'ai jamais aimé M. Mitchell. Il n'arrêtait pas de lorgner mes seins quand j'allais faire les équations au tableau. Il faisait ça avec *toutes les filles* !

— Lisa, c'est fini, le lycée. En plus, un prof, ça ne compte pas.

— Je disais ça comme ça.

— Le truc, dis-je en passant lentement mon crayon sur le contour de mes lèvres, c'est qu'on est en vacances et que je pars à Stanford en septembre. Et Jonathan... je ne sais pas. Ce n'est pas sérieux. Je ne vais pas me fatiguer à le caser dans mon emploi du temps si c'est pour rompre dans quelques semaines !

— Et si vous ne cassez pas ?

Je me redressai pour admirer mon œuvre, puis étalai le rouge le long de ma lèvre supérieure et l'estompai du bout du doigt.

— On va casser. Je n'emmène dans mes bagages que le strict nécessaire.

Lisa grimaça, puis glissa une mèche rebelle derrière son oreille et baissa la tête, comme chaque fois qu'on évoquait la fin de l'été.

— Bien sûr, dit-elle.

Je laissai échapper un soupir.

— Je ne parlais pas de toi. Tu le sais très bien. Je pensais juste...

Je fis un geste vers la porte légèrement entrouverte, à travers laquelle on entendait le cliquetis de la machine de ma mère sur fond de violons.

— Tu vois ce que je veux dire.

Elle acquiesça. Mais je savais qu'elle ne comprenait pas. Lisa était la seule d'entre nous à regretter le lycée. Elle avait même pleuré lors de la remise des diplômes, pleuré à gros sanglots, histoire d'être sûre d'avoir les yeux rouges sur toutes les photos et vidéos (ce qui lui donnerait une bonne raison de se lamenter pendant les vingt ans à venir), alors que Marion, Chloé et moi, on n'avait qu'une envie : monter sur cette estrade et en finir. Être libres, enfin ! Lisa prenait toujours les choses trop à cœur. C'est vrai qu'on avait tendance à la protéger et je m'inquiétais sérieusement à l'idée de la laisser seule. Elle avait été reçue à la fac la plus proche avec une bourse importante, ce qui était trop beau pour être refusé. Par chance, son petit copain, Adam, irait là-bas aussi. Lisa avait déjà tout planifié, de la visite au centre d'orientation à la proximité des dortoirs, et les cours qu'ils auraient en commun. Un lycée bis, mais en plus grand.

Cette seule idée me donnait des boutons. Mais je n'étais pas Lisa. Depuis deux ans, je n'avais qu'une idée en tête : partir. M'envoler. Réussir les examens qui me permettraient d'avoir la vie que je m'étais choisie. Pas de projet de mariage. Pas d'histoires sentimentales compliquées. Pas de défilé de beaux-pères. Me retrouver seule face à mon avenir. Pas trop tôt ! Enfin une happy end à laquelle je pouvais croire !

Lisa se pencha et alluma la radio. Les *la-la-la* d'une chanson be-bop envahirent la pièce. J'ouvris grand les portes de mon placard.

— Comment on s'habille quand on veut plaquer quelqu'un ? s'enquit Lisa en enroulant une mèche de cheveux autour de son doigt. En noir ? Avec des couleurs vives pour remonter le moral ? Ou en tenue de camouflage, pour disparaître s'il réagit mal... ?

J'attrapai un jean noir.

— Moi, je dirais : du noir pour amincir, un léger décolleté et un soutif propre.

— C'est ce que tu mets en temps normal !

— Précisément. C'est un soir normal.

Je savais que j'avais un chemisier rouge, mais il n'était pas rangé avec les autres. Quelqu'un était passé par là. Mon placard était à l'image de ma vie, propre et rangé. Dans le chaos de cette maison, ma chambre était le seul endroit que je pouvais organiser à mon idée, avec rigueur et méthode. D'accord, j'étais limite maniaque. Et après ? Au moins, je n'étais pas bordélique.

— Mais pas pour Jonathan, protesta Lisa.

Croisant mon regard, elle ajouta :

— C'est un grand soir pour lui. Tu te rends compte, il se fait plaquer, et il ne le sait même pas encore ! Il est peut-être en train de manger un cheeseburger ou de se curer les dents sans se douter de rien. Pas le moindre soupçon.

Je renonçai au chemisier rouge et me décidai pour un top sans manches. Je ne savais pas quoi lui répondre. D'accord, ce n'est pas agréable de se faire plaquer. Mais ne valait-il pas mieux être honnête, quitte à être brutale ? Au bout du compte, je rendais service à Jonathan : je le laissais libre de rencontrer quelqu'un qui lui conviendrait mieux. J'étais presque une sainte. Oui, c'est ça, une sainte.

Une demi-heure plus tard, on retrouvait Marion devant le Quik Zip. Comme d'habitude, Chloé était en retard.

— Salut ! lançai-je en la rejoignant.

Elle se tenait adossée à son tank, une vieille Chevrolet avec un pare-chocs bancal, et sirotait un Coca géant, notre drogue à nous. À 1,59 dollar, c'étaient les moins chers de la ville et, en plus, on s'en servait pour tout un tas de trucs.

— Je vais chercher des Skittles ! cria Lisa en claquant la portière. Qui veut quoi ?

— Un Coca light.

Je n'eus pas le temps de lui tendre ma monnaie qu'elle s'engouffrait déjà à l'intérieur.

— Un géant !

Elle hocha la tête au moment où la porte se refermait. Je la vis se diriger vers le rayon des bonbons, l'air dégagé, les mains dans les poches. Question bonbecs, elle était infernale : elle était capable de distinguer un M&M's bleu d'un M&M's rouge les yeux fermés !

— Où est Chloé ? demandai-je à Marion, qui se contenta de hausser les épaules sans lâcher sa paille. On n'avait pas dit à six heures tapantes ?

Elle haussa un sourcil.

— Du calme, maniaque, protesta-t-elle en secouant sa boisson.

Les glaçons s'entrechoquèrent dans ce qu'il restait de liquide.

— Il est à peine six heures.

Je m'adossai à sa voiture dans un soupir. Je ne supporte pas qu'on soit en retard. Chloé, les *bons* jours, arrive avec cinq minutes de retard. En général, Lisa est en avance et Marion, c'est Marion :

solide comme le roc, pile à l'heure. C'est ma meilleure amie depuis le CM2, et la seule en qui j'ai une confiance absolue.

On s'est rencontrées grâce à Mme Douglas, qui plaçait ses élèves par ordre alphabétique : Mickaël Schemen-qui-se-curait-le-nez, Marion, moi, puis Adam Struck-qui-avait-des-végétations. Il était inévitable qu'on devienne amies, vu le voisinage.

Marion est grande. Elle n'est pas grosse, pas plus maintenant qu'avant, mais large, charpentée et grande. Épaisse. À l'époque, c'était la plus costaud de la classe, garçons compris. Elle était brutale à la balle au prisonnier. Quand on recevait un de ses ballons dans la figure, on en gardait la marque toute la journée. Mais ceux qui la trouvaient méchante se trompaient. Ils ne savaient pas, contrairement à moi, que sa mère était morte l'été précédent, qu'elle s'était retrouvée avec deux frères à élever, tandis que leur père trimait à plein temps à la centrale électrique. L'argent manquait, et Marion n'avait plus le droit d'être une enfant.

Huit ans plus tard, après une primaire atroce et un lycée supportable, on était restées proches. Sans doute à cause de ce que je savais de son histoire, mais aussi parce que c'était une des rares personnes qui ne me suivait pas dans mes conneries : ça forçait mon respect.

— Vise un peu, me dit-elle en croisant les bras. Sa Majesté arrive.

Chloé se garait à côté de nous. Elle coupa le moteur de sa Mercedes et abaissa le pare-soleil pour vérifier son rouge à lèvres. Marion poussa un soupir bruyant, mais je n'y prêtai aucune attention. Elle et Chloé, c'était de la vieille histoire. Une musique de fond. On ne s'inquiétait que lorsque c'était le calme plat.

Chloé claqua la portière, puis se dirigea vers nous. Très classe, comme d'habitude : pantalon noir, corsage bleu, superbe veste qu'on ne lui avait jamais vue. Sa mère, hôtesse de l'air, était une acheteuse compulsive. Combinaison mortelle. Chloé avait toujours les derniers trucs à la mode et ne portait que les marques les plus tendance. C'était elle qui donnait le ton.

— Salut ! lança-t-elle tout en glissant une mèche derrière son oreille. Où est Lisa ?

Je fis un signe en direction du Quik Zip. Lisa discutait avec le type du comptoir pendant qu'il enregistrait ses achats. Puis elle le salua et réapparut, un paquet de Skittles déjà ouvert à la main.

Elle me tendit mon Coca light. Je portai la paille à mes lèvres et aspirai. Quel délice. Un vrai nectar.

— Qu'est-ce qu'on fait ?

— Je dois retrouver Adam au Double Burger à six heures et demie, déclara Lisa en engouffrant une poignée de Skittles. On vous rejoindra au Bendo ou ailleurs...

Chloé fit tinter ses clefs.

— Qui passe, ce soir, au Bendo ?

— Aucune idée, répondit Lisa. Un groupe quelconque. Sinon, il y a une soirée à la Charmille,

Matthieu Ridgefield a un stock de bières et, ah oui, j'oubliais... Julie doit plaquer Jonathan.

Les filles se retournèrent toutes vers moi.

— Pas forcément dans cet ordre-là...

— Alors Jonathan passe à la trappe, dit Chloé en se mettant à rire.

Elle sortit un paquet de cigarettes de sa poche et me le tendit. Je refusai.

— Elle casse, asséna Marion. T'es sourde ou quoi ?

— Elle passe son temps à casser, rétorqua Chloé en frottant une allumette. C'est quoi son crime, cette fois ? Il t'a posé un lapin ? Il t'a juré un amour éternel ?

Je me contentai de secouer la tête, sachant trop bien ce qui allait suivre.

— Il a mis un tee-shirt qui n'allait pas avec son pantalon, déclara Marion avec un sourire.

— Il a fumé dans sa voiture, ajouta Chloé. Je parie que c'est ça !

— Je crois plutôt, suggéra Lisa en me pinçant le bras, qu'il a fait une faute de grammaire et qu'il est arrivé quinze minutes en retard...

— Quelle horreur ! s'écria Chloé.

Elles éclatèrent de rire. Je restai impassible. Les seuls moments où elles arrivaient à s'entendre, c'était lorsqu'elles se moquaient de moi.

— Très drôle, dis-je enfin.

D'accord, j'étais peut-être intolérante. Mais au moins, j'avais des exigences, je n'acceptais pas *n'importe quoi*. Chloé ne sortait qu'avec des types de la fac qui la trompaient, Marion réglait la question en restant célibataire et Lisa... Lisa était toujours avec le même garçon depuis sa « première fois », donc ça ne comptait pas vraiment. Mais bon, je n'allais pas me fatiguer à me défendre, j'étais bien au-dessus de tout ça.

— Bien, reprit Marion, comment vous voyez les choses ?

— Lisa va retrouver Adam, dis-je. Chloé, toi et moi on passe au Pré, et après, on file au Bendo. Ça roule ?

— D'acc, approuva Lisa. À plus tard, les filles.

Alors qu'elle démarrait, et que Chloé allait garer sa voiture sur le parking à côté de l'église, Marion prit ma main et l'observa.

— C'est quoi ? Un numéro de téléphone ?

Je la regardai à mon tour. Les lettres noires, bien que brouillées, étaient encore là. J'avais voulu me laver les mains avant de quitter la maison, mais ça m'était sorti de la tête.

— Ça ? C'est rien. Juste un crétin que j'ai rencontré aujourd'hui.

— Briseuse de cœurs, va !

On se glissa dans la voiture de Marion, moi devant, Chloé derrière. Celle-ci retint une grimace en déplaçant un sac de linge bourré à craquer, un casque de foot et des jambières appartenant aux frères de Marion, mais elle s'abstint de tout commentaire. Elle connaissait les limites à ne pas franchir.

— On va au Pré ? me demanda Marion en allumant le moteur.

Je hochai la tête. Elle passa la marche arrière et recula lentement. Juste avant de s'engager sur la route, Marion désigna une grande poubelle en métal à côté des pompes à gaz, à six mètres de là.

— Tu paries ?

Je me déboîtai le cou pour juger de la distance, puis attrapai son Coca presque vide et le secouai pour évaluer son poids.

— Je veux. Deux dollars.

— C'est pas vrai ! gémit Chloé. Maintenant qu'on a quitté le lycée, vous ne pouvez pas arrêter, avec ça ?

Sans lui jeter un regard, Marion prit le Coca, puis passa le bras par la fenêtre. Elle plissa les yeux, releva le menton et, d'un mouvement souple, envoya le verre par-dessus la voiture. Il tournoya sur lui-même en une vrille parfaite, puis disparut dans la poubelle, le couvercle et la paille toujours en place.

— Incroyable, dis-je, tandis qu'elle laissait échapper un sourire. Je comprendrai jamais comment tu fais ça.

— On peut y aller ? s'impatienta Chloé.

— C'est comme pour le reste, me répondit Marion. Tout est dans le poignet.

Le Pré, où commençaient toutes nos soirées, appartenait à Chloé. En CE2, ses parents avaient divorcé et son père, qui quittait la ville avec sa nouvelle copine, avait vendu la plupart des propriétés qu'il avait acquises en ville. Il n'avait gardé qu'une parcelle, en pleine campagne. Un champ d'herbe avec un trampoline, cadeau offert à Chloé pour ses sept ans. Sa mère l'avait vite évacué, parce qu'il faisait mauvais genre dans son jardin à l'anglaise aux haies bien taillées et aux bancs de pierre. Il avait atterri ici, complètement oublié, jusqu'à ce qu'on ait eu l'âge de conduire et qu'on ait eu besoin d'un coin à nous.

On s'asseyait sur le trampoline, au beau milieu du champ, avec une vue superbe sur le ciel et les étoiles. Il avait gardé un certain rebond et un mouvement un peu trop vif nous faisait basculer à terre.

— Attention ! lança Chloé qui essayait de verser du rhum dans mon Coca.

C'était l'une de ces petites bouteilles que sa mère rapportait de son travail. Chez elle, le placard à alcools semblait fait pour des lilliputiens.

— On se calme, rétorqua Marion, croisant les jambes et s'appuyant sur les coudes.

— C'est toujours comme ça, marmonna Chloé en ouvrant une deuxième bouteille pour elle. Quand Lisa n'est pas là, le trampoline est complètement déséquilibré...

— Chloé, c'est bon ! protestai-je.

Je bus une gorgée de mon Coca au rhum, puis le proposai à Marion, mais par pure politesse. Elle ne buvait ni ne fumait jamais, et c'était elle qui conduisait à chaque fois. Après avoir joué les mamans pendant si longtemps, elle avait naturellement endossé le rôle avec nous.

— C'est vraiment une nuit superbe, ajoutai-je. C'est dur de croire que tout est fini.

— Dieu merci, rétorqua Chloé en s'essuyant la bouche du revers de la main. Il était temps !

— On trinque, dis-je.

Je me penchai en avant pour cogner mon verre contre sa petite bouteille. Puis ce fut le silence, un silence que seul venait troubler le chant des cigales dans les arbres.

— Ce qui est bizarre, reprit Chloé, c'est que rien n'a l'air d'avoir changé.

— Comment ça ?

— C'est ce qu'on attendait plus que tout, non ? Que le lycée finisse enfin. Tout est nouveau et, pourtant, tout a l'air pareil.

— C'est parce que rien de nouveau n'a commencé, lui répondit Marion, la tête renversée en arrière, les yeux fixés sur le ciel. À la fin de l'été, les choses auront l'air différentes. Parce qu'elles seront vraiment différentes.

Chloé sortit de sa poche une autre bouteille – du gin, cette fois – et jeta le bouchon dans l'herbe.

— C'est chiant d'attendre...

Elle but une gorgée, puis précisa :

— J'ai hâte que ça commence.

Un bruit de klaxon se fit entendre sur la route, loin derrière. C'était un des bons côtés du Pré : on entendait tout, mais personne ne pouvait nous voir.

— C'est juste une période intermédiaire, dis-je. Ça va passer plus vite qu'on ne le pense.

— J'espère.

Je pris une position plus confortable, appuyée sur mes coudes et la tête renversée en arrière. Le ciel était rose, zébré de rouge. C'était un moment qu'on connaissait par cœur, ce point du jour où le crépuscule se change en nuit. On attendait souvent la nuit ici. On la guettait. Je sentais le trampoline bouger doucement, mû par nos seules respirations, nous éloignant et nous rapprochant du ciel. Les couleurs s'enfuyaient à l'horizon et les premières étoiles apparaissaient sur la voûte céleste.

Quand on arriva au Bendo, il n'était pas loin de neuf heures et je flottais doucement. Tandis que la voiture se garait, je jetai un œil au vigile.

— Génial, c'est Franck.

Je baissai ensuite le pare-soleil pour vérifier mon maquillage.

— Où est ma carte d'identité ? s'exclama Chloé en fouillant les poches de sa veste. Je l'avais à l'instant !

— Et dans ton soutif ?

Elle cligna des yeux, puis plongea la main sous son corsage. Elle avait l'habitude d'y planquer toutes sortes de trucs : sa carte d'identité, du fric, des barrettes... On aurait dit un prestidigitateur qui fait jaillir des pièces de votre oreille ou des lapins d'un chapeau.

— Bingo ! ajouta-t-elle en la glissant dans sa poche de devant.

— Trop classe, commenta Marion, moqueuse.

Franck nous regarda arriver depuis son tabouret,

qui maintenait la porte ouverte. Le Bendo était une boîte pour les plus de dix-huit ans (ce qui ne nous empêchait pas de la fréquenter depuis la première) et l'alcool n'y était pas autorisé avant vingt et un, mais, avec nos faux, on arrivait généralement à obtenir le tampon. Surtout quand c'était Franck.

Je sortis donc mon faux de ma poche. Il y avait ma photo, mon nom, l'anniversaire de mon frère... histoire de ne pas être prise en défaut si on m'interrogeait.

— Alors, Julie, ça fait quoi d'avoir le bac ?

— Je ne sais pas de quoi tu parles, rétorquai-je, un sourire aux lèvres. Tu sais bien que je suis à la fac.

Il n'eut pas un regard pour ma carte, mais profita de ce qu'il posait son tampon pour me caresser la main. Sale type.

— T'es en quoi ?

— Lettres. Option droit des affaires.

— Justement, j'ai une affaire pour toi, ajouta-t-il en prenant la carte de Chloé et en tamponnant sa main.

Elle la retira vivement. L'encre fit une traînée noire.

— Espèce de dégueulasse ! lui lança Marion.

Il haussa les épaules, les yeux déjà tournés vers les nouvelles filles qui arrivaient.

— Je me sens sale, soupira Chloé, une fois à l'intérieur.

— Ça ira mieux quand t'auras bu une bière.

Le Bendo était déjà bondé. Le groupe n'avait pas encore joué, mais deux rangées se pressaient contre le comptoir. Il flottait une fumée épaisse, où se mêlaient des odeurs de sueur et de cigarette.

— Je vais chercher une table ! me cria Marion.

Je hochai la tête. Chloé sur mes talons, je me frayai un passage vers le comptoir, zigzaguant à travers la foule, et atterris près des robinets à bière. Je me hissai sur les coudes, désespérant d'attirer l'attention du serveur. Je sentis soudain quelqu'un me frôler. Je voulus reculer, mais on était tellement tassés que je ne réussis qu'à ramener mes bras le long de mon corps. Une voix paisible s'éleva contre mon oreille :

— Ah, ah ! Comme on se retrouve...

On aurait dit une réplique sortie d'un roman de ma mère.

J'aperçus alors, juste au-dessus de moi, le type du concessionnaire. Il portait un tee-shirt rouge avec une pub pour Paic Citron : *Quand y en a plus, y en a encore !*, et il me souriait.

— Oh mon Dieu, c'est pas possible...

— Non, moi c'est Damien, rétorqua-t-il en me tendant la main.

Cherchant Chloé du regard, je la trouvai en grande conversation avec un type que je ne connaissais pas.

— Deux bières ! lançai-je au serveur, qui avait fini par me voir.

— Trois, corrigea Damien.

— On n'est pas ensemble !

Il haussa les épaules.

— Pas pour l'instant, mais ça peut changer.

— Écoutez, dis-je au serveur, qui venait de poser trois verres en plastique devant moi. Je ne suis pas...

— Je vois que tu as toujours mon numéro, coupa Damien en attrapant l'un des verres.

Il posa un billet sur le comptoir, ce qui l'excusa un peu, mais un peu seulement.

— Je n'ai pas eu le temps de me laver les mains.

— Ça t'impressionne si je te dis que je joue dans un groupe ?

— Non.

— Pas du tout ? s'étonna-t-il en levant les sourcils. Tiens, moi qui croyais que les nanas adoraient les mecs qui jouent dans des groupes...

— D'abord, je ne suis pas une nana, rétorquai-je en empoignant ma bière. Et ensuite, j'ai une règle absolue avec les musiciens.

— C'est quoi ?

Je lui tournai résolument le dos et m'enfonçai dans la foule. Il m'emboîta le pas.

— Pas de musicien.

— Et si je t'écrivais une chanson ?

Je marchais tellement vite que les bières me coulaient sur les doigts. Mais je n'avais pas le choix, c'était ma seule chance de le semer.

— Non merci.

— Pas possible ! *Tout le monde* a envie d'une chanson !

— Pas moi.

Je tapai sur l'épaule de Chloé. Elle se retourna. Elle avait sa tête de dragueuse, les yeux écarquillés et les joues roses. Je lui tendis sa bière.

— Je vais chercher Marion.

— J'arrive.

Elle fit un signe de la main au type avec lequel elle était en train de parler. Le fêlé continua à me suivre et à me parler.

— Je sens que tu m'aimes bien, déclara-t-il alors que je marchais sur le pied de quelqu'un et laissais échapper un cri.

Je continuai à avancer.

— Pas moi.

Je finis par dénicher Marion dans un box, accoudée à la table, l'air maussade. Quand elle m'aperçut, elle leva les deux mains, l'air de dire « Mais qu'est-ce que tu fais ? ». Je secouai la tête.

— C'est qui, ce type ? demanda Chloé.

— Personne.

— Damien, répondit-il, se tournant légèrement pour lui tendre la main. Ça va ?

— Ça va, répondit-elle, mal à l'aise. Julie, tout va bien ?

— Continue à marcher ! lui lançai-je par-dessus mon épaule en contournant deux garçons avec des dreadlocks. Il va bien finir par se lasser.

— Tu me connais mal ! s'exclama-t-il d'un ton joyeux. Je ne fais que commencer !

On arriva devant le box en rang d'oignons : moi, Damien-le-musicien et Chloé. J'étais essoufflée,

Chloé avait l'air embarrassée, mais Damien se faufila sans gêne à côté de Marion.

— Salut, dit-il en lui tendant la main. Je suis avec elles.

Marion m'interrogea du regard, mais je ne me sentais plus capable que d'une chose : m'affaler sur la banquette et avaler une gorgée de bière.

— Ah, fit Marion. Moi, je suis avec elles, mais je ne suis pas avec toi. Comment tu expliques ça ?

— En fait, c'est une histoire très intéressante.

Il y eut un silence.

— J'y crois pas... marmonnai-je. Il ne va quand même pas raconter ça...

— Vous voyez, commença-t-il en s'adossant au box, j'étais chez un concessionnaire, et j'ai vu une fille, de l'autre côté du hall. J'ai eu une sorte de révélation. Un truc de fou.

Je levai les yeux au ciel. Chloé demanda :

— C'était Julie ?

— C'est ça, c'était Julie, répéta-t-il dans un sourire.

Puis, comme un couple en voyage de noces qui raconte son histoire à des étrangers, il ajouta :

— Vous voulez savoir la suite ?

— Non ! rétorquai-je, catégorique.

— Donc, continua-t-il en donnant un coup sur la table d'un geste théâtral (ce qui fit sauter tous nos verres), comme je suis un impulsif, j'ai traversé la salle, je me suis assis à côté d'elle et me suis présenté.

Chloé me jeta un regard malicieux.

— Vraiment ?

— Tu pourrais partir, maintenant ? demandai-je, alors que la musique s'arrêtait net et qu'un *tap-tap* se faisait entendre depuis la scène.

— Le devoir m'appelle, déclara-t-il en se levant.

Il poussa vers moi sa bière à moitié vide, puis ajouta :

— On se voit tout à l'heure ?

— Non.

— Bon, d'accord. On parlera plus tard, alors.

Il disparut dans la foule. Pendant quelques secondes, personne n'ouvrit la bouche. Je terminai ma bière, puis fermai les yeux et pressai le verre contre ma tempe. Pourquoi me sentais-je aussi épuisée ?

— Julie, finit par dire Chloé d'un air taquin, tu nous caches des choses...

— Pas du tout. Cette histoire est tellement idiote que je l'avais oubliée.

— Il est trop bavard, trancha Marion.

— J'ai bien aimé son tee-shirt, rétorqua Chloé. Super tendance !

À cet instant, Jonathan se glissa à côté de moi et passa le bras autour de ma taille.

— Salut, les filles.

Il attrapa la bière du taré, croyant sans doute que c'était la mienne, et but une longue gorgée. J'aurais dû l'en empêcher mais, justement, ça m'agaçait qu'il le fasse. Je déteste que les mecs se comportent en propriétaires. Jonathan avait pris cette mauvaise habitude dès le début. C'était un type très sympa, en terminale comme moi. Mais, du jour où on était sortis ensemble, il l'avait clamé sur tous les toits et, peu à peu, s'était mis à empiéter sur mon territoire, à fumer mes cigarettes (à l'époque où je fumais encore), à se servir de mon portable et, pire encore, à prendre ses aises dans ma voiture. Je ne supporte pas qu'on touche à ma sélection radio, ni même qu'on utilise mon cendrier. Mais Jonathan ne s'était pas arrêté là : il avait insisté pour conduire, alors qu'il avait une réputation d'enfonceur de barrières et d'amendes pour excès de vitesse. Le comble, c'est que je l'avais laissé faire, aveuglée que j'étais par l'amour (peu probable) ou le désir (plus probable). Lui, ça ne le gênait pas de m'imaginer en passager de ma propre voiture jusqu'à la fin de mes jours. Tout cela n'avait fait que renforcer sa Ken-attitude de Super Petit Copain : m'enlacer en public et boire, sans me demander mon avis, une bière qu'il pensait être la mienne ne lui posait aucun problème.

— Il faut que je passe à la maison, me chuchota-t-il à l'oreille.

Sa main se déplaça de ma taille à mon genou.

— Tu viens avec moi ?

Je hochai la tête. Il finit la bière, puis reposa bruyamment le verre vide sur la table. Jonathan était une bouteille percée, ce qui était un autre de mes problèmes. D'accord, moi aussi, ça m'arrive de boire. Mais il n'avait aucune tenue, un vrai gerbeur. En six mois, j'avais passé pas mal de temps derrière la porte des toilettes, à attendre qu'il ait fini de vomir. Pas très cool.

Il se faufila hors du box. Sa main quitta mon genou et vint serrer la mienne.

— Je reviens tout de suite, dis-je à Marion et Chloé.

Quelqu'un passa juste à côté de moi, obligeant Jonathan à lâcher ma main.

— Bonne chance, glissa Chloé. Je n'arrive pas à croire que tu l'aies laissé boire la bière de ce type !

Je tournai la tête et croisai le regard de Jonathan, qui s'impatientait déjà.

— La marche de l'homme mort, déclara Marion d'une voix lente.

— À tout'.

Je m'enfonçai dans la foule. Jonathan me tendit la main, pressé de reprendre possession de moi.

— Écoute, dis-je en le repoussant, il faut qu'on parle.

— Tout de suite ?

— Tout de suite.

Il poussa un soupir, puis s'affala sur le lit. Sa tête cogna le mur.

— Bon, d'accord... murmura-t-il, aussi enthousiaste que si je devais lui arracher une dent. Vas-y.

Je remontai mes genoux sur le lit et rajustai les bretelles de mon top. « Je passe à la maison » s'était transformé en « Je passe quelques coups de fil », puis il s'était jeté sur moi et m'avait basculée contre les oreillers, sans me laisser le temps d'attaquer ma lente et méticuleuse mise en condition. Mais j'avais enfin son attention.

— Voilà. Ma vie est en train de changer.

C'était mon intro. J'avais appris, au fil des années, qu'il y avait toutes sortes de techniques pour quitter quelqu'un. Tout dépend de son interlocuteur : certains sont furieux et vexés, d'autres pleurnichent, d'autres encore la jouent indifférent et froid, et préfèrent vous voir partir le plus vite possible. J'avais classé Jonathan dans la dernière catégorie, mais je n'en étais pas complètement sûre.

— Donc, continuai-je, j'ai pensé que...

À cet instant, le téléphone sonna, et il me laissa pour aller répondre.

— Allô ?

Jonathan dit quelques « Mmm », deux ou trois « Ouais », puis il se leva, quitta la pièce et gagna sa chambre, toujours marmonnant.

Je passai les mains dans mes cheveux, exaspérée. Je n'en pouvais plus de voir toutes mes tentatives remises à plus tard ! Je fermai les yeux, étirai les bras, puis passai la main entre le matelas et le mur. Soudain, je sentis quelque chose.

Quand Jonathan eut fini son coup de fil, qu'il eut vérifié son reflet dans le miroir et qu'il revint en flânant dans la chambre, il me trouva assise, jambes croisées, un slip en satin rouge devant moi (j'avais pris soin d'utiliser un Kleenex : je n'allais quand même pas *toucher* ça !). Lui qui était si sûr de lui, il s'arrêta net.

— Hummpthz (ou à peu près), commença-t-il, le souffle court, pétrifié.

Mais très vite, il se ressaisit.

— Tiens, heu... qu'est-ce que...

Je haussai la voix.

— Qu'est-ce que c'est que ça ?

— Ce n'est pas à toi ?

Je levai les yeux au plafond en secouant la tête. Comme si je portais des slips rouges en polyester. Quand même. J'ai des principes. Du moins, j'en avais. Je commençais à en douter quand je voyais avec qui j'avais perdu les six derniers mois.

— Depuis quand ? dis-je.

— Quoi ?

— Depuis quand tu couches avec quelqu'un d'autre ?

— C'était pas...

— Depuis quand ? répétai-je, mordante.

— Je ne comprends même pas...

— *Depuis quand ?*

Il avala sa salive. Il n'y eut pas d'autre bruit pendant quelques secondes.

— Deux semaines, pas plus.

Je pressais mes doigts contre mes tempes. Super. Non seulement j'avais été trompée, mais d'autres le savaient sûrement. J'avais horreur de passer pour une gourde. Ma pauvre fille, quelle misère. J'avais envie de le tuer.

— Espèce de salaud !

Il était tout rouge et tremblait. Je réalisai d'un coup qu'il aurait fait partie des pleurnicheurs si les choses s'étaient passées normalement. Incroyable. On ne pouvait jamais savoir.

— Julie, laisse-moi t'...

Il essaya de me prendre le bras mais, cette fois, plus rien ne m'obligeait à supporter ça. Je le retirai vivement, comme s'il m'avait brûlée.

— Ne me touche pas ! aboyai-je.

J'attrapai ma veste, la nouai autour de ma taille et quittai la pièce. Je sentis qu'il m'emboîtait le pas en trébuchant. Je traversai la maison comme un ouragan, claquant les portes les unes après les autres, et me retrouvai, sans avoir compris comment, devant la boîte aux lettres. Il resta sur le perron et me regarda partir, sans un mot, sans rien tenter pour me retenir. D'accord, ça n'aurait rien changé. Mais la plupart des mecs auraient au moins eu la décence d'essayer !

Je me retrouvais en pleine banlieue, au milieu de la nuit, folle de rage et sans voiture. Ma première soirée d'adulte, mes premiers pas dans la vie d'après le lycée, la Vie, la Vraie. Bienvenue au club.

— Où t'étais fourrée ? me demanda Chloé quand j'atteignis enfin le Bendo, vingt minutes plus tard, grâce à un bus de nuit.

— Tu ne vas pas me croire...
— Pas maintenant.

Elle me prit par le bras et m'entraîna vers la sortie. Marion attendait dans la voiture, et la portière du conducteur était ouverte.

— On a une tuile.

Je ne vis pas tout de suite Lisa. Roulée en boule sur la banquette arrière, elle s'agrippait de toutes ses forces à une liasse de serviettes en papier marron des toilettes publiques. Les larmes coulaient sur son visage rougi. Elle sanglotait.

J'ouvris la portière et me glissai près d'elle.

— Que se passe-t-il ?

— Adam m-m-m'a qu-quittée, pleura Lisa, la voix hachée. Il m-m-m'a p-p-plaquée.

— C'est pas vrai...

Chloé grimpa à l'avant et claqua la portière. Marion, tournée vers nous, secoua la tête.

— Quand ça ?

Elle avala une autre bouffée d'air, puis éclata de nouveau en pleurs.

— Je peux pas... balbutia-t-elle en essuyant ses joues avec une serviette. Je peux m-m-même pas...

— Ce soir, quand elle est passée le chercher à son travail, me renseigna Chloé. Elle l'a ramené chez lui pour qu'il puisse prendre une douche et c'est là qu'il lui a dit. Comme ça, sans prévenir.

— Il a fallu que je p-p-passe devant ses *p-p-parents*, ajouta Lisa en reniflant. Ils étaient au courant. Ils m'ont regardée comme si j'étais un chien qu'on j-j-jetait dehors...

— Qu'est-ce qu'il t'a dit ?

— Il lui a dit, répondit Chloé, qui s'était auto-érigée en porte-parole, qu'il voulait retrouver sa liberté pour l'été, parce que le lycée était fini et que c'était mieux, pour tous les deux. Il voulait être sûr que...

— Qu'on profite de la vie à fond, compléta Lisa en s'essuyant les yeux.

— Beurk, maugréa Marion. Franchement, t'es mieux sans lui.

— Mais j-j-je l'aime !

— Ça va aller, dis-je en passant un bras autour de ses épaules.

— Je ne me doutais de rien, reprit-elle, prenant une profonde inspiration. Comment se fait-il que je ne me sois rendu compte de rien ?

— Lisa, ça va aller, déclara Chloé d'une voix douce.

— J'étais comme Jonathan, poursuivit-elle, penchée vers moi. Je vivais ma petite vie...

— Quoi ? s'exclama Marion.

— ... sans me douter, continua-t-elle, que ce s-s-soir, j'allais me faire *p-p-plaquer*.

— Au fait, me demanda Chloé, comment ça s'est passé ?

— M'en parle pas.

Lisa pleurait à chaudes larmes, le visage enfoui contre mon épaule. Par-delà la tête de Chloé, je pouvais apercevoir la file d'attente devant le Bendo.

— Partons d'ici, décidai-je.

Marion acquiesça.

— C'est une soirée foutue, de toute façon.

Chloé se retourna sur son siège et enfonça l'allume-cigare, tandis que Marion tournait la clef dans le contact. Lisa prit la serviette que je lui tendais, se moucha, puis se remit à sangloter et se blottit contre moi. Je lui caressai doucement les cheveux. Je savais comme ça faisait mal, la première fois.

On passa prendre une autre tournée de Coca. Forcément. Puis Chloé repartit et Marion nous raccompagna, Lisa et moi.

On abordait le dernier carrefour quand Marion se mit à ralentir. Elle me glissa, d'une voix calme :

— C'est Adam...

Je tournai la tête. C'était bien Adam, entouré de ses potes, sur le parking du Café Hutte. Mais ce qui m'a dégoûtée, c'est qu'il *souriait*. Beurk.

Je jetai un regard derrière moi. Lisa, allongée sur la banquette arrière, écoutait la radio les yeux fermés.

— Arrête-toi, dis-je à Marion, puis je me tournai vers Lisa : Hé, Liz !

— Mmmm...

— Tu ne bouges pas, ok ? Tu restes allongée.

— D'accord, répondit-elle, hésitante.

On ralentit au maximum. Marion me demanda :

— Toi ou moi ?

— Moi, dis-je, avant d'avaler une dernière gorgée. C'est exactement ce dont j'ai besoin.

Elle débraya.

— T'es prête ?

Je hochai la tête, puis soupesai le Coca dans ma main. Parfait.

Elle enfonça l'accélérateur et on redémarra. Le temps qu'Adam nous aperçoive, c'était trop tard.

J'avais fait mieux, mais ce n'était déjà pas si mal. Tandis qu'on prenait la fuite, le verre tournoya, léger comme l'air, et l'atteignit en pleine tête. Le Coca et la glace se déversèrent dans son dos.

— Nom de Dieu ! hurla-t-il dans notre direction. Lisa ! Merde ! Julie ! Sale garce !

Il criait toujours quand on tourna au coin de la rue.

Après un paquet et demi de Pim's, quatre cigarettes et assez de Kleenex pour éponger une piscine, je laissai Lisa dormir. Elle sombra en un clin d'œil dans un sommeil agité, les jambes enroulées dans ma couette.

Je pris une couverture, un oreiller et me couchai par terre, dans le dressing. Je vérifiai qu'elle dormait toujours, puis poussai la pile de boîtes à chaussures rangées au fond, et extirpai un paquet que je gardais caché.

La nuit avait été terrible. Je n'en avais pas toujours besoin, seulement certains soirs. Je n'en avais jamais parlé à personne.

Je me roulai en boule sous la couverture, puis ouvris la serviette repliée et en sortis mon lecteur de CD, posai le casque sur mes oreilles et passai à la plage sept. La lumière de la lune perçait à travers le vasistas. Parfois, je voyais les étoiles.

La chanson commençait lentement. Quelques notes de guitare, puis cette voix que je connaissais si bien, et ces mots que je connaissais par cœur. Ils comptaient vraiment pour moi. Mais personne n'avait besoin de le savoir.

> *Cette chanson-là*
> *N'a que quelques rimes*
> *Quelques accords.*
> *Tu te sens tranquille dans cette chambre*
> *Mais tu les entends toujours*
> *Où que tu ailles.*
> *Je t'abandonnerai*
> *Mais cette chanson-là*
> *Ne s'arrêtera jamais...*

Je m'endormis au son de sa voix. Comme à chaque fois.

Chapitre 3

— Aïïïieeeeee !
— Meeeeer... credi !
— Oh, chééééérrrriiiieee !
Les deux femmes de la salle d'attente échangèrent un regard, puis se tournèrent vers moi.
— Épilation du maillot, dis-je.
— Ah, fit l'une, avant de retourner à la lecture de son magazine.

L'autre, les oreilles aussi tendues que celles d'un chien de meute en pleine action, guetta le cri suivant. Mme Michaels, dont c'était le rendez-vous mensuel, lui donna rapidement satisfaction :
— Pu... rééééeee de pois !

Mme Michaels, femme d'un pasteur du coin, vénérait autant Dieu que les corps lisses et imberbes. Depuis un an que je travaillais au salon de beauté Dolce Vita, j'avais entendu plus de jurons dans la pièce où officiait Talinga que dans toutes les autres réunies, où avaient pourtant eu lieu des manucures ratées, des coupes bâclées, et une femme qui avait découvert avec inquiétude que l'enveloppe d'algues avait donné à sa peau la couleur d'un citron vert.

Le Dolce Vita n'était pas pour autant un mauvais institut. Il est impossible de plaire à tout le monde, et surtout aux femmes quand il est question de leur corps. C'est pourquoi Lola, la patronne, m'avait augmentée dans l'espoir (on ne sait jamais) que je renonce à Stanford et que je passe le reste de ma vie à son comptoir, à calmer les nerfs de ces dames.

J'avais pris ce boulot parce que je voulais une voiture. Ma mère avait proposé de me donner la sienne, une bonne Camry, et de s'en acheter une neuve. Mais je tenais à ce qu'elle soit à moi. J'aime beaucoup ma mère, mais j'ai appris, à mes dépens, qu'il vaut mieux éviter ce genre d'arrangements avec elle. Ses coups de tête sont légendaires et je l'imaginais très bien en train de me réclamer la voiture quand elle se serait lassée de la sienne.

J'avais donc vidé mon compte épargne, alimenté essentiellement par des baby-sittings et des cadeaux de noël économisés depuis des années. Avant d'affronter les concessionnaires, je m'étais armée de *Que choisir ?* et j'étais devenue incollable sur les nouveaux modèles. J'avais tonné, tempêté, argumenté, bluffé, et entendu une telle quantité de salades que j'avais craint d'y laisser ma peau mais, au bout du compte, j'avais eu la voiture que je voulais : une Civic avec toit ouvrant, automatique, bien moins chère que le prix de vente conseillé. Le même jour, j'étais allée directement déposer mon CV au Dolce Vita, ayant lu sur leur vitrine qu'ils cherchaient une réceptionniste. C'est comme ça que je m'étais retrouvée, du jour au lendemain, avec un crédit auto et un boulot, et je n'étais même pas encore en terminale.

Alors que Mme Michaels sortait du cabinet d'épilation, le téléphone sonna. Au début, j'étais très impressionnée par l'allure des clientes après leur soin : on aurait dit des blessées de guerre ou des grandes brûlées. Mme Michaels marcha avec difficulté (l'épilation du maillot avait été particulièrement douloureuse) jusqu'au comptoir.

— Salon Dolce Vita, j'écoute.

— Bonjour, c'est Laure Baker, déclara la femme d'une voix précipitée.

Mme Baker avait toujours l'air essoufflée.

— Il faut *absolument* que vous me trouviez un rendez-vous manucure pour aujourd'hui. Carl a un gros client, il nous emmène à La Corolla et cette semaine, j'ai décapé une table basse, mes mains sont dans un état...

— Un instant, je vous prie, dis-je, très pro.

J'appuyai sur la touche attente. Face à moi, Mme Michaels, le visage crispé, ouvrait son portefeuille et me tendait une carte Visa Premier.

— Ça fera soixante-huit dollars, madame.

Elle acquiesça. Je fis passer la carte dans l'appareil et la lui rendis. Son visage était rouge et la peau, autour de ses sourcils, à vif. Aïe. Elle signa le reçu, puis jeta un regard au miroir qui se trouvait derrière moi.

— Quelle horreur ! Je ne peux pas aller à la poste dans cet état !

— Mais si, rétorqua Talinga, qui surgit soudain sans raison apparente (en réalité, pour vérifier que Mme Michaels lui avait laissé un bon pourboire). Personne n'y verra rien. Je vous revois le mois prochain, d'accord ?

Mme Michaels agita les doigts, puis se traîna avec raideur jusqu'à la porte. À peine avait-elle posé le pied sur le trottoir que Talinga attrapait son enveloppe et comptait les billets, puis laissait entendre un *Hmmmph*, s'affalait sur une chaise et croisait les jambes dans l'attente de son prochain rendez-vous.

— Au suivant, dis-je en basculant sur la ligne un.

J'entendis le souffle court de Mme Baker avant même d'ouvrir la bouche.

— Voyons voir... je peux vous trouver une petite place à trois heures et demie, mais il faut que vous soyez à l'heure, parce que Amanda est prise à quatre heures.

— Trois heures et demie ? Ce serait mieux plus tôt, parce que vous voyez, j'ai cet...

— Trois heures et demie, répétai-je, articulant exagérément. C'est à prendre ou à laisser.

Après un silence et une respiration stressée, elle répondit :

— Je serai là.

— Très bien. À tout à l'heure.

Je raccrochai d'une main et notai le rendez-vous de l'autre. Talinga m'observait.

— Julie, ma fille, t'es dure.

Je haussai les épaules. La vérité, c'est que ces femmes, pour la plupart, avaient l'habitude que le monde tourne autour de leur nombril. Et avec ma mère, je connaissais. Elles n'acceptaient pas les règles, essayaient de ne jamais payer, débordaient sur le rendez-vous suivant et s'attendaient en prime à ce qu'on continue à les adorer. Si j'étais si forte à ce jeu-là, c'est que j'avais dix-huit ans d'expérience derrière moi.

L'heure suivante, je fis passer les deux femmes, commandai le repas de Lola, rédigeai les factures de la veille et, entre deux épilations de sourcils, j'eus droit à tous les détails sordides du dernier rendez-vous arrangé de Talinga. Vers deux heures, les choses se calmèrent et je pus siroter tranquillement un Coca light en regardant le parking.

Le Dolce Vita est implanté dans une zone commerciale, juste à la sortie de l'autoroute. C'est du tout-béton, mais avec une promenade plantée et une fontaine pour faire plus classe, et ça s'appelle Le Village. À droite, on trouve Le Marché, qui vend du bio à des prix édifiants, le café Jump Java, un magasin de vidéos, une banque et un photographe.

Un camion blanc tout cabossé entra soudain sur le parking et se gara devant un magasin spécialisé dans les graines pour volatiles « Au paradis des oiseaux ». La porte latérale s'ouvrit pour laisser sortir trois mecs de mon âge arborant cravate et chemise chic. Après s'être consultés un instant, ils partirent chacun dans des directions différentes. Le nôtre était roux et bouclé, et il s'arrêta devant la porte pour rentrer sa chemise dans son pantalon.

— Zut, un mormon.

Malgré une jolie pancarte qui disait : « Pas de démarchage, merci », je n'arrêtais pas de refouler tout un tas de vendeurs de cacahuètes ou de bibles. J'aspirai une gorgée de Coca, me préparant mentalement, tandis que la sonnette de la porte faisait entendre sa petite musique.

— Bonjour, déclara-t-il en se dirigeant droit vers moi.

Il était couvert de taches de rousseur, comme presque tous les roux, mais il avait de beaux yeux verts et un sourire adorable. Sa chemise, à y regarder de près, était tachée sur la poche et avait l'air de sortir d'une braderie. La cravate était à clip.

— Bonjour, répondis-je. Que puis-je pour vous ?

— Je me demandais si vous ne cherchiez pas quelqu'un.

Je le regardai. Il n'y avait pas un seul homme au Dolce Vita. Ce n'est pas une question de principe : peu d'hommes sont attirés par ce genre de job. On a bien eu un coiffeur, Franck, mais il est passé chez Sunset Salon, notre concurrent direct, en emportant avec lui notre meilleure manucure. Depuis, c'est du 100 % oestrogène.

— Non.

— Vous êtes sûre ?
— Certaine.
Il n'eut pas l'air convaincu.
— Je me demandais, continua-t-il, tout sourire, si je ne pouvais pas remplir un formulaire au cas où...
— Bien sûr.
J'ouvris le tiroir supérieur, attrapai le carnet de formulaires, puis arrachai une feuille et la lui tendis avec un stylo.
— Merci beaucoup, dit-il en s'asseyant sur l'une des chaises, près de la vitrine.
Je le regardai inscrire son nom en lettres majuscules bien nettes, puis plisser le front à la lecture des questions.
— Julie, appela Lola en débarquant dans la salle d'attente, est-ce qu'on a reçu la livraison de chez Redken ?
— Pas encore.
Lola est une grosse femme qui porte des vêtements moulants aux couleurs vives. Elle a un rire aussi énorme que ses énormes fesses et elle inspire autant de respect que de crainte. Aucune de ses clientes ne se risquerait à apporter une photo pour une coupe de cheveux : elles la laissent décider.
Elle aperçut l'inconnu.
— Qu'est-ce que vous voulez ?
Il releva la tête sans se laisser décontenancer. Un bon point pour lui.
— Je cherche du travail.
Elle le dévisagea des pieds à la tête.

— C'est une cravate à clip ?
— Oui, m'dame. Tout à fait.

Lola me regarda, puis le regarda, et éclata de rire.

— Mon Dieu, regardez-moi ce garçon ! Et vous voulez travailler pour moi ?
— Oui, m'dame. Certainement.

Sa politesse le fit remonter dans son estime. Lola y était très sensible.

— Savez-vous faire un soin des mains ?

Il réfléchit.

— Non, mais j'apprends vite.
— Une épilation du maillot ?
— Non.
— Une coupe de cheveux ?
— Non, ça vraiment pas.

Elle pencha la tête sur le côté, un sourire aux lèvres.

— Mon petit, vous êtes irrécupérable.

Il acquiesça.

— C'est aussi ce que pense ma mère, mais je suis dans un groupe et on m'a dit de trouver du travail. Alors j'essaie.

Elle fit de nouveau entendre son rire monumental, qui semblait venir directement du ventre.

— Vous êtes dans un groupe ?
— Oui, m'dame. On vient de Virginie et on passe l'été ici. On cherche des jobs d'été.

Ce n'était donc pas un mormon, mais un musicien. Encore pire.

— Vous jouez de quoi ?

— De la batterie.
— Comme Ringo ?
— Tout à fait.

Il sourit encore puis ajouta, à voix basse :

— Vous savez, on met toujours les roux en arrière-scène. Sinon, toutes les filles me sauteraient dessus.

Lola explosa de rire. Talinga et Amanda, l'une des manucures, montrèrent leur tête.

— Que se passe-t-il ?
— Je rêve ou c'est une cravate à clip ?
— Écoutez, déclara Lola en reprenant son souffle, on n'a rien pour vous ici, mais vous allez m'accompagner au café d'en face et je vous trouverai quelque chose. La fille me doit une faveur.
— C'est vrai ?

Elle hocha la tête.

— Allez, venez, je n'ai pas la journée.

Il se leva, puis se baissa pour ramasser le stylo qui avait roulé par terre, et me rendit le formulaire.

— Merci quand même.
— Pas de problème.
— Allons-y, Ringo ! appela Lola de la porte.

Il se pencha vers moi :

— Tu sais, il parle encore de toi.
— Qui ça ?
— Damien.

C'était bien ma chance. Il fallait qu'ils soient dans le *même* groupe.

— Pourquoi ? Il ne me connaît même pas !
— Aucune importance, rétorqua-t-il en haussant

les épaules. Maintenant que tu es devenue un défi, il n'est pas près de renoncer.

Je secouai la tête. C'était vraiment ridicule. Il donna une petite tape sur le comptoir, comme si on venait de se mettre d'accord, puis rejoignit Lola.

Talinga se tourna vers moi :

— Tu le connais ?

— Non, dis-je en décrochant le téléphone qui s'était mis à sonner.

Petite ville, petit monde. Tout ça n'était qu'une coïncidence.

La semaine qui suivit, je ne pensai ni à Jonathan ni à Damien-le-musicien : je ne pensai qu'au mariage. C'était une diversion salutaire, même si je me serais fait couper en rondelles plutôt que de le reconnaître.

Jonathan avait appelé plusieurs fois puis, quand il avait compris qu'il ne me ferait pas revenir, il avait renoncé. Chloé disait qu'après tout, j'avais retrouvé ma liberté et que c'était ce que j'avais voulu. D'accord, mais pas de cette façon-là. L'idée d'avoir été trompée me faisait encore mal. Je me réveillais la nuit, furieuse, incapable de me souvenir de mon rêve.

Par chance, j'avais Lisa. Elle avait passé la dernière semaine dans le déni le plus complet, certaine qu'Adam allait lui revenir. La seule chose qu'on pouvait faire pour l'aider, c'était l'empêcher de l'appeler / passer le voir / le chercher à son travail, ce qui aurait été désastreux dans sa situation. S'il voulait la voir, il saurait la trouver. Et s'il voulait se remettre avec elle, il devait la mériter. Etc.

Le jour J, je quittai le salon vers cinq heures et rentrai chez moi pour me préparer. Mais en arrivant, je trouvai la maison dans un chaos impressionnant.

— Ils n'arriveront jamais à l'heure ! hurlait ma mère, tandis que je traversais l'entrée et posais mes clefs sur la table. S'ils ne sont pas là dans une heure, on va rater le dîner !

Je compris, à sa voix, qu'elle était sur le point de s'effondrer.

— Maman, calme-toi.

— Je comprends bien, disait-elle d'une voix suraiguë, mais c'est mon mariage !

Je jetai un regard au salon, où Marie-Anne, déjà habillée, lisait un livre intitulé *Rêves et projets d'avenir*, avec une femme pensive sur la couverture. Elle tourna une page et leva les yeux vers moi.

— Que se passe-t-il ? demandai-je.

— Le loueur de limousines a un problème.

Elle fit gonfler ses cheveux d'un geste de la main.

— Si j'ai bien compris, une de leurs voitures a eu un accident et l'autre est coincée dans un embouteillage.

— C'est tout à fait *inacceptable* ! criait ma mère.

— Où est Chris ?

Elle leva la tête vers le plafond.

— Dans sa chambre. Un œuf a l'air d'avoir éclos.

Elle laissa échapper une grimace, puis retourna à sa lecture. Mon frère avait installé des aquariums dans ce qui avait été un dressing et élevait des varans. Plus petits que des iguanes, mais plus grands que des geckos, ils avaient des langues de serpent et mangeaient les minuscules criquets qui, par malheur, s'étaient égarés dans la maison. Habituellement on les voyait bondir dans l'escalier ou on les entendait striduler dans le placard à chaussures. Un incubateur trônait au beau milieu de la pièce, posé à même le sol. Une fois les œufs éclos, mon frère alternait les cycles pour maintenir une température idéale.

Marie-Anne détestait ces lézards. C'était le seul écueil à la métamorphose de Chris, le seul point sur lequel il n'avait pas cédé. En conséquence de quoi, elle refusait d'approcher sa chambre et passait donc son temps sur le canapé, ou à la table de la cuisine, et lisait des livres de développement personnel en poussant des soupirs assez fort pour que tous – excepté Chris, qui se trouvait à l'étage et s'occupait de ses bestioles – puissent l'entendre.

Mais pour l'instant, j'avais d'autres chats à fouetter.

— Je comprends bien, continuait ma mère, proche des larmes. Mais ce que vous n'arrivez pas à comprendre, c'est qu'une centaine de personnes va m'attendre au Hilton et que *je ne serai pas là* !

— Là, là, là, dis-je, posant doucement la main sur le combiné. Maman, laisse-moi leur parler.

— C'est ridicule, protesta-t-elle, mais elle me laissa faire. C'est...

— Maman, dis-je d'une voix calme. Va finir de t'habiller, je m'occupe de tout. D'accord ?

Elle resta un instant immobile et cligna des yeux. Elle avait déjà passé sa robe et tenait ses collants à la main, mais elle n'avait encore ni maquillage ni bijou. Elle en avait pour vingt-cinq bonnes minutes, estimation basse.

— Bon, d'accord, finit-elle par lâcher, comme si c'était une faveur. Je monte.

— Très bien.

Je la suivis des yeux tandis qu'elle quittait la pièce, la main dans les cheveux. Une fois qu'elle eut disparu, j'approchai le combiné de mon oreille.

— Albert ?

— Non, répondit une voix méfiante. C'est Thomas.

— Est-ce qu'Albert est là ?

— Un instant.

J'entendis le bruit étouffé d'une main qui se posait sur le combiné, puis :

— Allô. Albert à l'appareil.

— Albert, c'est Julie Starr.

— Salut, Julie ! Écoute, ce truc avec les voitures a tout foutu par terre...

— Ma mère n'est pas loin de la crise de nerfs, Albert.

— Je sais, je sais. Écoute, c'est ce que Thomas essayait de lui expliquer. Ce qu'on va faire, c'est...

Cinq minutes plus tard, je montai l'escalier et

frappai à la porte de sa chambre. Elle était assise devant sa coiffeuse, avait changé de robe et se tapotait le visage avec une houppette. Vaste progrès.

— C'est réglé, annonçai-je. Une voiture sera là à six heures. C'est une berline, pas une limousine, mais on en aura une demain. C'est l'essentiel, non ?

Elle poussa un soupir et posa la main sur sa poitrine, comme soulagée d'un grand poids.

— Merveilleux. Merci, ma chérie.

Je m'assis sur son lit, envoyai valser mes chaussures et jetai un regard à la pendule. Cinq heures et quart. Il me fallait dix-huit minutes pour me préparer, brushing compris. Je m'allongeai, fermai les yeux et écoutai ma mère se préparer : tintement des bouteilles de parfum, coups de pinceaux, manipulation de pots de crème pour le visage et de gel pour le contour des yeux. Ma mère avait toujours été glamour, même si elle n'en avait pas le physique. Petite et maigre, c'était une vraie boule de nerfs. Elle aimait porter tout un tas de bracelets qui cliquetaient quand elle bougeait les bras, et elle les bougeait beaucoup. Même à l'époque où elle enseignait à des étudiants qui s'endormaient à moitié après leur journée de travail, elle faisait toujours l'effort de s'habiller, de se maquiller, de se parfumer. Elle se faisait maintenant teindre les cheveux et les portait courts, dégradés, avec des mèches. Dans ses longues robes flottantes et avec ses cheveux noirs de jais, elle aurait pu passer pour une geisha... si seulement elle avait été moins bruyante.

— Julie chérie ! s'exclama-t-elle soudain.

Sur le point de m'endormir, je tressaillis.

— Tu peux attacher mon collier ?

Je me levai.

— Tu es très belle.

C'était vrai. Elle portait une longue robe rouge, des boucles d'oreilles en améthyste et, au doigt, le gros diamant que lui avait offert Roger. Elle sentait « L'air du temps », le parfum qui avait bercé mon enfance et que je trouvais alors le plus beau du monde. La maison entière en était infestée : c'était une odeur aussi tenace que celle de la cigarette, qui s'accrochait au creux des rideaux et se nichait dans les plis des tapis.

— Merci, mon cœur, répondit-elle, tandis que j'accrochai le fermoir.

En voyant nos deux reflets dans le miroir, je fus à nouveau frappée par notre absence de ressemblance. J'étais blonde et mince, elle brune et sensuelle. Je ne ressemblais pas non plus à mon père. Il y avait peu de photos de lui, mais sur celles que j'avais vues, il avait l'allure rock typique des années 60, barbe et cheveux longs. Il avait toujours l'air défoncé, ce que ma mère n'avait jamais cherché à démentir. *Mais il avait une si jolie voix*, disait-elle, maintenant qu'il était mort. *Il a suffi d'une chanson pour que je tombe amoureuse.*

Se tournant vers moi, elle me prit les mains.

— Ma Julie, déclara-t-elle, un sourire aux lèvres, tu arrives à y croire, toi ? On va être si *heureux* !

Je hochai la tête.

— Tu vois, ce n'est pas comme si j'allais à l'autel pour la première fois...

— Sûr, dis-je, tout en lissant quelques mèches rebelles.

— Ça a l'air tellement vrai, cette fois, tellement définitif... Tu ne trouves pas ?

Je savais ce qu'elle attendait de moi mais j'hésitai. Cette scène, que j'avais déjà jouée deux fois, me semblait tout droit sortie d'un mauvais film. On en était arrivé, avec les demoiselles d'honneur, à considérer les mariages de ma mère comme des réunions de promo : l'occasion de faire le point, entre nous, sur l'embonpoint d'Untel ou la calvitie d'un autre. Je n'avais plus aucune illusion sur l'amour. Il venait, repartait, laissant des blessures, ou n'en laissant pas. On n'est pas faits pour passer notre vie entière avec la même personne, quoi qu'en disent les chansons, et je lui aurais sans doute rendu service si j'avais sorti de leur cachette, sous le lit, les albums de ses précédents mariages. Je lui aurais mis le nez sur ce qu'on s'apprêtait à revivre dans les prochaines quarante-huit heures : ce seraient les mêmes poses, les mêmes visages, les mêmes « gâteau-toast au champagne-première danse ». Elle pouvait peut-être oublier, chasser de sa pensée maris et souvenirs. Moi, non.

Elle me souriait dans le miroir. Je me disais parfois que, si elle avait pu lire mes pensées, ça l'aurait tuée. Et ça m'aurait tuée aussi.

— C'est différent, déclara-t-elle, comme si elle

cherchait à se convaincre elle-même. Cette fois, c'est différent.

— C'est sûr, maman, dis-je en posant les mains sur ses épaules, qui me parurent toutes petites. C'est sûr.

Alors que je gagnais ma chambre, Chris me sauta dessus.

— Julie ! Il faut que tu viennes voir !

Je jetai un regard à ma montre – cinq heures vingt – puis le suivis dans la salle aux lézards. C'était une pièce exiguë, qu'il était obligé de maintenir chaude en permanence. Ça me donnait l'impression d'un interminable trajet dans un ascenseur qui n'irait nulle part.

— Regarde.

Il m'attrapa par la main et me fit asseoir près de lui, à côté de l'incubateur dont il avait ôté le couvercle. À l'intérieur se trouvait un Tupperware rempli de mousse et, dessus, trois petits œufs. Le premier était déjà ouvert, le deuxième avait l'air écrabouillé, mais le troisième avait un petit trou sur le dessus. Il me le montra du doigt.

— Regarde ça, chuchota-t-il.

— Chris, protestai-je en consultant de nouveau ma montre, je n'ai pas encore pris ma douche !

— Attends, rétorqua-t-il. Ça vaut vraiment le coup.

On attendit, tous les deux, accroupis. La chaleur me donnait mal à la tête. Au moment où j'allais me lever, l'œuf bougea, vacilla, et quelque chose sortit du trou, une toute petite tête, bientôt suivie d'un corps. C'était glissant, visqueux, et si petit que ç'aurait pu tenir sur le bout de mon doigt.

— *Varanus tristis orientalis*, déclara-t-il (on aurait dit qu'il jetait un sort). Un varan tacheté. C'est le seul qui ait survécu.

Le petit lézard clignait des yeux, à moitié hébété, et se déplaçait par secousses, comme s'il bégayait. Chris rayonnait. Il avait l'air aussi heureux que s'il venait de créer l'univers à lui tout seul.

— C'est super, hein ? s'exclama-t-il, tandis que le lézard avançait ses minuscules pattes palmées. C'est nous, la première chose qu'il aura vue.

Le lézard nous regarda, on le regarda en retour. Il était petit et sans défense. Le pauvre. Il ne savait pas dans quelle ménagerie il avait atterri. Mais il n'avait pas besoin de le savoir, pas encore. Dans cette pièce exiguë et chaude, le monde était sans doute encore supportable.

Chapitre 4

— Enfin, je vous demande de lever vos verres en l'honneur de Julie, la fille de Barbara, qui a tout organisé. On n'aurait jamais pu s'en sortir sans elle. À Julie !

— À Julie ! répéta l'assemblée en écho, avant de s'envoyer un autre verre de champagne.

— Et maintenant, déclara ma mère, tournée vers Roger, un sourire aux lèvres, j'espère que vous allez bien vous amuser !

Roger souriait aussi. Le sourire n'avait pas quitté ses lèvres depuis les premières notes du *Prélude* qui avait ouvert la cérémonie, deux heures plus tôt.

Le quatuor à cordes se mit à jouer, ma mère et Roger s'embrassèrent, et je pus enfin respirer. Les salades étaient dans les assiettes, et chacun sur sa chaise. Le gâteau avait été vérifié. Le plat de résistance, vérifié. Le barman et les liqueurs, vérifiés. Ceci, ajouté à un million d'autres détails, signifiait qu'après six mois, deux jours et environ quatre heures, je pouvais enfin me détendre. Pour quelques minutes au moins.

— Bon, dis-je à Chloé, *maintenant*, je vais boire du champagne.

— Enfin ! s'exclama-t-elle en me tendant une flûte.

Lisa et elle étaient déjà plus que pompettes. Le visage rouge, elles gloussaient assez fort pour attirer l'attention sur notre table. Marie-Anne, qui buvait de l'eau de Seltz, nous regardait d'un air pincé.

— Tu as fait du bon boulot, Julie, décréta Chris en avalant une tomate. Tu as offert une belle journée à maman.

— Maintenant, c'est à elle de se débrouiller toute seule. La prochaine fois, elle peut se marier à Las Vegas avec un sosie d'Elvis si elle veut, ce n'est plus mon problème.

Marie-Anne ouvrit la bouche.

— La prochaine fois ?

Elle jeta un regard à ma mère et à Roger, qui avaient rejoint la table d'honneur et qui réussissaient le tour de force de manger tout en serrant des dizaines de paires de mains.

— Julie, elle s'est mariée devant Dieu ! C'est pour toujours !

On la regarda, Chris et moi. À l'autre bout de la table, Lisa rota.

— Hou là, s'exclama celle-ci, tandis que Chloé éclatait d'un rire strident. Excusez-moi.

Marie-Anne leva les yeux au plafond, mortifiée

de partager la table d'une telle bande de rustres et de cyniques.

— Christophe, déclara-t-elle (c'était la seule à l'appeler comme ça), allons prendre l'air.

— Mais je n'ai pas fini ma salade...

Je remarquai qu'il avait de la vinaigrette sur le menton. Marie-Anne prit sa serviette et la plia. Elle avait fini de manger et avait soigneusement posé ses couverts en travers de l'assiette.

— Oui, bien sûr, dit alors Chris en se levant. On y va.

Une fois qu'ils furent partis, Chloé se décala de deux chaises, et Lisa fit pareil. Marion manquait à l'appel, car son petit frère avait soudain attrapé une angine à streptocoques. Elle dégageait un tel calme que, lorsqu'elle n'était pas là, les choses semblaient en déséquilibre. Comme si Lisa et Chloé étaient trop lourdes pour mes seules épaules.

Lisa suivit des yeux Marie-Anne, qui entraînait Chris vers l'entrée.

— Oh là là, elle nous déteste !

— Non, rétorquai-je.

J'avalai une nouvelle gorgée de champagne.

— Elle *me* déteste.

— Oh, tais-toi ! protesta Chloé en picorant dans sa salade.

— Pourquoi est-ce qu'elle te détesterait ? s'enquit Lisa, dont le rouge à lèvres avait débordé (ce qui la rendait encore plus adorable).

— Parce que, pour elle, je ne suis pas quelqu'un

de bien, expliquai-je. Je suis tout le contraire de ses valeurs.

— Mais ce n'est pas vrai ! s'exclama-t-elle, choquée. Tu es quelqu'un d'*extraordinaire*, Julie !

Chloé fit entendre un grognement.

— N'exagérons rien...

— Mais si ! insista Lisa, si fort qu'à la table voisine plusieurs personnes (des employés de Roger) se retournèrent.

— Je ne suis pas extraordinaire, dis-je en lui serrant le bras. Mais j'ai fait des progrès.

— Ça, d'accord, déclara Chloé en jetant sa serviette dans son assiette. Tu ne fumes plus, pour commencer.

— C'est vrai. Et je ne roule plus sous les tables.

Lisa acquiesça.

— Ça aussi, c'est vrai.

— Et enfin, dis-je en finissant mon verre, je ne couche plus *autant* qu'avant...

— Tope là ! lança Chloé, qui leva son verre pour trinquer. Stanford n'a qu'à bien se tenir, Julie est devenue une vraie sainte !

— Sainte Julie... Je trouve ça pas mal.

Le repas était bon. Personne, à part moi, n'avait l'air de trouver le poulet caoutchouteux, mais j'étais peut-être de mauvaise foi : j'avais bataillé dur pour le bœuf, j'avais perdu, et ça m'avait vexée. Marie-Anne et Chris avaient disparu. Plus tard, en allant aux toilettes, je les trouvai à une autre table, assis à côté des huiles que fréquentait Roger à la chambre de commerce. Marie-Anne était en grande conversation avec le secrétaire général de la mairie et agitait sa fourchette pour mieux démontrer son point de vue. Chris, qui avait maintenant une tache sur sa cravate, était surtout occupé à manger. Quand il m'aperçut, il me fit un sourire d'excuses, puis haussa les épaules comme si, sur ce point comme sur beaucoup d'autres, la situation lui échappait totalement.

À notre table, le champagne coulait à flots. L'un des neveux de Roger, qui allait à Princeton, avait entrepris de draguer Chloé, tandis que Lisa, pendant mon absence, était passée d'un joyeux babillage à l'humeur la plus sombre, et semblait sur le point de fondre en larmes.

— Tu vois, confia-t-elle, penchée vers moi, je pensais vraiment qu'Adam et moi, on allait se marier. Je te jure...

— Je sais, répondis-je, soulagée d'apercevoir Marion, empêtrée dans sa robe, qui se dirigeait vers nous.

Elle avait l'air horriblement mal à l'aise, comme chaque fois qu'elle portait autre chose qu'un jean. À peine assise, elle laissa échapper une grimace.

— Ces fichus collants, marmonna-t-elle. Ils m'ont coûté quatre dollars et j'ai l'impression d'avoir les jambes enveloppées dans du papier de verre...

— Mais c'est notre amie Marion ! gloussa Chloé d'une voix suraiguë. Tu n'as pas une robe qui ait moins de dix ans ?

— C'est ça, moque-toi de moi.

Le neveu de Roger haussa les sourcils, mais Chloé, sans s'émouvoir, retourna à son champagne et à la longue histoire qu'elle avait entrepris de raconter.

— Marion, murmura Lisa en tombant de mon épaule sur la sienne. Je suis soûle.

— Je vois ça, répondit-elle, impassible, en la repoussant vers moi. Là, s'exclama-t-elle, je dois dire que ça valait le coup de venir !

— Ne sois pas comme ça, protestai-je. Tu as faim ?

Elle jeta un regard envieux à nos assiettes.

— J'ai mangé du thon.

— Ne bouge pas, dis-je en renvoyant Lisa sur sa chaise. Je reviens tout de suite.

Je me frayais un passage entre les tables, une assiette de poulet, d'asperges et de riz pilaf à la main, lorsque le micro fit entendre un craquement, suivi de quelques accords de guitare.

— Bonjour la compagnie ! lança une voix, alors que je me glissais entre deux tables, évitant de justesse un serveur qui débarrassait. Nous sommes les G Flat et nous souhaitons à Roger et à Barbara le plus de bonheur possible !

Comme tout le monde applaudissait, je m'arrêtai et tournai la tête. Roger avait insisté pour se charger du groupe, car il connaissait des gens qui lui devaient une faveur. Grave erreur. J'aurais mille fois préféré engager le groupe de Motown local, même s'il avait déjà joué à deux des mariages de ma mère. Parce que, bien sûr, le type debout derrière le micro, qui flottait dans un costume noir trop grand pour lui, c'était... Damien-le-musicien, évidemment.

— Qu'est-ce que vous en dites, les amis ? Que la fête commence !

— C'est pas vrai... murmurai-je, tandis que le groupe, composé d'un guitariste, d'un clavier et du Ringo roux que j'avais rencontré la veille, se lançait dans une version enthousiaste de *Get ready*.

Ils portaient tous des costumes achetés d'occasion et Ringo arborait même sa fameuse cravate à clip. Mais les gens se levaient déjà et gagnaient la piste en ondulant de la croupe, Roger et ma mère donnant l'exemple.

Je retournai à la table, posai l'assiette devant Marion, puis me laissai tomber sur ma chaise. Comme prévu, Lisa pleurait. Elle se tamponnait les yeux avec sa serviette, tandis que Marion lui tapotait machinalement les genoux. Chloé et le neveu avaient disparu.

— C'est pas possible.

— Quoi ? s'enquit Marion en s'emparant de sa fourchette. Mm, ça sent *super bon* !

— Le groupe...

Je fus interrompue par Marie-Anne, qui tirait Chris derrière elle.

— Maman veut te voir, m'indiqua celui-ci.

— Comment ça ?

— Tu devrais être en train de danser, expliqua Marie-Anne, reine de l'étiquette, en me tirant doucement par le bras. Tout le monde est déjà là-bas.

— Oh, c'est bon !... protestai-je en jetant un regard à la piste.

Ma mère, bien entendu, regardait droit dans ma direction, un sourire béat aux lèvres, et me faisait signe de la rejoindre. J'attrapai Lisa par le bras (pas question d'y aller seule) et l'entraînai avec moi dans la foule.

— J'ai pas envie de danser, gémit-elle.

— Moi non plus, rétorquai-je.

— Julie, Lisa ! cria ma mère.

Elle nous attira vers elle et nous serra dans ses bras. Sa peau était chaude, le tissu de sa robe lisse et glissant.

— Ce qu'on s'amuse !

On était en plein milieu de la piste et les gens dansaient autour de nous. Le groupe enchaîna avec *Shout*. Quelqu'un poussa un cri derrière moi. Roger, qui avait épuisé ma mère, m'attrapa par le bras, me fit tournoyer et m'envoya valser dans un couple qui dansait le twist. Je crus que mon bras se détachait de mon corps. Puis Roger m'attira à lui d'un geste sec, tout en se déhanchant outrageusement.

— Mon Dieu... murmura Lisa dans mon dos.

Je volais déjà à nouveau, dans l'autre sens. Roger dansait avec une vigueur terrifiante. Je tentai désespérément de le renvoyer vers ma mère, mais elle dansait avec l'un de ses jeunes neveux.

— Aide-moi, glissai-je à Lisa lors de l'un de mes passages éclairs, le poignet pris en étau dans la main de Roger.

À cet instant, il me plaqua contre lui et se mit à sautiller sur place. Mes dents s'entrechoquaient. Ce qui ne m'empêcha pas de voir Chloé, sur le bord de la piste, en train de rire comme une hystérique.

— Tu danses vraiment bien, me dit Roger en me faisant glisser entre ses jambes.

J'étais terrifiée à l'idée qu'on voie mon soutien-gorge : malgré de nombreux essayages, ma robe n'était pas parfaitement ajustée. C'est alors qu'il me releva d'un geste si brusque que je sentis le sang me monter à la tête.

— J'adore danser ! cria-t-il, avant de m'envoyer dans une nouvelle vrille. Je ne danse pas assez souvent !

— C'est pas mon avis, maugréai-je, tandis que la chanson se terminait enfin.

— Quoi ? demanda-t-il, la main en cornet sur son oreille.

— J'ai dit que tu savais vraiment bouger.

Il se mit à rire et s'essuya le visage.

— Toi aussi, ajouta-t-il, à moitié noyé dans un crépitement de cymbales. Toi aussi.

Je pris la fuite pendant les applaudissements et me dirigeai vers le bar où mon frère, seul pour une fois, grignotait un morceau de pain.

— Qu'est-ce que c'était ? s'enquit-il en riant. De loin, on aurait dit un genre de rite tribal.

— Tais-toi.

— Et maintenant, les amis, déclara Damien, tandis que les lumières s'adoucissaient. Pour votre plus grand plaisir... un petit slow.

Les premières notes, un peu hésitantes, de *Our love is here to stay* se firent entendre. Ceux qui ne se sentaient pas à l'aise dans les danses rapides, et avaient jusque-là fui la piste, se levèrent pour former des couples. Marie-Anne réapparut. Elle sentait le savon. Elle posa la main sur celle de Chris et en délogea le morceau de pain.

— Tu viens ? murmura-t-elle, tout en se débarrassant discrètement du pain sur une table voisine.

Malgré tous mes a priori sur cette fille, j'étais bien obligée d'admirer sa technique. *Rien* ne pouvait l'arrêter.

— On danse ?

— Bonne idée, dit Chris en s'essuyant la bouche.

Au moment de s'engager sur la piste, il se tourna vers moi.

— Ça va ?

Je hochai la tête.

— Ça va.

Le calme s'était fait dans la salle. Les danseurs, joue contre joue, chuchotaient. Sur scène, Damien chantait. Le pianiste, qui avait l'air de s'ennuyer, regardait sa montre. J'étais de tout cœur avec lui.

Je n'ai jamais compris l'intérêt des slows. Même au collège, je détestais ce moment où la musique ralentit, ralentit, pour permettre à chacun de coller son corps moite contre un autre. Dans les danses normales, au moins, on n'est pas pris en otage, on n'est pas obligé de se balancer en rythme contre un parfait étranger qui, à cause de cette proximité soudaine, se sent le droit de vous toucher les fesses et tout ce qui se trouve à sa portée. Quelle foutaise.

Une sacrée foutaise. Un slow n'est qu'un prétexte pour pouvoir se coller à quelqu'un dont on a très envie d'être proche ou, horreur, de quelqu'un qu'on voudrait voir à des kilomètres. Bon, c'est vrai, mon frère et Marie-Anne avaient l'air terriblement amoureux et, c'est vrai, les paroles étaient belles. La chanson n'était d'ailleurs pas si nulle. Mais ce n'était vraiment pas mon truc.

J'attrapai au passage une coupe de champagne sur un plateau, avalai une gorgée et grimaçai en sentant les bulles me remonter dans le nez. J'étais en train de lutter pour ne pas éternuer quand je sentis la présence de quelqu'un à mon côté. Tournant la tête, je reconnus une fille qui travaillait avec Roger, qui s'appelait Betty ou Patty, en tout cas un nom avec un « t » au milieu. Elle avait de longs cheveux permanentés, de grandes mèches, et sentait trop fort le parfum. Elle me sourit.

— J'adore cette chanson, soupira-t-elle. Pas vous ?

Je haussai les épaules.

— Si, si, dis-je, alors que Damien se penchait vers le micro, les yeux fermés.

— Ils ont l'air tellement heureux, continua-t-elle.

Je suivis son regard. Ma mère et Roger se déhanchaient en riant sur les derniers accords. Elle renifla. Je vis qu'elle était au bord des larmes. C'est fou l'effet que le mariage fait à certaines personnes.

— Il est vraiment heureux, n'est-ce pas ?
— Ouais...

Elle s'essuya les yeux, puis agita la main avec un air d'excuse et secoua la tête.

— Je suis désolée... c'est juste que...
— Je sais, dis-je, dans l'espoir de couper court.

J'avais eu ma dose de sentimentalisme pour la journée.

La chanson était enfin finie. Betty/Patty prit une profonde inspiration, puis cligna lorsque la lumière se ralluma. Je vis alors qu'elle pleurait vraiment. Elle avait les yeux gonflés, le visage rouge et le mascara, dont elle avait, il faut bien dire, un peu abusé, commençait à couler. La totale.

— Je devrais peut-être... reprit-elle, d'une voix mal assurée, en se touchant le visage. Je crois que j'ai besoin de me rafraîchir...

— J'ai été contente de vous voir ! lançai-je du ton joyeux et festif dont j'avais usé toute la soirée.

— Moi aussi, répondit-elle, légèrement moins enthousiaste.

Elle s'éloigna et, en chemin, buta dans une chaise. Ça suffit, pensai-je. Il faut que je fasse une pause.

Je longeai la table du gâteau, ouvris une porte de service et débouchai sur le parking, où deux serveurs fumaient en se défoulant sur les restes de feuilletés au fromage.

— Salut ! lançai-je, je peux vous en taxer une ?
— Pas de problème.

Le plus grand, qui était coiffé comme un mannequin de mode, secoua son paquet pour faire tomber une cigarette, puis sortit un briquet. Je me penchai vers la flamme et aspirai quelques bouffées. Baissant la voix, il demanda :

— Comment tu t'appelles ?

— Chloé, dis-je en m'écartant. Merci.

Je m'éloignai, ignorant ses appels, et me trouvai un coin près des bennes à ordures, le long du mur. J'ôtai mes chaussures, puis considérai ma cigarette. Dix-huit jours. J'avais tenu le coup dix-huit jours. Pas si mal. Et elle n'était même pas si bonne que ça. C'était juste une petite béquille pour tenir la nuit. Je la jetai au sol et la regardai se consumer, puis me penchai en arrière et m'étirai le dos.

À l'intérieur, le groupe avait cessé de jouer. Des applaudissements dispersés se firent entendre, puis la musique enregistrée reprit et une porte claqua. Les G Flat envahirent soudain le parking.

— Quelle galère ! s'exclama le guitariste en sortant de sa poche un paquet de cigarettes. C'est notre dernier mariage. Sérieux !

— Ça fait toujours de l'argent, rétorqua Ringo en avalant une gorgée d'eau.

— Même pas, marmonna le pianiste. Ce soir, c'est cadeau.

— Non, répliqua Damien en passant la main dans ses cheveux, c'est notre caution. Vous avez oublié ou quoi ? On avait une dette envers Roger.

Il y eut quelques murmures d'approbation, puis le silence.

— Je déteste les reprises, finit par dire le guitariste. Pourquoi on ne joue jamais nos trucs ?

— Pour ce public-là ? protesta Damien. Sois sérieux. Je ne pense pas que l'Oncle Dédé, de Saginaw, ait envie de danser sur la *Chanson de la Patate*.

— Ce n'est pas son vrai nom ! aboya Fred. Tu exagères !

— Du calme, protesta le batteur roux avec un geste de la main que je reconnus tout de suite. On n'a plus que deux heures à tenir, OK ? Prenons les choses du bon côté. Au moins, on va pouvoir manger.

— On va pouvoir manger ? s'exclama le pianiste, ragaillardi. T'es sûr ?

— C'est ce qu'a dit Roger, répondit le batteur. S'il y a des restes. On a combien de temps, là ?

Damien consulta sa montre.

— Dix minutes.

Le pianiste regarda le batteur, puis le guitariste.

— Je propose qu'on aille manger. On y va ?

— On y va, répondirent-ils en chœur.

— Tu viens aussi, Damien ?

— Non. Rapporte-moi un morceau de pain, un truc comme ça.

— Comme tu veux, Gandhi ! lança Ringo. On se retrouve là-bas.

Le guitariste écrasa sa cigarette et Ringo lança sa bouteille vers la benne, qu'il rata. La porte claqua de nouveau.

Je restai assise à l'observer, sachant qu'il ne pouvait pas me voir de là où il était. Il ne fumait pas, mais battait la mesure avec ses doigts. J'avais toujours eu un faible pour les bruns et, de loin, son costume ne lui allait pas si mal. Il était presque mignon. Et grand. Un bon point pour lui.

Je me passai la main dans les cheveux. Bon, d'accord, il était peut-être casse-pieds et j'avais détesté sa façon de me rentrer dedans. Mais vu que j'étais là, à deux pas, c'était normal que je me montre. Au moins pour le prendre par surprise...

J'allais contourner la benne quand la porte s'ouvrit, livrant passage à deux filles de la famille de Roger, plus jeunes que moi, qui venaient de l'Ohio.

— Je t'avais dit qu'il serait là ! s'exclama la blonde.

Elles se mirent à glousser. La plus grande resta en retrait, la main sur la porte, mais sa sœur se dirigea droit vers Damien.

— On te cherchait !

— Ah bon, fit Damien avec un sourire poli. Bonjour, alors.

— Bonjour toi-même, répliqua la blonde (je ne pus retenir une grimace). T'as pas une cigarette ?

Il tapota ses poches.

— Non. J'fume pas.

— Incroyable ! s'exclama-t-elle en lui donnant un coup sur la jambe. Je pensais que tous les musiciens fumaient !

La plus grande, restée près de la porte, jeta derrière elle un regard inquiet.

— Moi, je fume, continuait la blonde, mais ma mère me tuerait si elle le savait. Elle me *tuerait* !

— Mm, acquiesça Damien, qui avait l'air de trouver ça intéressant.

— T'as une copine ? demanda-t-elle brusquement.

— Mégane ! protesta sa sœur.

— Je demande, répliqua Mégane, s'approchant un peu plus de Damien. Je pose juste la question.

— Eh bien, en fait...

Je me décidai à revenir sur mes pas, furieuse contre moi-même. Ce que j'avais failli faire était vraiment stupide, bien au-dessous de mes exigences. Et vu ce qui venait de se passer avec Jonathan, celles-là ne pouvaient pas dégringoler plus bas !

C'était tout moi. Je vivais dans l'instant, je voulais un mec pour la nuit, rien de plus. Mais j'avais changé. Ça, la cigarette (d'accord, avec un petit écart) et l'alcool (globalement), c'était fini. Me faire le premier venu, j'avais arrêté. Définitivement. Et j'avais failli tout flanquer par terre pour une espèce de Frank Sinatra qui était prêt à se contenter d'une Mégane, de l'Ohio. *Mon Dieu !*

À l'intérieur, le gâteau avait migré au centre de la piste. Ma mère et Roger prenaient la pose, les mains entrelacées sur le couteau, tandis que le photographe les flashait sous tous les angles. Je me glissai au premier rang et regardai Roger enfourner délicatement un morceau de gâteau dans la bouche de ma mère. Un flash crépita. Ah, l'amour...

La fin de la nuit fut sans surprise. Ma mère et Roger disparurent dans un nuage de graines d'oiseau et de bulles (sous le regard hostile des femmes de ménage de l'hôtel) et Chloé s'envoya le neveu dans le hall. Marion et moi, on se retrouva dans les toilettes, en train de tenir la tête de Lisa, qui alternait entre nausées et gémissements sur Adam.

— C'est génial, les mariages, non ? me demanda Marion en me tendant une nouvelle liasse de serviettes en papier mouillées, que je pressai sur le front de Lisa.

— Oui, répondit celle-ci, sincère. J'adore.

Marion me jeta un regard découragé, mais je me contentai de secouer la tête, puis laissai Lisa sortir du box. Elle alla droit vers les lavabos et s'examina dans le miroir : son mascara avait coulé, elle avait les cheveux en bataille et une tache douteuse sur la manche de sa robe. Elle renifla.

— C'est la pire journée de ma vie...

— Allons, allons, dis-je en lui prenant la main. Tu te sentiras mieux demain.

— Tu parles ! rétorqua Marion. Demain, elle aura la gueule de bois et elle se sentira encore plus mal.

— Marion ! protestai-je.

C'est une équipe débraillée qui se fraya un passage à travers le hall. Lisa, entre nous deux, s'accrochait à nos épaules. Il était une heure, mes cheveux étaient tout plats et j'avais mal aux jambes. Je pensai alors que la fin d'un mariage était toujours atrocement déprimante. Seuls les mariés sont épargnés : eux s'éloignent vers le soleil couchant, tandis que nous autres, on se réveille avec une nouvelle journée normale à vivre.

— Où est Chloé ? demandai-je à Marion, tandis qu'on bataillait avec le tourniquet de la porte.

Lisa s'était endormie, même si ses jambes continuaient à avancer.

— Aucune idée. La dernière fois que je l'ai vue, elle flirtait avec ce type, là, à côté du piano.

Je jetai un regard au hall, mais ne vis pas l'ombre de Chloé. Elle n'était jamais là quand quelqu'un vomissait. À croire qu'elle avait un sixième sens.

— C'est une grande fille, déclara Marion. Elle se débrouillera toute seule.

On était en train de hisser Lisa sur le siège avant de la voiture quand on entendit un bruit de ferraille. Le camion blanc du groupe se garait devant l'hôtel. Les portes arrière s'ouvrirent et Ringo en descendit, cette fois sans sa cravate à clip. Le guitariste sortit du côté du conducteur et ils disparurent à l'intérieur, laissant le moteur tourner.

— T'as besoin que je te ramène ?
— Non. Chris m'attend.

Je refermai la porte sur Lisa.

— Merci pour tout.
— Pas de problème.

Elle sortit les clefs de sa poche et les fit tinter.

— Tout s'est bien passé, non ?

Je haussai les épaules.

— C'est fini, dis-je. C'est tout ce qui compte.

Elle s'éloigna dans un coup de klaxon. En retournant vers l'hôtel, je passai devant le camion blanc. Ringo et le pianiste chargeaient le matériel en rouspétant.

— Fred n'aide jamais, râlait le pianiste en hissant un grand micro, qui fit un bruit métallique en tombant. Ça finit par être lassant, cette manie de disparaître...

— Tout ce qui m'intéresse, c'est de partir d'ici, répliqua Ringo. Où est Damien ?

— Je leur donne cinq minutes. Sinon, ils devront se servir de leurs jambes.

Il passa le bras par la fenêtre ouverte et appuya sur le klaxon au moins cinq bonnes secondes.

— Super, fit Ringo, sarcastique. Si là, ils n'entendent pas...

Quelques secondes plus tard, l'insaisissable Fred passait les tourniquets, l'air contrarié.

— Génial ! cria-t-il. Très classe !

— Si tu ne montes pas tout de suite, tu rentres à pied ! aboya le pianiste. Et je suis sérieux !

Fred monta. Le klaxon sonna une nouvelle fois, puis ils attendirent. Pas de Damien. Après une petite altercation entre les passagers avant, le camion s'ébranla, puis tourna à droite sur la route principale, oubliant, naturellement, le clignotant.

L'équipe de ménage, déjà à l'œuvre, ramassait les verres et enlevait les nappes. Le bouquet de ma mère (quatre-vingts dollars) gisait sur un plateau, aussi frais que lorsqu'elle était entrée dans l'église, neuf heures plus tôt.

— Ils sont partis, fit une voix dans mon dos.

Je me retournai. Damien. Mon Dieu, aidez-moi ! Il était assis à une table, devant une assiette, à côté d'une glace qui représentait deux cygnes entrelacés et qui finissait de fondre.

— Qui ?

— Chris et Marie-Anne, répondit-il, comme si c'était évident.

Il attrapa une fourchette et avala une bouchée de ce qui se trouvait dans son assiette. De là où j'étais, ça ressemblait à du gâteau.

— Quoi ? Ils sont partis ?

— Ils étaient fatigués.

Il mâcha un instant, puis avala.

— Marie-Anne a dû partir parce qu'elle a un colloque tôt demain matin, au palais des congrès. Un truc sur l'accomplissement. Elle est très brillante, cette fille. Elle pense que j'ai un avenir dans le secteur des loisirs privés et corporatifs. Je ne sais pas ce que ça veut dire, mais ça a l'air bien.

Je me contentai de le regarder.

— De toute façon, reprit-il, j'ai dit qu'il n'y avait pas de problème, qu'on te ramènerait...

— Qui ça, on ?

— Moi et les gars...

J'accusai le choc. Dire que si j'avais accepté la proposition de Marion, je serais déjà tranquille chez moi. Génial...

— Ils sont partis aussi.

Il releva la tête, la fourchette à mi-chemin.

— Quoi ?

— Ils sont partis, répétai-je lentement. Ils ont klaxonné.

— Mince. Il me semblait bien que j'avais entendu le klaxon, déclara-t-il en secouant la tête. Classique.

Je jetai un regard à la salle presque déserte, comme si la solution à mon problème avait pu se trouver là, par exemple derrière une plante verte. Mais rien. Je me résignai alors à l'inéluctable, pris une chaise et m'assis à sa table.

— Ah, fit-il dans un sourire. Elle a fini par venir.

— Ne t'emballe pas, rétorquai-je en posant mon sac sur la table. Je recharge juste mes batteries avant d'appeler un taxi.

— Tu devrais d'abord goûter ce gâteau.

Il avança l'assiette vers moi.

— Tiens...

— Ça ne me fait pas envie.

— Il est délicieux. Pas du tout plâtreux.

— Je n'en doute pas, mais ça va très bien, merci.

— Je parie que t'en as même pas eu, pas vrai ?

Il agita sa fourchette dans ma direction.

— Essaie, au moins.

— Non, rétorquai-je sèchement.

— Allez !

— Non.

— Humm... commenta-t-il, enfonçant légèrement sa fourchette. Savoureux...

— Tu sais quoi ? dis-je enfin. Tu me gonfles !

Il haussa les épaules, visiblement habitué à ce genre de remarques, reprit son assiette et avala une nouvelle bouchée. L'équipe de ménage discutait en empilant les chaises. Une femme avec une longue natte ramassa le bouquet de ma mère et le prit délicatement dans ses bras.

— Da-da-da-dum...

Une de ses collègues lui cria d'arrêter de rêver et de finir son travail. Elle se mit à rire.

— C'est son premier remariage ?

— Quatrième, répliquai-je. Elle en a fait son métier.

— Je te bats quand même. Ma mère en est à son cinquième.

Je dois reconnaître que j'étais impressionnée. Je n'avais encore jamais rencontré quelqu'un qui ait eu plus de beaux-pères que moi.

— Ah bon ?

Il acquiesça.

— Mais tu sais, ajouta-t-il, sarcastique, je crois vraiment que *celui-là*, c'est le bon.

— On va espérer que le printemps soit éternel...

Il poussa un soupir.

— Surtout dans le jardin de ma mère.

— Damien, mon grand, appela une voix dans mon dos, tu as eu assez à manger ?

Il se redressa, puis répondit :

— Oui, m'dame, c'était parfait. Merci.

Je le regardai.

— Tu connais *tout le monde* ?

Il haussa les épaules.

— Pas tout le monde, mais je me fais facilement

des amis. C'est tous ces beaux-pères. Ça rend plus conciliant.

— Ouais, c'est vrai.

— Parce qu'il faut bien s'adapter. Ta vie ne t'appartient pas vraiment, avec tous ces gens qui vont et qui viennent. Tu t'assouplis, parce qu'il le faut bien. Mais tu connais ça, je suppose...

— Ça, oui, dis-je. Y a pas plus facile à vivre que moi.

Je me levai et m'emparai de mon sac. Mes pieds étaient douloureux.

— Faut que j'y aille, maintenant.

Il attrapa sa veste sur le dossier de la chaise.

— On partage un taxi ?

— Je ne crois pas.

— Très bien, dit-il en haussant les épaules. Comme tu veux.

Je me dirigeai vers la porte. Je pensais qu'il me suivait, mais en me retournant, je vis qu'il était parti de l'autre côté. J'étais surprise qu'il renonce si vite, après s'être montré aussi insistant. Le batteur devait avoir raison. Le challenge, c'était se retrouver en tête-à-tête avec moi, et maintenant qu'il m'avait vue de près, il avait pu constater que je n'avais rien de spécial. Mais ça, je le savais déjà.

Un taxi attendait devant l'hôtel. Le chauffeur somnolait. Je me glissai à l'arrière et retirai mes chaussures. D'après les chiffres verts du tableau de bord, il était exactement deux heures. À l'hôtel *L'oiseau de feu*, à l'autre bout de la ville, ma mère devait dormir d'un sommeil de plomb, rêvant à la semaine qu'elle allait passer à Saint-Bart. Puis elle rentrerait finir son roman, emménagerait avec son nouveau mari et tenterait une nouvelle fois d'être une Mme Quelqu'un, persuadée que, cette fois-ci, les choses seraient différentes.

Alors que le taxi gagnait la route principale, j'aperçus un reflet de lumière à travers le parc. C'était Damien. Avec sa chemise blanche, on aurait dit qu'il rayonnait. Il marchait au beau milieu de la rue, le long des maisons plongées dans la pénombre et comme endormies. En le regardant, j'eus un instant l'impression qu'il ne restait plus que lui sur terre. Lui et moi.

Chapitre 5

— Julie, je te jure, il est formidable !
— Lola, s'il te plaît.
— Je sais ce que tu penses. Je le sais très bien. Mais là, c'est différent. Je ne te ferais pas un truc pareil. Tu ne me fais pas confiance ?

Je reposai le paquet de chèques que j'étais en train de compter et levai les yeux vers elle. Elle se tenait affalée sur ses coudes, le menton dans les mains. Une de ses boucles d'oreilles, un énorme anneau doré, se balançait d'avant en arrière et réfléchissait le soleil qui venait de la vitre.

— Je n'aime pas les rendez-vous arrangés.

— Mais ce n'est pas un rendez-vous arrangé, chérie, je le connais, expliqua-t-elle, comme si ça changeait quoi que ce soit. C'est un garçon très bien. Et il a de très belles mains.

— Quoi ?

Elle leva ses mains parfaitement manucurées

afin, sans doute, de m'aider à localiser cette partie du corps humain.

— Les mains. Je l'ai remarqué l'autre jour, quand il est passé prendre sa mère après son gommage au sel marin. Des mains magnifiques. Il est bilingue.

Je plissai les yeux, essayant de saisir le lien entre ces deux informations. Mais non. Rien.

— Lola ? appela une voix timide. Mon crâne me brûle...

— C'est la teinture, mon cœur, répondit Lola sans même tourner la tête. De toute façon, Julie, j'ai vraiment fait ta pub. Et comme sa mère revient cet après-midi pour sa pédicurie...

— Non, rétorquai-je. Oublie.

— Mais il est parfait !

— Personne n'est parfait, répliquai-je en retournant à mes chèques.

— Lola ? appela à nouveau la voix, plus nerveuse et déjà moins polie. Ça fait vraiment mal...

— Tu veux trouver l'amour, Julie ?

— Non.

— Je ne te comprends pas, ma fille ! Tu fais une grave erreur !

Lola élevait toujours la voix quand un sujet lui tenait à cœur : là, sa voix retentissait dans la petite salle d'attente et faisait cliqueter les échantillons de vernis à ongles sur l'étagère au-dessus de ma tête. Encore quelques voyelles un peu agressives et je serais KO, aussi prompte à la traîner en justice que la femme dont les cheveux brûlaient, oubliée, dans la pièce à côté.

— Lola ! hurla celle-ci au bord des larmes. Je sens une odeur de cheveux brûlés !

— Mais c'est pas vrai ! rugit Lola, fâchée contre nous deux, se retournant brusquement et quittant la pièce d'un pas lourd.

Un vernis rouge s'écrasa sur le comptoir et me manqua de peu. Je poussai un soupir, puis ouvris l'agenda. Lundi. Ma mère et Roger seraient de retour dans trois jours. Je tournai les pages et laissai glisser mon doigt le long des jours, comptant le nombre de semaines qu'il me restait avant de partir pour l'université.

Stanford. À quatre mille huit cents kilomètres d'ici, presque une ligne droite à travers le pays. Une fac incroyable, le premier de mes vœux. J'avais été reçue par cinq des six universités auxquelles j'avais postulé. J'avais travaillé dur, suivi des cours avancés, les TP réservés aux meilleurs élèves... Ç'avait fini par payer.

En seconde, mes profs m'avaient orientée vers un bac pro, grâce à quoi, avec un peu de chance, j'aurais pu m'inscrire dans une filière facile, genre psycho, option maquillage. Comme si, juste parce que j'étais blonde et plutôt jolie et que j'avais, c'est vrai, une vie sociale active (et, c'est vrai aussi, pas la meilleure des réputations), que je ne faisais partie ni d'un conseil d'élèves, ni d'un club de lecture, ni même d'un groupe de pom-poms girls, j'étais condamnée à des études courtes. Je m'étais retrouvée avec les disjonctés et les ratés du système, dont on attendait, au mieux, qu'ils sachent descendre de voiture et gagner leur salle de classe.

J'avais prouvé qu'ils se trompaient. Je m'étais payé, sur mon argent de poche, des cours particuliers de physique (la matière qui me coulait) et j'avais suivi une classe préparatoire à l'examen d'entrée à la fac, que j'avais tenu à repasser trois fois, pour avoir les meilleurs résultats possibles. Parmi mes amies, j'avais été la seule à suivre des cours avancés, à part Lisa qui, en tant que fille de deux chercheurs, avait d'emblée été considérée comme brillante. Je travaillais toujours mieux quand il fallait prouver quelque chose et c'est ce qui m'avait soutenue lors de toutes ces nuits passées à trimer : savoir que personne ne me croyait capable de réussir.

J'étais la seule du lycée à avoir été prise à Stanford. Du coup, j'allais pouvoir recommencer ma vie là-bas, repartir de zéro. Une fois ma voiture remboursée, j'avais mis mes salaires sur un compte d'épargne pour payer l'internat, les livres et la vie quotidienne. J'avais pu puiser dans le legs que notre père nous avait laissé, à Chris et à moi, pour régler les frais d'inscription. Un notaire, que j'aurais aimé pouvoir embrasser, avait bloqué cet argent jusqu'à nos vingt-cinq ans ou, le cas échéant, pour nos études. Du coup, ma mère n'avait pas pu y toucher, même dans ses années les plus noires. Elle pouvait bien jeter son argent par les fenêtres, mes quatre années de fac étaient en sécurité. Et chaque fois que

This Lullaby (écrite par Thomas Custer, tous droits réservés) passait en fond sonore d'un spot publicitaire, sur une radio FM ou était reprise par un chanteur dans un bar de Las Vegas, ça rajoutait un jour à mon avenir.

Le carillon de la porte se fit entendre. Le livreur entra, un carton dans les bras, et le posa sur le comptoir, face à moi.

— Un paquet pour vous, Julie, déclara-t-il en sortant son notepad.

Je signai sur l'écran, puis pris la boîte.

— Merci, Jacob.

— Ah, et ça aussi... ajouta-t-il, me tendant une enveloppe. À demain.

— D'acc.

L'enveloppe n'était ni timbrée ni tamponnée. Bizarre. J'ouvris le rabat et en sortis trois photos, un couple de soixante-dix ans qui posait dans un cadre de bord de mer. L'homme portait une casquette de base-ball et un tee-shirt qui proclamait JE JOUE AU GOLF POUR MANGER. La femme, elle, avait un appareil photo accroché à sa ceinture et des chaussures de marche. Ils se tenaient enlacés et avaient l'air formidablement heureux. Sur la première, ils souriaient. Sur la deuxième, ils riaient. Et, sur la troisième, ils s'embrassaient doucement, du bout des lèvres. Comme n'importe quel couple en vacances qui vous demande, s'il vous plaît, de les prendre en photo tous les deux.

Formidable. Mais qui étaient ces gens ? Et qu'est-ce que ça voulait dire ? Je me levai, cherchant le camion des yeux, mais il était déjà reparti. J'étais supposée les connaître ou quoi ? Je les regardai à nouveau. Ils me sourirent en retour, saisis dans cet instant tropical, mais sans fournir plus d'explications.

— Julie chérie, tu peux m'apporter de l'eau froide, s'il te plaît ? appela Lola de la pièce voisine.

Je sus, au ton de sa voix (joyeux mais insistant), que je n'avait pas intérêt à traîner.

— Et le tube de Biafine dans la vitrine au-dessus de la caisse.

— Tout de suite !

Je fourrai les photos dans mon sac à main, attrapai la Biafine, de la gaze et plusieurs bandes, sachant par expérience que ça pouvait être utile. Les urgences capillaires n'étaient pas rares et j'avais appris à y faire face.

Trois heures plus tard, le calme enfin revenu et la cliente repartie, la tête bandée, avec un gros chèque et un bon pour une épilation des sourcils à vie, je fermai la caisse, pris mon sac et quittai le magasin.

C'était enfin l'été. Il faisait une chaleur lourde, tellement humide qu'on avait l'impression d'évoluer dans un épais nuage de vapeur (*ou* dans une casserole d'eau proche de l'ébullition). Lola maintenait l'institut à une température glaciale. J'avais toujours la chair de poule en sortant de ce congélateur.

Je regagnai ma voiture, me glissai sur le siège avant et tournai la clim à fond, puis vérifiai les messages sur mon portable. Chloé voulait savoir ce qu'on faisait ce soir. Lisa m'informait qu'elle allait bien, super bien même, mais d'un ton dédaigneux qui, elle le savait, commençait à me taper sur le système. Et enfin, mon frère me rappelait que Marie-Anne nous avait invités à dîner ce-soir-à-six-heures-précises-ne-sois-pas-en-retard.

J'effaçai ce message d'un geste furieux. Je n'étais jamais en retard, et il le savait très bien. Encore une preuve de lavage de cerveau. Car Marie-Anne, elle, ne savait rien de moi. C'était quand même *moi* qui le réveillais tous les matins pour aller au travail, ce qu'aucun de ses trois réveils, disposés à divers endroits de la chambre, n'arrivait à faire. *Moi* qui veillais à ce qu'il soit à l'heure pour ne pas qu'il se fasse virer, *moi* qui vérifiais qu'il avait bien quitté la maison à 8 h 35 dernier carat, au cas où il y aurait des embouteillages sur la route principale, et il y en avait tout le temps... Un bruit sec contre mon pare-brise me fit brusquement relever la tête. Ce n'était pas un bruit violent, plutôt une tape. Le cœur battant, je découvris une autre photo du couple de vieux en vacances. C'était le même tee-shirt JE JOUE AU GOLF POUR MANGER, les mêmes sourires ridés. Ils me regardaient, plaqués contre la vitre, maintenus par une main inconnue.

Et soudain, je compris. J'avais été vraiment idiote de ne pas y penser plus tôt.

J'appuyai sur le bouton d'ouverture automatique de la vitre. Damien se trouvait là, à côté de mon rétroviseur. Il lâcha la photo. Elle dégringola le long du pare-brise et se coinça dans l'essuie-glace.

— Salut ! lança-t-il.

Il portait un tee-shirt blanc sous un uniforme que je n'eus pas de mal à reconnaître : une chemise en polyester, verte avec des lisérés noirs. Sur la poche de devant était brodé PHOTO FLASH, le nom du magasin qui se trouvait juste en face du salon.

— Tu me persécutes.

— Quoi ? Tu n'as pas aimé les photos ?

— Je joue au golf pour manger ? Plus débile, tu meurs ! m'exclamai-je, tout en passant la marche arrière. Ça veut dire quoi, au fait ?

— Pas de musiciens, pas de joueurs de golf, se mit-il à compter sur ses doigts. Qu'est-ce qui reste ? Les dompteurs ? Les comptables ?

Je lui lançai un regard, puis enfonçai l'accélérateur. Il dut faire un bond en arrière pour éviter que ma roue ne lui aplatisse le pied.

— Attends ! protesta-t-il en posant la main sur ma vitre ouverte. Je suis sérieux. Tu peux me déposer ?

Je dus avoir l'air sceptique, car il ajouta précipitamment :

— J'ai rendez-vous avec le groupe dans quinze minutes. On a institué de nouvelles règles et les mesures de rétorsion en cas de retard sont impitoyables. Sérieux.

— Moi aussi, je suis en retard.

Ce n'était pas vrai, mais zut, je ne suis pas un taxi.

— S'il te plaît.

Il s'accroupit. Ses yeux se retrouvèrent à la hauteur des miens. Il brandit alors un sac taché de graisse qui venait du King's Burger.

— Je te donnerai des frites.

— Non merci, dis-je, tout en appuyant sur le bouton pour remonter la vitre. Et puis, j'ai une règle très stricte : pas de nourriture dans la voiture. Les mesures de rétorsion sont impitoyables.

Un sourire aux lèvres, il posa la main sur la vitre pour m'arrêter.

— Je saurai me tenir. Promis.

Il fit le tour de la voiture, comme si j'avais dit oui, retira la photo de l'essuie-glace et la fourra dans la poche arrière de son jean. L'instant suivant, il se glissait sur le siège et claquait la portière.

C'est dingue, non ? Toute résistance était inutile. Ou alors, c'est juste que j'étais fatiguée et que j'avais trop chaud pour une nouvelle dispute.

— Je te ramène une fois, déclarai-je d'une voix sévère. Pas une de plus. Et si tu fais la moindre tache dans ma voiture, je te vire. Et sans ralentir, en plus.

— Ne t'en fais pas, répondit-il en levant la main vers la ceinture. Tu n'as pas besoin de me ménager. Sois brutale. Lâche-toi.

Je fis celle qui n'avait pas entendu et quittai la zone commerciale. On n'avait pas fait un kilomètre que je le surpris en train de piquer une frite. Il pensait m'avoir, avec sa main en cornet et son soi-disant bâillement, mais à ce jeu-là, j'étais une vraie pro. Lisa me testait régulièrement.

— Qu'est-ce que je viens de dire ? m'exclamai-je en freinant à cause d'un feu.

— J'ai faim, marmonna-t-il, la bouche pleine. J'ai trop faim.

— Je m'en fiche. Pas de nourriture, un point c'est tout. J'essaie de garder ma voiture correcte.

Il jeta un regard à la banquette arrière, puis au tableau de bord et au tapis de sol.

— Correcte ? Elle a l'air d'un musée, ta voiture. Elle sent encore le neuf.

— Exactement.

Le feu passa au vert.

— Prends à gauche.

Je jetai un regard derrière moi et changeai de file.

— Je parie que t'es du genre à vouloir tout contrôler.

— Faux.

— Oh si, ça se voit.

Il passa le doigt sur le tableau de bord, puis l'examina.

— Pas de poussière, conclut-il. Et tu as lavé le pare-brise de l'intérieur, c'est ça ?

— Pas récemment.

— Ha ! s'exclama-t-il, très satisfait. Je parie que ça te rend folle quand quelque chose n'est pas à sa place.

— Faux.

— Voyons voir...

Il plongea la main dans le sac, en sortit une longue frite molle et la tint soigneusement entre ses deux doigts.

— Dans l'intérêt de la science, ajouta-t-il dans ma direction, une petite expérience...

— Pas de nourriture dans ma voiture, répétai-je comme un mantra.

Bon sang, où est-ce qu'il pouvait bien habiter ? On était revenu près de l'hôtel du mariage, ça ne pouvait pas être très loin.

— À gauche.

Je fis une brusque embardée, ce qui provoqua la fuite de deux écureuils terrifiés. Quand je tournai de nouveau la tête, la frite n'était plus dans ses mains, mais sur le levier de vitesses.

— Pas de panique, déclara-t-il en posant la main sur mon bras. Respire. Et savoure cet instant de liberté.

Je dégageai mon bras.

— C'est quel numéro ?

— Ce n'est pas du désordre, tu vois ? C'est beau. La nature dans toute sa simplicité...

J'aperçus alors le camion blanc, garé de travers dans l'allée d'une petite maison jaune. La lampe du porche était allumée, bien qu'on soit en pleine journée, et le batteur roux, Ringo, nouvel employé de la cafétéria, lisait le journal, assis sur les marches. À côté de lui, un chien haletait, la langue pendante.

— ... l'état naturel des choses est, en vérité, la plus grande imperfection, conclut-il alors que je m'engageai dans l'allée.

La frite glissa du levier de vitesses sur mes genoux, laissant une trace de gras, luisante comme celle d'une limace.

— Holà ! s'exclama-t-il en la ramassant. Tu vois un peu ? C'est un premier pas dans la résolution de...

J'appuyai résolument sur le bouton d'ouverture des portes. Clic. Le loquet de sa portière surgit.

— ... ton problème.

Il attrapa son paquet graisseux et sortit. Puis il se baissa et plongea la tête dans la voiture.

— Merci de m'avoir raccompagné. Vraiment.

— Pas de problème.

Il resta un instant immobile. Ça faisait bizarre de se retrouver comme ça, face à face, seuls, les yeux dans les yeux. Puis il battit des cils et referma enfin la portière. Le chien, qui venait de l'apercevoir, dévalait les marches en remuant la queue. Pour tout arranger, ma voiture empestait la graisse. J'abaissai la vitre, priant pour que le désodorisant que j'avais mis à l'arrière soit assez efficace.

— Enfin, marmonna le batteur en repliant son journal.

Je passai la marche arrière, puis m'assurai que Damien tournait le dos pour effacer en vitesse la trace de gras.

— Il n'est pas encore six heures, déclara Damien en se baissant pour caresser l'animal, qui lui tournait maintenant autour avec cette démarche bancale des vieux chiens et lui donnait des coups de queue sur les mollets.

— Ouais, mais j'ai pas la clef, dit le batteur en se levant.

— Moi non plus, rétorqua Damien.

Je commençai à reculer, mais je dus m'arrêter pour laisser passer plusieurs voitures.

— Et la porte de derrière ?

— Fermée. En plus, tu te rappelles, Fred l'a bloquée avec la bibliothèque, hier.

Damien plongea les mains dans ses poches et les retourna. Vides.

— Il ne reste plus qu'à casser une fenêtre...

— Quoi ? s'exclama le batteur.

— Pas de panique, déclara-t-il de cette voix désinvolte que je commençai à bien connaître. On va en choisir une petite. Tu te faufileras à l'intérieur.

— Pas question, répliqua Ringo en croisant les bras sur la poitrine, tandis que Damien montait les marches pour observer les fenêtres de plus près. Pourquoi c'est toujours moi qui me tape ce genre de trucs ?

— Parce que tu es roux, rétorqua Damien.

Le batteur fit une grimace.

— Et parce que tu as les hanches minces.

— Quoi ?

Je ne surveillais plus du tout la circulation. Je regardais Damien, qui choisissait un caillou, puis se postait devant une petite fenêtre, tout au bout du porche. Il examina son caillou. Le chien, à ses pieds, se léchait les oreilles. Le batteur se tenait debout derrière, boudeur, les mains dans les poches.

Appelez ça un problème endémique de contrôle si vous voulez, mais je ne pouvais pas laisser faire une chose pareille. Je remontai l'allée, sortis de ma voiture et montai les marches au moment même où Damien levait le bras.

— Un, deux...
— Attends ! criai-je.

Il s'arrêta net. Le caillou lui tomba des mains et heurta le sol dans un bruit sourd.

— Tiens, je croyais que t'étais partie... Tu ne pourrais pas faire un truc pareil, pas vrai ?
— T'as une carte de crédit ?

Le batteur et lui échangèrent un regard, puis Damien s'exclama :

— J'ai la tête de quelqu'un qui a une carte de crédit ? Qu'est-ce que tu veux acheter ?
— C'est pour ouvrir la porte, idiot.

Je plongeai la main dans ma poche, mais mon portefeuille se trouvait dans mon sac, sur la banquette arrière.

— J'en ai une, déclara lentement le batteur, mais elle est réservée aux cas d'urgence.

On se tourna vers lui. Puis Damien lui donna une tape sur la tête, à la Buster Keaton.

— Jean-Michel, tu es un crétin. Donne-lui la carte.

Jean-Michel (son vrai nom, mais pour moi il restait Ringo) me tendit une Visa. J'ouvris la porte grillagée, puis je pris la carte et la glissai entre la serrure et le montant. Je sentais qu'ils ne me quittaient pas des yeux.

Il n'y a pas deux portes pareilles : tout dépend du poids de la serrure et de l'épaisseur de la carte. Quant à l'habileté, c'est comme pour le lancer de Coca géant, c'est une question d'entraînement. Je ne m'en étais jamais servi pour cambrioler, mais pour rentrer chez moi, ou chez Marion, les jours où on avait oublié nos clefs. C'était mon frère qui m'avait initiée quand j'avais quatorze ans (lui ne s'en servait pas vraiment pour les mêmes raisons que moi).

Un petit coup à gauche, un petit coup à droite... Je sentais la serrure lâcher... Bingo ! La porte s'ouvrit. Je rendis sa carte à Jean-Michel.

— Impressionnant, déclara-t-il avec ce sourire qu'ont les mecs quand on les surprend. Comment tu t'appelles, déjà ?

— Julie.

— Elle est avec moi, précisa Damien.

Je laissai échapper un soupir, puis quittai le porche, le chien sur mes talons. Je me baissai pour le caresser, puis le grattai derrière les oreilles. Il avait des yeux blancs et troubles, et une haleine pestilentielle, mais j'avais un faible pour les chiens. Ma mère, bien sûr, ne jurait que par les chats. On avait vu défiler toute une série de gros Himalayas touffus qui avaient sale caractère, tombaient tout le temps malades, adoraient ma mère et laissaient des poils partout.

— Il s'appelle Monkey, expliqua Damien. Lui et moi, on fait équipe.

— Dommage pour Monkey.

Je me redressai et gagnai ma voiture.

— T'es mal embouchée, mademoiselle Julie. Mais maintenant que t'es venue, tu reviendras.

— Dans tes rêves.

Il ne répondit pas. Il resta immobile, adossé au montant du porche, Monkey à ses pieds. Ils me regardèrent tous deux partir.

Chapitre 6

Chris m'ouvrit. Il portait une cravate.
— En retard, remarqua-t-il sèchement.
Je consultai ma montre. 18 h 3. D'après Chloé, Lisa et tous ceux qui m'avaient un jour fait attendre, j'étais largement dans les limites des « cinq minutes qui ne comptent pas ». Mais je sentis que ce n'était pas le moment de pinailler.
— Elle est là ! lança Chris par-dessus son épaule.
Il me regarda entrer d'un œil mauvais.
— J'arrive, répondit Marie-Anne. Tu peux lui offrir quelque chose à boire, Christophe ?
— Par ici.
Je lui emboîtai le pas. Nos chaussures chuintaient sur le tapis. Je n'étais jamais venue chez Marie-Anne, mais ce que je découvrais ne me surprenait pas. Dans le salon, un canapé et une causeuse (un peu défraîchis) étaient assortis à la bordure du papier peint tandis que, sur le mur, son diplôme de

BTS trônait dans un cadre doré et, sur la table basse, des piles de beaux livres sur la Provence, Paris et Venise (où, je le savais, elle n'était jamais allée), étaient savamment disposés pour ne pas avoir l'air rangés.

Chris m'apporta une bière au gingembre. Il savait que je détestais ça, mais à ses yeux c'était sans doute tout ce que je méritais. Il s'assit sur le canapé, moi sur la causeuse. Au-dessus de la fausse cheminée, une horloge faisait tic-tac.

— Je n'avais pas compris que c'était une invitation en bonne et due forme.

— C'est clair.

Je me jetai un regard rapide : un jean, un tee-shirt blanc et un pull noué autour de la taille. C'était tout à fait correct, et il le savait. Le bruit d'un four qu'on referme nous parvint de la cuisine, puis la porte s'ouvrit et Marie-Anne apparut, lissant sa jupe du plat de la main.

— Julie... déclara-t-elle, tout en se penchant pour m'embrasser.

Ça, c'était nouveau. La surprise faillit me faire reculer, mais je restai stoïque. Je ne voulais pas m'attirer les foudres de Chris.

— Je suis tellement heureuse que tu aies pu te joindre à nous. Du brie ?

— Pardon ?

Elle attrapa un petit verre sur le plateau qui se trouvait au bout de la table et me le tendit.

— Du brie. C'est un fromage doux qui vient de France.

— Ah oui. Merci.

Je l'avais fait répéter parce que je n'avais pas entendu, mais elle avait l'air très contente d'elle-même, s'imaginant sans doute qu'elle venait d'apporter un élément de culture étrangère dans ma vie.

La conversation aurait peut-être pu devenir naturelle, mais je ne le saurai jamais. Marie-Anne avait sélectionné une liste de sujets, dans le journal ou aux infos, dans le but de relever notre conversation à un niveau qu'elle jugeait acceptable. C'était, je suppose, une technique qu'elle avait apprise dans ses bouquins de développement personnel. Lesquels, bizarrement, étaient absents des étagères du salon.

— Alors, déclara-t-elle, une fois que chacun se fut servi en crackers, que penses-tu des élections en Europe, Julie ?

Par chance, j'étais en train d'avaler une gorgée de bière. Mais le répit fut de courte durée. Il fallait bien répondre.

— Je n'ai pas suivi l'actualité, ces derniers temps.

— C'est passionnant. Christophe et moi étions en train de nous demander quelle influence auraient les résultats sur l'économie globale. N'est-ce pas, mon cœur ?

Mon frère avala le cracker qu'il avait dans la bouche, puis s'éclaircit la gorge et répondit :

— Oui.

Et ainsi de suite. Dans le quart d'heure qui suivit, j'eus droit à l'informatique génétique, au réchauffement de la planète, au risque de voir les livres devenir obsolètes, et à l'arrivée d'une famille d'oiseaux australiens très rares au zoo de la ville. Au moment de passer à table, j'étais déjà épuisée.

— Ton poulet est délicieux, mon amour, déclara Chris.

Elle avait préparé une recette très compliquée, des poitrines de poulet fourrées à la patate douce et recouvertes d'une couche de légumes. Un véritable exploit. Mais c'était le genre de recettes dans lesquelles on plonge les doigts et on trifouille longuement. Et après, on est supposé porter tout ça à sa bouche.

— Merci, répondit-elle en tapotant sa main. Un peu plus de riz ?

— S'il te plaît.

Chris lui sourit. Je réalisai soudain que ce n'était plus mon frère. À le voir comme ça, on aurait pu croire qu'il avait toujours mené cette vie-là, toujours porté une cravate à table et qu'il était habitué à ce qu'on lui serve des petits plats exotiques. Mais il n'en était rien et j'étais bien placée pour le savoir. On avait partagé la même enfance, été élevés par la même femme. Or, en matière d'art culinaire, ma mère avait des notions qui s'arrêtaient à la purée Mousline et aux pizzas surgelées Elle n'avait jamais réussi à griller une tartine sans déclencher le détecteur de fumée. Je ne sais pas comment on avait traversé nos années d'école primaire sans attraper le scorbut.

Mais nul n'aurait pu le deviner. Chris, mon frère stone au casier judiciaire fourni, était devenu Christophe, un homme cultivé qui repassait ses chemises, grand spécialiste en lubrification automobile. Quelques petits détails restaient à améliorer. Les lézards, par exemple. Et moi.

— Votre mère et Roger reviennent vendredi, c'est ça ?

— Ouaip, dis-je en hochant la tête.

Je ne sais pas si ce sont ces poulets méticuleusement fourrés, ou les faux-semblants de la soirée, qui réveillèrent mes plus mauvais instincts, mais je me tournai soudain vers Chris.

— On ne l'a pas encore fait, tu sais.

Il cligna des yeux, la bouche pleine, puis avala.

— Quoi ?

— Le pari.

J'attendis qu'il comprenne, mais il n'avait pas l'air de vouloir comprendre.

— Quel pari ? s'enquit Marie-Anne, assez audacieuse pour autoriser cette digression dans le scénario préétabli de la soirée.

— Rien, marmonna Chris.

Il essaya de me donner un coup sous la table, mais se cogna à un pied et ne réussit qu'à faire tinter le beurrier.

— C'était il y a des années, expliquai-je, tandis que Chris renouvelait sa tentative, effleurant tout juste la semelle de ma chaussure. Quand ma mère s'est remariée pour la deuxième fois, on a pris l'habitude de faire des paris.

— Ce pain est excellent, déclara soudain Chris. Vraiment excellent.

— Chris avait dix ans et je devais en avoir six, un truc comme ça. C'était au moment de son mariage avec Harold, le professeur. Le jour de la lune de miel, on a essayé de deviner combien de temps ils allaient tenir. Après, on a mis nos estimations dans une enveloppe et je l'ai gardée dans mon placard jusqu'au jour où ma mère nous a fait asseoir pour nous annoncer qu'Harold quittait la maison.

— Julie, protesta Chris à voix basse, ce n'est pas drôle.

— Ça l'énerve, parce qu'il n'a jamais gagné. C'était toujours moi. On faisait comme au vingt-et-un : c'est celui qui tombe le plus près qui gagne. Mais au fil des années, on a dû fixer des règles très précises : par exemple, qu'on prenait en compte le jour où elle nous l'annonçait, et pas la séparation officielle. Tout ça parce que, quand elle a quitté Martin, Chris a essayé de tricher.

Il me jeta un regard furibond. Mauvais perdant, va.

— Je trouve ça horrible, déclara Marie-Anne d'une voix suraiguë. Tout simplement *horrible*.

Elle reposa soigneusement sa fourchette et se tapota les lèvres avec sa serviette, les yeux fermés.

— Quelle façon atroce de considérer le mariage.

— On était des gamins, protesta Chris en passant un bras autour de sa taille.

Je haussai les épaules.

— C'est une sorte de tradition familiale, rien de plus.

Marie-Anne se leva soudain et s'empara du plat.

— Je pense que votre mère mérite mieux que ça ! aboya-t-elle. Que ses propres enfants lui fassent un peu plus confiance !

Elle disparut dans la cuisine. La porte vola.

Chris se jeta sur moi si rapidement que je n'eus même pas le temps de reposer ma fourchette. Pour un peu, il s'embrochait l'œil.

— Qu'est-ce que tu fiches, bordel ? Qu'est-ce que t'as dans la tête, Julie ?

— Mon Dieu, *Christophe* ! Un langage pareil ! Attention qu'elle ne t'entende pas, elle te ferait rester après la classe et écrire un exposé sur ces oiseaux australiens débiles...

Il retourna sur sa chaise.

— Écoute, c'est pas ma faute si t'es une sale garce aigrie. J'aime Marie-Anne et je ne te laisserai pas tout gâcher. Compris ?

Je me contentai de le regarder.

— Tu m'entends ? hurla-t-il. Parce que franchement, Julie, c'est vraiment dur de t'aimer, à certains moments ! Vraiment, vraiment dur !

Il repoussa sa chaise, jeta sa serviette et se rua sur la porte de la cuisine.

Je restai assise. J'avais l'impression d'avoir reçu une gifle : mes joues étaient rouges et brûlantes. Je m'étais juste un peu amusée et lui, il avait piqué une crise. Chris était le seul à pouvoir partager ma vision cynique de l'amour. On s'était juré mille fois qu'on ne se marierait jamais, pas question, descends-moi si je le fais. Et voilà qu'il retournait sa veste. Quel crétin !

J'entendais leurs voix à travers la porte : elle basse et chevrotante, la sienne rassurante. Dans mon assiette, le riz était froid. Aussi froid que mon cœur tout dur. Vous pensez peut-être que je me sentais toute sèche, moi, la sale garce aigrie. Mais pas du tout. Je ne ressentais rien. J'avais juste l'impression que le cercle, déjà petit, se rétrécissait encore un peu. Chris pouvait peut-être se faire avoir aussi facilement que ça, mais pas moi. Sûrement pas moi. Jamais.

Après de longs conciliabules, un difficile accord de paix fut négocié. Je présentai mes excuses à Marie-Anne d'une voix que j'essayai de rendre sincère, puis supportai vaillamment le reste des sujets préétablis devant un soufflé au chocolat, avant d'avoir enfin le droit de partir. Chris, qui ne m'avait pas adressé la parole une seule fois, claqua la porte dans mon dos. J'aurais dû m'y attendre, en fait : ce n'était pas un hasard s'il perdait à tous nos paris. Ses prédictions étaient toujours largement surestimées.

Je me glissai dans la voiture et démarrai. Je n'avais pas envie de me retrouver seule à la maison et je fis un détour par chez Lisa. Arrivée chez elle, je ralentis, éteignis mes feux et m'arrêtai à la hauteur de la boîte aux lettres. Je pouvais l'apercevoir par la fenêtre : elle était à table avec ses parents. Un instant, je fus sur le point de descendre et de sonner (la mère de Lisa aurait eu vite fait de tirer une chaise et d'ajouter une assiette), mais je n'étais pas d'humeur à discuter université et avenir. En fait, je penchais plutôt pour une petite récidive. Je partis donc chez Chloé, qui vint m'ouvrir, une cuillère en bois à la main, les sourcils froncés.

— Ma mère va arriver dans trois quarts d'heure. Tu peux rester une demi-heure. Ça marche ?

Je hochai la tête. Elle n'avait pas le droit de recevoir des amies à l'improviste. Si bien que chaque fois que je venais la voir, c'était pour une durée limitée. Sa mère aimait si peu les gens que j'avais du mal à comprendre qu'elle ait choisi d'être hôtesse de l'air. À moins, bien sûr, que ce ne soit l'inverse, qu'elle ne soit devenue insociable à force de voir des gens. En tout cas, on ne se croisait presque jamais.

Je suivis Chloé dans la cuisine, où quelque chose grésillait dans le four.

— Comment ça s'est passé ? me lança-t-elle par-dessus son épaule.

— Sans surprise (je n'avais franchement aucune envie d'aborder le sujet). Je peux te prendre une bouteille ou deux ?

Elle délaissa la poêle, qui sentait la mer, pour se tourner vers moi.

— C'est pour ça que t'es venue ?
— Entre autres.

Avec Chloé, pas besoin de faire des détours, elle

préférait qu'on aille droit au but. Comme moi. Ce n'était pas le genre à raconter des salades.

Elle leva les yeux au plafond.

— Sers-toi.

Je grimpai sur une chaise et ouvris le placard. C'était une vraie mine. Les minuscules bouteilles que sa mère fauchait dans les réserves étaient rangées là, par hauteur et par catégorie. Les apéritifs à gauche, les digestifs à droite. J'attrapai deux Barcadi dans le fond, réajustai les rangées, puis sollicitai l'approbation de Chloé, qui hocha la tête et me tendit un verre de Coca. J'y versai l'une des bouteilles, ajoutai des glaçons, secouai, puis bus une gorgée. C'était fort et ça brûlait le gosier. Je ressentis un petit pincement bizarre, comme si je savais, d'une certaine manière, que ce n'était pas la bonne façon de réagir à ce qui s'était passé chez Marie-Anne. Mais ça ne resta pas. C'était bien ça, le problème. Ça ne restait jamais.

— T'en veux ? C'est drôlement bon...

Elle secoua la tête.

— T'as raison, dit-elle en baissant le feu. Ma mère revient pour payer mes frais d'inscription à la fac, c'est bien le moment de sentir le rhum !

— Elle était où, cette fois ?

— À Zurich, je crois.

Elle se pencha sur la poêle et renifla.

— Avec une escale à Londres. Ou Milan.

Je pris une autre gorgée.

— Donc, dis-je, après quelques secondes de silence, je suis une sale garce aigrie. C'est ça ?

— C'est ça, répondit-elle sans se retourner.

Je hochai la tête. Un point d'acquis. Bien. Je passai le doigt sur la marque humide qu'avait laissée mon verre sur le plan de travail noir.

— Pourquoi tu dis ça ? demanda Chloé en se retournant et en s'appuyant à la cuisinière.

— Parce que Chris croit soudain à l'amour, et moi pas. Donc je suis quelqu'un d'horrible.

Elle réfléchit.

— Pas si horrible que ça. Tu as quand même des bons côtés.

Je haussai les sourcils.

— Par exemple, t'as des super-fringues.

— Va te faire foutre !

Elle se mit à rire, la main devant la bouche. Je me mis à rire aussi. Je ne sais pas ce que j'attendais. J'aurais dit la même chose, à sa place.

Au moment de partir, elle refusa de me laisser conduire. Elle déplaça elle-même ma voiture un peu plus loin (sa mère n'aurait pas supporté de la voir garée dans l'allée) et me déposa devant le Bendo. Là, elle me fit jurer de ne pas boire plus d'une bière et, ensuite, d'appeler Marion pour qu'elle vienne me chercher. Je jurai. Puis j'entrai à l'intérieur, descendis deux bières et décidai de ne pas déranger Marion tout de suite. Je m'installai donc au comptoir, avec une bonne vue sur la salle.

Je ne sais pas combien de temps s'est écoulé avant que je ne la voie. J'étais en train de me disputer avec le barman (un grand type dégingandé du nom de Nathan) au sujet des guitaristes rock, quand soudain, je tournai la tête et l'aperçus, juste là, dans le miroir derrière le bar. Ses cheveux étaient tout plats et son visage un peu moite. Elle avait l'air soûle, mais je l'aurais reconnue entre mille. C'étaient les autres qui aimaient penser que je m'étais définitivement débarrassée d'elle.

J'essuyai mon visage, puis passai la main dans mes cheveux pour essayer de leur redonner un semblant de vie. Elle me regardait. Elle savait aussi bien que moi que tout n'était que fumée et miroir, trucs et astuces. Derrière moi (mais derrière elle aussi), la foule s'épaississait. Je sentais les gens qui se pressaient contre moi et se penchaient pour demander à boire. Le truc fou, c'est que j'étais presque contente de la voir. Cette part de moi-même, en chair et en os, qui répondait à mon clin d'œil dans la lumière blafarde et me défiait de l'appeler d'un autre nom que le mien.

Pour dire la vérité, j'étais encore pire avant. Bien pire.

J'ai presque arrêté de boire. Et de fumer du shit. Et de me laisser entraîner par des quasi inconnus dans des coins sombres, des voitures sombres ou des pièces sombres. C'est bizarre, ça ne se passe jamais à la lumière du jour, ces trucs-là. Parce que si on distingue bien la topographie du visage, ses creux et ses bosses, ses rides, ses cicatrices, ça ne marche pas. Dans le noir, tous les visages se ressemblent.

Quand j'y repense, je me vois comme une blessée étendue sur le sol, dans un lieu dangereux, sans défense. Une blessée dont les plaies ne guérissent jamais.

Le vrai problème, ce n'était pas l'alcool ou le shit. C'était le dernier point le plus difficile à avouer. Les filles « bien » ne font pas ce genre de choses. Les filles « bien » attendent. Mais, même avant la première fois, je ne me suis jamais considérée comme une fille « bien ».

J'étais alors en première. Le voisin de Lisa, Albert, un mec de terminale, donnait une fête chez lui. Les parents de Lisa étaient absents et on s'était toutes retrouvées chez elle pour passer la nuit. On avait commencé par dévaliser le placard à alcools, mélangeant tout ce qui nous tombait sous la main avec du Coca light : rhum, vodka, schnaps à la menthe. Depuis ce jour, d'ailleurs, je ne supporte plus la liqueur de cerise, même dans les tartes de chez Monoprix que ma mère adore. Leur seule odeur me donne mal au cœur.

On n'avait pas la moindre chance de se faire inviter chez Albert, vu qu'on n'était qu'en première, et on n'était pas assez culottées pour taper l'incruste. Alors on s'était installées sous le porche, à l'arrière de la maison, avec nos Coca frelatés et nos cigarettes piquées à la grand-mère de Chloé, qui fumait des menthols (les menthols aussi me rendent malade). Un mec bourré, qui n'arrivait même plus à parler, nous a fait signe de le rejoindre. On s'est consultées. Lisa ne voulait pas y aller, mais Chloé et moi, on était pour.

C'est la première fois où j'ai été vraiment soûle. On avait commencé par la liqueur de cerise. Mauvais début. Une heure plus tard, je me frayai difficilement un passage à travers le salon, de dossier de chaise en dossier de chaise. Tout tournait autour de moi. Lisa, Chloé et Marion étaient assises sur le canapé et une fille essayait de leur apprendre à jouer aux quarters, ce jeu où on tire au sort pour savoir qui doit boire la prochaine bière. La musique était vraiment forte. Quelqu'un avait cassé un vase dans l'entrée, un vase bleu. Les morceaux étaient éparpillés sur le tapis vert et je me souviens avoir pensé, dans mon brouillard, que ça ressemblait à du verre de mer.

En atteignant l'escalier, j'avais croisé un ami d'Albert, en terminale lui aussi, un type qui avait beaucoup de succès auprès des filles et qui m'avait draguée toute la soirée (il m'avait prise sur ses genoux pendant la partie de tarot). Ça m'avait flattée, parce que ça prouvait que je n'étais pas juste une petite première. Quand il m'a dit qu'on devrait se trouver un coin pour parler, tous les deux, seuls, je savais très bien où on allait et pourquoi. Même alors, je n'étais pas une bleue.

On est allés dans la chambre d'Albert et il a commencé à m'embrasser, dans le noir, tout en tâtonnant pour trouver l'interrupteur. Quand la lumière s'est allumée, j'ai découvert un poster des Pink Floyd, des piles de CD et un calendrier avec Elle McPherson. Il m'a entraînée vers le lit et, très vite, je me suis retrouvée allongée. En général, j'étais fière, parce que c'était moi qui menais la danse. J'avais mes petits trucs brevetés, je connaissais l'art de se dégager d'un geste souple, de ralentir le mouvement sans en avoir l'air. Mais là, rien ne semblait marcher. Chaque fois que je repoussais l'une de ses mains, l'autre repartait à l'assaut. J'avais l'impression de me débattre dans le vide : toute force m'avait quittée, j'étais soûle, je n'avais plus aucun repère, j'avais perdu mon centre de gravité. En plus, au début, c'était bien.

La suite me revient par bribes. Tout est allé très vite. Je ne savais plus où j'en étais, je perdais le fil. Il était sur moi, tout tournait et la seule chose que je ressentais, c'était le poids de son corps sur le mien, son corps si lourd qui me poussait en arrière. Puis j'ai basculé et je me suis retrouvée bloquée, comme Alice dans son terrier. Ce n'était pas de ça que j'avais rêvé pour ma première fois.

Après, je lui ai dit que je me sentais mal et j'ai couru aux toilettes. Mes mains tremblaient tellement que j'ai eu un mal de chien à tourner le verrou. Quand j'y suis enfin arrivée, je me suis agrippée au lavabo et j'ai plongé la tête dedans. En me redressant, c'est elle que j'ai vue, dans le miroir. Cette fille soûle. Pâle. Facile. Et effrayée, titubante, peinant à retrouver son souffle. Elle me regardait. Elle avait l'air de se demander ce qu'elle venait de faire.

— Non.

Le barman secoua la tête et posa bruyamment une tasse de café devant moi.

— Elle a assez bu comme ça.

Je m'essuyai le visage avec la main, puis jetai un regard au type à côté de moi et haussai les épaules.

— Je vais très bien, dis-je (ou à peu près, je crois que j'avais un peu de mal à articuler). J'en ai bu deux ou trois, pas plus.

— Je sais. Ils n'y connaissent rien.

On avait passé la dernière heure à discuter, mais tout ce que je savais de lui, c'est qu'il s'appelait Laurent, qu'il allait à une fac, dans le Minnesota, dont je n'avais jamais entendu parler et que, depuis dix minutes, il essayait de rapprocher ses jambes toujours plus près des miennes, sous prétexte que la foule le bousculait. Il sortit une cigarette de son paquet et me la proposa. Je secouai la tête. Il l'alluma, aspira, puis rejeta la fumée dans l'air.

— Une fille comme toi, ça a forcément un copain...

— Non, dis-je en tournant la cuillère dans mon café.

Il prit sa bière.

— Je ne te crois pas. Je suis sûr que tu mens...

Je poussai un soupir. La scène ressemblait à un mauvais script. Je n'acceptais de le jouer que pour une seule raison : je n'étais pas sûre de pouvoir descendre de mon tabouret. Mais au moins, Marion n'allait pas tarder, puisque je l'avais appelée. Non ?

— C'est la vérité, répondis-je. Je suis une garce.

Il parut surpris, mais pas forcément déçu. Il avait même l'air plutôt intrigué, comme si je venais d'avouer que je portais un slip en cuir ou que j'avais six orteils au pied gauche.

— Allons, qui t'a dit ça ?
— Tout le monde.
— J'ai un truc qui va te remonter le moral.
— Ça, je te crois.
— Non, sérieux.

Il haussa les sourcils dans ma direction, puis fit le geste de tenir un joint entre ses deux doigts.

— Dehors, dans ma voiture. Viens, je vais te montrer.

Je secouai la tête. Comme si j'étais assez stupide. Mais plus maintenant.

— Nan. Une copine doit venir me chercher.

Il se pencha vers moi. Je sentis un puissant effluve d'après-rasage.

— Je te raccompagnerai, moi. Viens ! s'exclama-t-il en agrippant mon coude.

— Lâche-moi !

Je tentai de dégager mon bras.

— Ne sois pas comme ça, insista-t-il, presque affectueux.

— Je suis sérieuse.

Je tirai. Il s'accrocha.

— Lâche-moi !

— Allez, Lucie, ajouta-t-il en terminant son verre.

Il n'avait même pas été fichu de retenir mon nom, cet abruti.

— Je ne mords pas, tu sais...

Il entreprit de me faire descendre de mon tabouret.

En temps normal, je ne me serais pas laissé faire mais, là encore, j'avais perdu mon centre de gravité. Je me retrouvai sur mes jambes sans comprendre comment. Il m'entraîna à travers la foule.

— Je t'ai dit de me lâcher, connard !

Je tirai violemment sur mon bras, qui partit d'un coup et le heurta, vlan ! en pleine face. Il tituba. Les gens se tournèrent vers nous, vaguement intéressés (du moins jusqu'à ce que la musique reprenne). Comment tout cela avait-il pu arriver ? Il avait suffi d'une remarque désagréable de Chris et je me retrouvais en train de me battre en public avec un type qui s'appelait Laurent. Un vrai débris de bar. La honte. Tout le monde me regardait.

— Du calme, du calme. Qu'est-ce qui se passe ?

C'était Adrien, le videur. Il arrivait, comme toujours, trop tard, mais il était bien trop content de pouvoir jouer les petits chefs.

— On discute au bar et, au moment de sortir, elle pique une crise, expliqua Laurent en tirant sur son col. Elle est complètement folle ! Elle m'a *cogné* !

Je continuais à me frotter le bras. Je me détestais. Je savais que, si je tournais la tête, c'était elle que je verrais, fragile, paumée. Elle l'aurait suivi sur le parking, elle. Sans problème. Après cette nuit, à la fête, c'était devenu sa réputation. Je la détestais pour ça. Je la détestais avec une telle force que je sentais ma gorge se nouer. Je fis un effort pour avaler ma salive. Je valais mieux que ça. Bien mieux. Je n'étais pas Lisa, je ne montrais pas ma souffrance en public. Je la gardais cachée, à l'intérieur. Très, très bien cachée.

— Ça gonfle, en plus, déclara Laurent en se frottant l'œil.

Le lâche. Si je l'avais frappé exprès, d'accord. Mais c'était un accident. Je n'y étais presque pour rien.

— Vous voulez que j'appelle la police ? s'enquit Adrien.

Je sentis une bouffée de chaleur. Mon tee-shirt était moite de transpiration et me collait au dos. Autour de moi, tout commençait à vaciller. Je fermai les yeux.

— Enfin !

Une main se posa sur la mienne.

— C'est bon, je suis là ! J'ai juste quinze minutes de retard, mon cœur, ce n'est pas la peine de provoquer une émeute !

Je rouvris les yeux. C'était Damien. Qui me tenait la main. Je l'aurais bien repoussé, mais vu les circonstances, autant éviter.

— Mêle-toi de tes affaires, lui conseilla Adrien.

— C'est ma faute, répliqua-t-il d'une voix vive et joyeuse (on aurait cru qu'on était un groupe d'amis qui venaient de se rencontrer au coin d'une rue). Je vous jure. Je suis en retard. Et ça, ma petite chérie ne le supporte pas.

— Mon Dieu, murmurai-je.

— Petite chérie ? répéta Laurent.

— Elle lui a collé un pain, expliqua Adrien. Je vais peut-être devoir appeler les flics.

Damien me regarda, puis Laurent.

— Elle vous a frappé ?

Laurent avait perdu son assurance. Il tira sur son col et jeta des regards autour de lui.

— Enfin, pas vraiment...

— Ma chérie ? s'exclama Damien. Elle aurait fait ça ? Une si petite chose ?

— Fais gaffe à toi, marmonnai-je dans ma barbe.

— Tu veux te faire arrêter ? rétorqua-t-il à voix basse.

Puis, d'un ton joyeux, il ajouta :

— Je l'ai déjà vue craquer, mais frapper quelqu'un ? Ma Julie ? Elle ne fait pas cinquante kilos toute mouillée !

— Bon, moi, je veux savoir si je dois appeler les flics ou pas. Il faut que je retourne à la porte.

— Laissez tomber, lui dit Laurent. Je m'en vais.

Il s'éclipsa. J'eus quand même le temps de constater qu'il n'avait pas menti : son œil avait gonflé. Espèce de poule mouillée.

— Toi, déclara Adrien en me montrant du doigt, tu rentres chez toi. Tout de suite.

— C'est comme si c'était fait, répondit Damien. Merci pour votre intervention amicale et hautement professionnelle.

On laissa à Adrien le loisir de décider s'il avait été insulté ou non, et on sortit. Une fois dehors, je dégageai ma main et dévalai l'escalier en direction de la cabine téléphonique.

— Quoi ? Je n'ai même pas droit à un merci ?

— Je suis capable de me débrouiller toute seule.

Je ne suis pas une faible femme qui attend qu'on vienne la sauver !

— C'est clair. Sauf que tu as bien failli te faire arrêter pour agression.

Je continuai à marcher. Il me dépassa et me fit face. Je ne pouvais pas faire autrement que de le regarder.

— Ensuite, je t'ai quand même sauvé les fesses. Alors tu pourrais être un peu plus reconnaissante... Tu as bu ?

— Non ! aboyai-je (il est possible qu'à ce moment-là je me sois pris les pieds dans quelque chose). Je vais très bien. Je veux juste appeler ma copine pour qu'elle vienne me chercher. Compris ? Je viens de passer une soirée de merde.

Il me laissa le dépasser et plongea les mains dans les poches.

— Vraiment.

— Oui.

On était arrivés devant la cabine. Je fouillai mes poches, rien. J'eus l'impression que tout me tombait dessus d'un coup : la dispute avec Chris, la bagarre au bar, ma pitoyable soirée et, avec ça, toutes ces bières que j'avais descendues. J'avais mal à la tête, atrocement soif et, maintenant, j'étais coincée. La main sur mes yeux, je respirai profondément pour essayer de retrouver mon calme.

Ne pleure pas, par pitié. Tu n'es plus comme ça. Plus maintenant. Respire.

Mais ça ne marchait pas. Ce soir, rien ne marchait.

— Allez, déclara-t-il d'une voix calme, dis-moi ce qui ne va pas.

— Non, rétorquai-je d'une voix pleurnicharde (détestable). Va-t'en.

— Julie, insista-t-il, dis-moi !

Je secouai la tête. Pourquoi ce serait différent, cette fois ? L'histoire pouvait recommencer : je suis soûle dans un lieu désert, quelqu'un s'approche de moi... C'est déjà arrivé. Qui peut me reprocher d'avoir un cœur froid et dur ?

Ce fut la goutte de trop. Je me mis à pleurer. J'étais furieuse contre moi-même, mais je ne pouvais plus m'arrêter. Les seules fois où je m'autorisais à me montrer si faible, c'était chez moi, dans mon dressing, quand je regardais les étoiles et que j'écoutais la voix de mon père. J'aurais tellement aimé qu'il soit là. Je savais, pourtant, que c'était stupide, qu'il ne pouvait pas me sauver, puisqu'il ne me connaissait même pas. Et puis, il l'avait dit lui-même, dans la chanson : *Je t'abandonnerai*.

— Julie, reprit Damien de sa voix calme.

Il ne me touchait pas, mais sa voix était très proche, très douce.

— Tout va bien. Ne pleure pas.

Ensuite, je ne peux pas dire comment ça s'est passé : est-ce moi qui ai fait le premier pas, ou lui ? Ce que je sais, c'est qu'on ne s'est pas rencontrés à mi-chemin. Mais pour une si petite distance, ça ne vaut pas la peine d'ergoter. Et puis ce n'est peut-être pas très important, finalement. La seule chose importante, c'est qu'il était là.

Chapitre 7

Au réveil, j'avais la bouche sèche et ça cognait dans ma tête. Des notes de guitare venaient de la pièce voisine. Il faisait sombre, mais un rai de lumière traversait le lit où, visiblement, j'avais dormi.

Je me redressai trop brusquement, ça me donna le tournis. Oh là. Je les connaissais trop bien, ces réveils dans un lit bizarre, la tête à l'envers. Heureusement que personne ne pouvait me voir, mourant de honte, en train de vérifier que, ouf ! j'ai encore ma culotte, ouf ! j'ai encore mon soutif, et ouf ! ça va, rien de décisif ne s'est passé parce que, bon, ça, ce n'est pas difficile à savoir.

Oh là là. Je fermai les yeux et inspirai profondément.

Bien. Maintenant, on réfléchit. Je jetai un regard autour de moi pour essayer de deviner ce qui s'était passé. Dans mon dernier souvenir, j'étais avec Damien, près d'une cabine téléphonique. Mais après ? À ma gauche se trouvait une fenêtre et, sur le rebord, des trucs qui avaient bien l'air d'être des globes de neige. En plein milieu de la pièce, une chaise couverte de vêtements, derrière la porte des piles de CD et, au pied du lit, en vrac, mes sandales, le pull que je portais autour de la taille, mon argent et ma carte d'identité. Était-ce moi qui les avais mis là ? Sûrement pas. Même soûle, je les aurais rangés.

Tout à coup, j'entendis un rire, puis des accords de guitare.

— *Tu m'as donné une patate*, chanta une voix, suivie d'un nouvel éclat de rire. *Mais je voulais un kumquat... Je t'ai demandé de l'amour... tu m'as dit...* hé ! Mais c'est mon fromage blanc, ça !

— J'ai faim, protesta quelqu'un d'autre. Il ne reste plus que des pickles.

— Tu n'as qu'à manger les pickles, rétorqua le premier. Le fromage blanc est *réservé*.

— C'est quoi ton problème, mec ?

— C'est le règlement, Jean-Michel. Si t'achètes pas de bouffe, tu manges pas. Point final.

La porte du frigo claqua. Il y eut un instant de silence, puis la guitare reprit.

— C'est un vrai bébé, commenta une voix. Bon, on en était où ?

— Kumquat.

Cette fois, je reconnus la voix. C'était Damien.

— Kumquat, répéta l'autre. Donc...

— *Je t'ai demandé de l'amour*, chanta Damien. *Tu m'as dit... cours toujours.*

Je repoussai la couverture, sortis du lit et enfilai

mes chaussures. Rien qu'avec ça, je me sentis mieux. Je reprenais la situation en main. Je glissai ma carte d'identité dans ma poche et enfilai mon pull, puis m'assis pour réfléchir.

Première chose : l'heure. Pas de réveil en vue mais, sous le lit, le fil emmêlé d'un téléphone, à moitié enfoui sous des tee-shirts. Quel fouillis ! Je fis le numéro de l'horloge parlante, qui m'annonça qu'au bip, il serait 12:22. Bip.

Ça m'ennuyait de laisser le lit défait, mais il y avait plus urgent. Il fallait absolument que je trouve un moyen de rentrer chez moi.

Je fis le numéro de Marion. Je m'attendais à sa colère et je mordillai le vernis rose de mon ongle.

— Mmmmft.
— Marion ?
— Julie Starr, tu sais que je vais te botter le cul ?
— D'accord, mais écoute...
— Où est-ce que t'es encore fourrée ?

Elle avait l'air tout à fait réveillée, à présent, et tout à fait furieuse, même si elle continuait à parler d'une voix calme. Marion était multitâche.

— Tu sais que Chloé m'a appelée toute la soirée ? Elle m'a dit qu'elle t'avait déposée au Bendo à huit heures et demie et que tu devais juste prendre une bière !

— Eh bien, tu vois, j'y suis restée un peu plus longtemps.

— C'est clair. J'ai fini par passer te chercher, pour apprendre que non seulement t'étais soûle, mais que tu t'étais battue et qu'en plus t'étais partie avec un type et que t'avais disparu. T'as quoi dans la tête, Julie ?

— Je comprends que tu sois furieuse. Mais maintenant, j'ai besoin que tu...

— Tu crois que c'était marrant, tous ces coups de fil de Chloé qui me disait que si t'étais morte, ou quoi, c'était ma faute parce que, visiblement, j'aurais dû deviner, par je ne sais quel miracle, que t'avais besoin que je passe te chercher...

Je restai silencieuse.

— Alors ? aboya-t-elle.

— Écoute, chuchotai-je, j'ai déconné, et pas qu'un peu. Mais là, je suis chez ce type, il faut que je me tire de là... Tu peux pas m'aider ?

— Dis-moi où t'es.

Je lui expliquai.

— Marion, vraiment, je suis...

Trop tard. Elle avait raccroché. Bon. Maintenant, on était deux à m'en vouloir. Mais au moins, j'allais rentrer.

J'avançai jusqu'à la porte et tendis l'oreille. La guitare continuait à jouer. Damien chantait en boucle le vers de la patate et du kumquat, espérant sans doute que l'inspiration frappe. Je poussai la porte d'un centimètre, puis jetai un regard à travers la fente. La chambre donnait directement sur la cuisine. J'aperçus une vieille table en Formica, une série de chaises dépareillées, un réfrigérateur couvert d'autocollants et, sous la fenêtre, un canapé avec des rayures vertes et marron. Damien et Fred, le guitariste, étaient à table, devant des canettes de bière. Monkey, le chien que j'avais vu la veille, dormait sur le canapé.

— Peut-être qu'il faut trouver autre chose que kumquat, suggéra Damien en basculant sur sa chaise (une chaise en bois peinte en jaune) et en se balançant sur les pieds arrière, de cette façon qui énervait tant les profs. Peut-être un autre fruit...

Fred pinça une corde.

— Comme quoi ?

— Je sais pas... soupira Damien en passant les deux mains dans ses cheveux.

Ils étaient si frisés qu'au lieu de les aplatir, ça ne fit que leur donner plus de volume. Quand il enleva ses mains, les mèches jaillirent dans tous les sens.

— Pourquoi pas un pamplemousse ?

— Trop long.

— Un brugnon ?

Fred pencha la tête sur le côté, puis reprit l'air.

— Tu m'as donné une patate, mais je voulais un brugnon.

Ils se regardèrent.

— Pathétique, trancha Damien.

— Ouaip.

Je refermai la porte, qui fit un petit clic. Je tressaillis. Ça n'aurait déjà pas été facile d'affronter Damien après ce qui s'était (ou ne s'était pas) passé, mais la présence d'un témoin suffisait à justifier une évasion par la fenêtre.

Je grimpai sur le lit et déplaçai les globes de neige (mon Dieu, qui pouvait collectionner des globes de neige après dix ans ?), puis tirai sur la clenche. Elle était coincée. Je la poussai avec l'épaule. Elle grinça, mais s'ouvrit. Je n'avais pas beaucoup de place, juste ce qu'il me fallait.

Au moment de passer le bras, un léger sentiment de culpabilité m'arrêta. Il m'avait quand même emmenée en sécurité. Vu le goût que j'avais dans la bouche, j'avais dû vomir. Et comme je ne me rappelais pas être venue jusqu'ici, il avait sans doute été obligé de me traîner, ou même de me porter. La honte totale.

Je me laissai tomber sur le lit. Il fallait que je trouve quelque chose. Mais Marion allait arriver, je devais faire vite. Je jetai un regard autour de moi : malgré mon efficacité légendaire, impossible d'imaginer remettre cette pièce en ordre. Si je laissais un mot, ce serait une invitation à reprendre contact, et je n'étais pas vraiment sûre d'en avoir envie. Je ne pouvais faire qu'une chose : le lit. Je le fis rapidement, consciencieusement, en retournant les coins comme à l'hôpital et en plaçant l'oreiller d'une façon particulière, qui était ma marque de fabrique. Même au Ritz, ils n'auraient pas fait mieux.

Je me glissai ensuite par la fenêtre, la conscience plus légère. J'essayais toujours d'être discrète, et je faillis réussir, mais dans la descente, je donnai un coup de pied dans le mur et laissai une marque à côté du compteur électrique. Pas terrible.

À une époque, j'étais célèbre pour mes descentes de fenêtre. C'était ma façon préférée de partir même si, souvent, il aurait été plus simple de passer par la porte. Peut-être était-ce une sorte de pénitence que je m'infligeais à moi-même, parce que, au fond de moi, je n'étais pas fière de ce que je faisais.

Arrivée près d'un stop, deux rues plus loin, je descendis du trottoir et levai la main pour faire signe à Marion, éblouie par la lumière de ses phares. Elle me regarda monter, impassible.

— Ça me rappelle quelque chose, déclara-t-elle sèchement. C'était comment ?

Je poussai un soupir. Il était trop tard pour entrer dans les détails, même avec elle.

— Connu.

Elle alluma la radio, prit la rue suivante, puis passa devant la maison de Damien pour quitter le quartier. La porte était ouverte. Le porche n'était pas éclairé mais, grâce à la lumière qui venait de l'intérieur, j'aperçus Monkey, le nez collé contre la vitre. Damien n'avait sans doute pas encore remarqué mon absence. Je ne pus m'empêcher de me baisser, même si je savais qu'à cette vitesse, et dans l'obscurité, il n'aurait pas pu me reconnaître.

Je fus réveillée par des coups frappés à la porte.

Ce n'était pas des coups habituels, c'était un rythme que je connaissais. Une chanson. On aurait dit *Mon beau sapin*.

J'ouvris les yeux, puis regardai autour de moi. J'étais dans ma chambre, dans mon lit. Tout était à sa place, le sol était propre, j'avais retrouvé mon univers. À part ces coups.

Je me retournai et plongeai la tête dans l'oreiller. C'était sûrement l'un des chats de ma mère, qui faisait des crises de dépression aiguë chaque fois qu'elle était absente. Il espérait sans doute me tirer du lit pour que je leur donne leur Sheba, qu'ils dévoraient par boîtes entières.

— Va-t'en, murmurai-je, la tête enfouie dans l'oreiller. VA-T'EN...

La fenêtre au-dessus de mon lit s'ouvrit soudain. Elle s'ouvrit toute seule, sans un bruit, me tétanisant de peur. Mais pas autant que Damien, qui plongea à l'intérieur de ma chambre la tête la première, les bras battant l'air. L'une de ses jambes heurta avec fracas ma table de nuit et envoya mon réveil rouler contre la porte du placard, tandis que son coude s'enfonçait dans ma gorge. Ma seule consolation, c'est qu'il rata le lit et fit un superbe plat sur le tapis, devant mon bureau. Le tout ne dura pas plus de quelques secondes.

Puis ce fut le silence.

Damien releva légèrement la tête, regarda autour de lui, puis la reposa sur le tapis. Il avait l'air sous le choc. Ma chambre se trouvait au premier et monter le long de la treille n'était certes pas une mince affaire.

— Tu aurais pu dire au revoir, murmura-t-il, les yeux fermés.

Je me redressai, ramenant la couverture sur ma poitrine. C'était complètement irréel de le voir là, affalé sur mon tapis. Je me demandais même comment il avait pu trouver mon adresse. Notre relation, depuis le premier jour, ressemblait à une sorte de rêve cahoteux et bizarre, où se passaient des choses qui auraient dû avoir un sens, mais n'en avaient pas. Que m'avait-il dit, cette première fois ? Un truc sur la chimie naturelle. Il prétendait l'avoir remarqué tout de suite, et ça expliquait peut-être que nos routes n'arrêtaient pas de se croiser. Ou alors c'était sa faute, il était trop têtu. De toute façon, je sentais qu'on était arrivés à un carrefour. Il fallait faire un choix.

Il se releva et se frotta le visage. Il y avait eu plus de peur que de mal : au moins, il n'avait rien de cassé. Il se tourna vers moi, comme si c'était à mon tour de parler.

— Je ne suis pas un cadeau, dis-je. Vraiment pas.

Il se releva en grimaçant et vint s'asseoir sur le lit, puis il passa le bras autour de mes épaules et m'attira vers lui. On resta un instant sans rien faire, sans rien dire, les yeux dans les yeux. Et soudain, dans un flash, une bribe de souvenir me revint. C'était comme une photo, un instantané : une fille et un garçon debout devant une cabine téléphonique. La fille se cachait les yeux avec la main. Le garçon se tenait près d'elle et la regardait. Il lui parlait doucement. Soudain, la fille faisait un pas en avant et s'effondrait contre sa poitrine. Il lui caressait les cheveux.

Donc, c'était moi. Peut-être l'avais-je toujours su et peut-être était-ce pour cela que j'avais fui. Je ne montre jamais ma faiblesse, je n'ai pas besoin qu'on m'aide. Et s'il avait été comme les autres, s'il m'avait laissée partir, tout aurait été plus simple. J'aurais pu l'oublier, le garder au fond de mon cœur, bien caché, là où personne ne pouvait l'y trouver.

Damien se tenait très près de moi, comme la veille. La journée se perdait dans un infini de possibles. Les choix que l'on fait ont des suites, et peut-être plus encore ceux contre lesquels on a longtemps résisté. Certaines conséquences sont évidentes, comme le sol qui tremble sous vos pieds, mais d'autres sont si minimes qu'on les voit à peine. Et pourtant...

Alors que le reste du monde continuait à vivre en parfaite inconscience, à boire son café, à lire les pages sportives et à passer au pressing, je me penchai vers Damien et l'embrassai. Ce choix, qui allait tout changer, provoqua peut-être un léger tremblement ou une oscillation à peine perceptible, mais je ne me rendis compte de rien. Je sentis seulement qu'il m'embrassait en retour et m'attirait dans la lumière du jour tandis que je perdais pied, enivrée par son odeur, et que la Terre continuait à tourner, comme elle l'avait toujours fait.

JUILLET

Chapitre 8

— *J'veux plus de tes fichues tomates, tout ce que je veux, c'est ta douce patate.*

Damien s'arrêta de chanter en même temps que la musique. Le réfrigérateur vrombissait et Monkey ronflait.

— Bon, qu'est-ce qui rime avec *patate* ?

Fred gratta sa guitare, le regard fixé au plafond. Jean-Michel, affalé sur le canapé près du frigo, tourna la tête et se cogna contre le mur.

— Eh bien, commença Lucas en croisant les jambes, tout dépend si tu veux une vraie rime ou une fausse.

Damien le regarda.

— Une fausse ?

— La vraie rime, c'est *tomate*, continua Lucas de sa voix de tête d'œuf. Mais tu peux aussi trouver un truc en « ette », même si ce n'est pas parfaitement correct. Par exemple, vinaigrette, courgette...

— *J' veux plus de tes fichues tomates, parce que tu mets trop de vinaigrette.*

Silence. Fred fit entendre un autre accord, puis retendit une corde.

— Ça a besoin d'être encore un peu travaillé, dit Lucas, mais je pense qu'on tient le bon bout.

— Vous pouvez pas vous taire ? bougonna Jean-Michel d'une voix étouffée. J'essaie de *dormir* !

— Il est deux heures de l'après-midi et c'est la cuisine, rétorqua Fred. Va ailleurs ou arrête de râler.

— C'est bon, les mecs, intervint Damien. Zen.

Fred poussa un soupir.

— Je veux qu'on se concentre, merde. Il faut qu'on puisse jouer *L'opus de la patate* la semaine prochaine.

— *L'opus de la patate* ? s'étonna Lucas. C'est son nom, maintenant ?

— T'as mieux à proposer ?

Il resta silencieux un moment.

— Non, finit-il par dire. Non, ça non.

Fred reprit sa guitare.

— Alors ferme ta grande gueule. On reprend depuis le début, premier couplet, et avec du sentiment.

Et ainsi de suite. Un jour ordinaire à la maison jaune, où je passais la plupart de mon temps libre. Ce n'était pas vraiment par attirance pour le lieu : cette maison était un vrai dépotoir, déjà parce que quatre types y vivaient et qu'aucun d'entre eux n'avait jamais été officiellement présenté à un bidon d'eau de javel. La nourriture pourrissait dans le frigo, des moisissures noires envahissaient les carreaux de la douche et une odeur indéfinissable se dégageait de la véranda arrière. La chambre de Damien, que je maintenais en ordre, était mon salut. Quand je trouvais un slip sale sous un coussin du canapé, ou que je me battais avec les mouches qui infestaient la poubelle, je me raccrochais à l'idée que son lit était fait, ses CD rangés par ordre alphabétique et que le désodorisant rose en forme de cœur que j'avais branché dans la prise était en action. C'était le prix à payer pour ne pas devenir folle.

Mon équilibre nerveux avait déjà été mis à rude épreuve par le retour de ma mère. Au printemps, les ouvriers n'avaient pas cessé de transporter des plaques de placoplâtre et des fenêtres, laissant chaque fois un sillage de poussière sur leur passage. Ils avaient démoli le mur de l'ancien bureau, qu'ils avaient agrandi sur l'arrière et transformé en une suite parentale avec salle de bain (baignoire encastrée et deux lavabos côte à côte, séparés par des verres colorés). Quand on franchissait le seuil de ce que Chris et moi avions surnommé « la nouvelle aile », on avait l'impression de passer dans une nouvelle maison, et c'était exactement ce qu'avait voulu ma mère. C'était son nouvel assortiment : nouvelle chambre, nouveau mari, nouveau tapis. Tout était parfait. Mais, comme souvent, nous, on avait du mal à suivre.

On avait du mal, par exemple, avec les affaires de Roger. Pendant ses longues années de célibat, il avait accumulé un certain nombre d'objets auxquels il était très attaché et qui, il faut bien le dire, s'intégraient assez mal à la déco de ma mère. La seule chose qu'elle avait accepté d'intégrer à sa nouvelle chambre était une immense tapisserie marocaine qui prenait presque tout un mur et qui représentait des épisodes de la Bible. Mais comme elle était dans les mêmes teintes que le tapis, ma mère avait jugé qu'elle constituait un compromis acceptable. Tout le reste avait été exilé dans l'autre partie de la maison, nous obligeant, Chris et moi, à composer avec.

À peine quelques jours après leur retour, j'eus le plaisir de découvrir la reproduction, dans un joli cadre doré, d'un tableau de la Renaissance représentant une femme plus que plantureuse, allongée à poil sur un sofa, qui tenait une poignée de raisins dans ses doigts grassouillets et blancs, et était sur le point d'en faire tomber dans sa bouche. Sa poitrine était si énorme qu'elle débordait du sofa. En admettant que ce soit de l'art (un terme assez élastique, d'après moi), c'était malgré tout dégoûtant. Surtout dans la cuisine, face à la table où j'étais obligée de prendre mon petit déjeuner.

— À ton avis, ça pèse combien, une femme comme ça ? me demanda Chris, déjà en uniforme, le premier matin.

Je mordis dans mon muffin, essayant désespérément de me concentrer sur le journal posé devant moi.

— Aucune idée.

— Au moins cent dix kilos, décida-t-il en avalant une cuillérée de céréales. Ses seins doivent déjà peser pas loin de deux kilos chacun. Peut-être même trois.

— On ne peut pas parler d'autre chose ?

— Bon sang ! C'est là, juste sous nos yeux ! C'est comme ne pas voir le soleil !

Et ce n'était pas tout. Il y avait aussi une statue d'art contemporain qui trônait maintenant dans l'entrée et qui avait franchement l'air d'un gros pénis (un thème un peu trop récurrent, à mon goût... je commençais à me poser des questions !), mais en plus un set de casseroles fantaisistes accroché dans notre cuisine refuge et, au salon, un divan en cuir rouge assez suggestif. Difficile de ne pas se sentir dépaysé ! Au risque de me répéter, cette maison n'était déjà plus vraiment la mienne. Roger était en CDI (en principe), tandis que je n'étais qu'une intérimaire dont le contrat expirait à l'automne. Pour une fois, c'était *moi* le CDD ! Je découvrais qu'en fait, ça ne me plaisait pas tant que ça...

Voilà pourquoi je passais autant de temps chez Damien. Il y avait une autre raison, mais celle-là, je n'étais pas prête à l'admettre.

Depuis que je sortais avec des garçons, j'avais dans la tête une espèce de schéma mental, de « planning ». On commence d'abord par une phase grisante où l'autre apparaît comme une merveilleuse invention, capable de résoudre les pires problèmes de l'existence (comment retrouver des chaussettes égarées dans le sèche-linge ou encore faire griller des bagels sans brûler les bords). Pendant cette phase, qui ne dure jamais plus de six semaines, l'autre est parfait. Mais à six semaines et deux jours, les premières fissures apparaissent. Les bases ne sont pas encore atteintes, pourtant on commence à remarquer de petits détails irritants : par exemple, le fait qu'il considère comme évident que vous payiez votre place de cinéma (parce que vous l'avez fait une fois) ou encore sa manie de prendre le tableau de bord pour un clavier imaginaire pendant les attentes au feu rouge. Au début, vous trouviez ça mignon, voire même touchant. Maintenant, ça vous agace. Toutefois pas assez pour vous faire réagir. Quand on amorce la huitième semaine, en revanche, la tension monte. Il devient évident que l'autre est, en fait, humain. C'est tout le problème. Soit vous arrivez à tenir bon et à gérer, soit vous vous désengagez avec élégance, sachant pertinemment que, dans un délai assez court, une nouvelle personne parfaite surgira pour résoudre tous vos problèmes. Pour six semaines au moins.

Je connaissais ce cycle avant mon premier petit copain, pour avoir vu ma mère le parcourir à plusieurs reprises. Dans le cas du mariage, le cycle s'allonge et s'ajuste. C'est le même principe que pour l'âge des chiens : les six semaines deviennent un an, parfois deux. Mais, sur le fond, c'est la même chose et c'est pour ça qu'il avait été si facile d'évaluer la durée de vie de mes beaux-pères. C'est purement mathématique.

Appliqué à Damien, sur le papier, c'était parfait. On se serait quittés sans avoir dépassé les trois mois fatidiques et je serais partie pour la fac au moment du déclin. Mais Damien refusait de collaborer. Pour prendre une image : si on représente mes théories de façon géographique, Damien ne se situait ni près ni loin du centre. Il était carrément sur une autre carte. Pire, il se rapprochait du bord et menaçait de plonger dans l'inconnu.

Primo, il était dégingandé. Je n'aimais pas les mecs dégingandés et lui, justement, il était maladroit, maigre, toujours en mouvement. Ça n'avait rien de surprenant si notre relation avait commencé par une série de collisions : sa vie était remplie de coudes qui volent, de genoux qui se cognent et de membres qui battent l'air. En quelques semaines, il avait réussi à casser mon réveil, à broyer l'un de mes colliers de perles et à laisser, je ne sais pas comment, une énorme marque sur le plafond. Je n'invente rien. Il était sans arrêt en train de bouger les genoux ou de battre la mesure avec ses doigts : on aurait dit qu'il faisait chauffer le moteur en attendant le signal de départ. Je passais mon temps à essayer de le calmer. Je posais la main sur ses genoux ou ses doigts, croyant l'arrêter, alors que je me laissais entraîner à mon tour dans sa ronde effrénée, comme si le courant qui le traversait me gagnait aussi.

Deuzio, il était débraillé. Il ne rentrait jamais sa chemise dans son pantalon et sa cravate était toujours tachée. Ses cheveux, épais et bouclés, lui faisaient une tête de savant fou, et ses lacets, bien sûr, n'étaient jamais attachés. Si j'avais pu l'immobiliser, je n'aurais pas résisté à la tentation de le border, de le lacer, de le défroisser, de le remettre en ordre, comme s'il avait été un placard sens dessus dessous désespérant d'attirer mon attention. Au lieu de quoi, je serrais les dents et refoulais mon anxiété naturelle, parce que notre histoire n'était pas sérieuse. Imaginer le contraire nous aurait fait souffrir tous les deux.

Ce qui m'amène au tertio : il m'aimait vraiment. Pas de la même façon qu'un flirt de vacances. En fait, il ne parlait jamais d'avenir, comme si on avait la vie devant nous. Moi, bien sûr, je voulais que les choses soient claires : j'allais partir, on ne pouvait pas s'attacher, et tout le baratin que je me répétais dans la tête. Mais dès que j'essayais d'aborder la question, il détournait la conversation. À croire qu'il lisait dans mes pensées.

Fred devait partir travailler, ce qui mit fin à la séance. Damien se planta devant moi en s'étirant.

— C'est excitant de voir un groupe au travail, pas vrai ?

— *Vinaigrette* est une rime nulle, qu'elle soit fausse ou pas.

Il tressaillit, puis sourit.

— C'est un premier jet...

Je reposai ma grille de mots croisés à moitié complétée. Il s'en empara.

— Impressionnant. Et bien sûr, Mademoiselle Julie écrit au stylo. Tu ne te trompes jamais ?

— Nan.
— Si, là !
— D'accord. Une fois, peut-être.

Il sourit à nouveau. On sortait ensemble depuis plusieurs semaines, mais j'étais toujours étonnée par la facilité avec laquelle je faisais des concessions. Depuis cette première fois, dans ma chambre, j'avais l'impression qu'on avait sauté une étape, le Début de la Relation, où on cherche maladroitement à se connaître, à sentir ses limites et ses défauts. Peut-être parce qu'on s'était déjà tourné autour avant qu'il ne dégringole par ma fenêtre. À y réfléchir (ce que j'évitais scrupuleusement), je m'étais toujours sentie à l'aise. Et lui aussi, sans doute, pour m'avoir pris la main comme il l'avait fait, le premier jour, chez Roger Davis Autos. Comme s'il avait su, déjà, ce qui nous attendait...

— On parie que tu ne peux pas citer plus d'États américains que moi avant que cette femme ne soit sortie du pressing...

Je levai les yeux vers lui. On déjeunait ensemble, juste à côté du Dolce Vita. Je buvais un Coca light et il dévorait un paquet de Figolu.

— Allez, s'exclama-t-il, posant la main sur ma jambe. On parie ?
— Non.
— Quoi, t'as peur ?
— Je te répète : non.

Il pencha la tête sur le côté, puis me serra le genou. Et battait le rythme avec son pied.

— C'est parti. Elle va rentrer d'ici un instant. On commence dès que la porte se referme. Attention...

— Mais je rêve !... Qu'est-ce qu'on parie ?

— Cinq dollars.

— Pas intéressant. Et trop facile.

— Dix dollars.

— D'acc. Et tu payes le dîner.

— Ça roule.

La femme, vêtue d'un short et d'un tee-shirt rose, poussait la porte du pressing, les bras chargés de chemises en soie fripées. À peine la porte refermée, j'attaquai :

— Maine.

— Dakota du Nord.

— Floride.

— Virginie.

— Californie.

— Delaware.

Je comptais les points sur mes doigts. Damien était connu pour tricher, mais il s'en défendait avec véhémence, et il valait mieux avoir des preuves. Les défis, avec Damien, ressemblaient à ces duels des films en noir et blanc, où des hommes en costume blanc se jettent leur gant à la figure dès que leur honneur est en jeu. Je ne gagnais pas toujours, mais je n'avais pas renoncé. Après tout, c'était nouveau pour moi.

Les défis de Damien étaient légendaires. Le premier auquel j'avais assisté avait eu lieu avec Jean-Michel. C'était quelques jours après l'épisode de la fenêtre, et l'une des premières fois où je revenais à la maison jaune. Jean-Michel était à table, en pyjama, et mangeait une banane. Il y en avait tout un tas devant lui, ce qui ne pouvait manquer de surprendre, dans la mesure où l'essentiel de l'alimentation du groupe consistait en milk-shakes et en bières.

— C'est quoi, toutes ces bananes ? demanda Damien en tirant une chaise et en s'asseyant.

Jean-Michel le regarda d'un air à moitié endormi.

— C'est Le Grand Fruit du Mois. Ma mamie me les a envoyées pour mon anniversaire.

— Potassium, déclama Damien. Il faut en manger tous les jours.

Jean-Michel bâilla, visiblement habitué à ce genre de remarques idiotes, puis se remit à manger.

— Je parie, déclara soudain Damien d'une voix grave de présentateur de show télévisé (une voix que j'allais apprendre à reconnaître comme annonçant un défi), que t'es pas capable d'en manger dix.

Jean-Michel finit de mâcher le morceau qu'il avait dans la bouche.

— Je parie que t'as raison.

— C'est un pari, insista Damien.

Il tira une chaise pour moi du bout du genou (genou qui battait déjà le rythme), puis continua, de la même voix :

— Jean-Michel, est-ce que tu relèves ce défi ?

— T'es fou ou quoi ?

— Dix dollars.

— Je ne mange pas dix bananes pour dix dollars, s'insurgea Jean-Michel.

— Un dollar la banane.

— En plus...

Il essaya de lancer la peau vers la poubelle surchargée, mais rata son but.

— ... j'en ai ras le bol de tes paris à la con ! Tu ne peux pas lancer des défis comme ça, pour un oui ou pour un non !

— Jean-Michel, est-ce que tu renonces ?

— Tu peux arrêter de parler comme ça ?

— Vingt dollars, insista Damien. Vingt dollars...

— Non.

— ... et je nettoie la salle de bain.

L'argument porta. Jean-Michel considéra les bananes, puis Damien puis, de nouveau, les bananes.

— Celle que je viens de manger compte ?

— Non.

Il donna un coup sur la table.

— Hein ? Elle n'est même pas descendue jusqu'à mon estomac !

Damien réfléchit un instant.

— Bon, d'accord. Alors c'est Julie qui décide.

— Quoi ? dis-je.

Ils se tournèrent vers moi.

— Tu as un point de vue impartial, expliqua Damien.

— C'est ta petite copine, protesta Jean-Michel. Ce n'est pas ce que j'appelle impartial !

— Ce n'est pas ma petite copine.

Il me regarda pour vérifier qu'il ne m'avait pas

blessée (preuve qu'il me connaissait mal), puis ajouta :

— Bon, d'accord, on sort ensemble...

Il s'arrêta, s'attendant à ce que je réagisse. Mais comme je continuais à me taire, il reprit :

— Mais tu es une personne à part entière, avec tes opinions et tes convictions. Pas vrai ?

— Je ne suis pas sa petite copine, confirmai-je à Jean-Michel.

— Elle est amoureuse de moi, lui confia Damien en aparté (je sentis mon visage s'enflammer). Bon, poursuivit-il d'un ton jovial. Qu'en penses-tu, Julie ? Ça compte ou ça ne compte pas ?

— Eh bien... Je pense que ça devrait compter... Peut-être pour une demie.

Son visage s'illumina. Il avait l'air aussi content de lui que s'il m'avait fabriquée.

— Une demie. Parfait. Donc, si tu relèves le défi, Jean-Michel, tu dois manger neuf bananes et demie.

Jean-Michel pesa le pour et le contre. Comme je l'apprendrai plus tard, l'argent ne coulait pas à flots, à la maison jaune, et ces défis permettaient de le faire circuler. Vingt dollars, c'était à boire et à manger pour deux jours facile. Et finalement, ce n'était jamais que neuf bananes. Et demie.

— D'accord.

Ils se tapèrent dans la main.

Mais d'abord, il fallait trouver des témoins. On extirpa Fred de la véranda arrière, avec une fille qu'il voyait alors et qu'on me présenta comme La Terrible Marie (j'évitai de creuser la question) puis, après avoir cherché Lucas sans résultat, Monkey fut considéré comme apte à le remplacer. Certains s'installèrent autour de la table, les autres sur l'horrible canapé marron à côté du réfrigérateur. Jean-Michel se mit à s'étirer et à faire de profondes inspirations. On aurait cru qu'il se préparait pour un sprint de cinquante mètres.

— Bon, déclara Fred qui, parce qu'il était le seul à posséder une montre en état de marche, avait été intronisé chronométreur officiel. C'est parti !

Si vous n'avez jamais assisté à un défi de nourriture (comme moi, à l'époque), vous croyez peut-être que c'est très excitant. Mais voilà : il ne s'agissait pas de manger neuf bananes et demie vite. Il s'agissait juste de les manger. À la quatrième, l'ennui s'installa. Fred et La Terrible Marie partirent à Pizza Hut et nous laissèrent, à Damien, à Monkey et à moi, le soin de surveiller les cinq bananes et demie qui restaient. Par chance, Jean-Michel déclara forfait au milieu de la sixième. Il se leva prudemment et s'enferma dans la salle de bain.

— J'espère que tu ne l'as pas tué, dis-je à Damien, tandis que la porte se refermait dans un clic.

— Aucun risque, rétorqua-t-il, décontracté, en s'étirant sur sa chaise. Tu aurais dû le voir avaler quinze œufs à la suite, le mois dernier... Là, on était vraiment inquiets ! Il était devenu rouge écarlate !

— Tu ne trouves pas bizarre que ce soit toujours les autres qui doivent avaler d'énormes quantités de nourriture... ?

— Tu te trompes. Seulement, j'ai arrêté après avoir réussi le plus grand de tous les défis en avril dernier.

Je n'avais aucune envie de savoir ce qui pouvait mériter un tel titre, mais la curiosité fut plus forte.

— Ça consistait en quoi ?

— 620 grammes de sauce béarnaise. En vingt minutes chrono.

Mon estomac se noua. Je détestais la mayonnaise, et tous ses dérivés : salades d'œufs, salades de thon et même les œufs mimosa.

— C'est répugnant.

— Je sais, répliqua-t-il fièrement. Je n'ai jamais pu faire mieux.

Je me demandais ce que pouvait cacher un tel goût de la compétition. Damien faisait des paris sur tout et n'importe quoi, et même sur des choses qui échappaient totalement à son contrôle. Par exemple Je Parie Vingt Cents Que La Prochaine Voiture Qui passe Est Bleue ou encore Cinq Dollars Que J'arrive À Faire Quelque Chose De Comestible Avec Du Maïs, Des Chips Et De La Moutarde et, bien sûr, Combien D'États Peux-Tu Citer Pendant Que Cette Femme Dépose Son Linge Au Pressing ?

Personnellement, j'en étais à vingt. Damien en était à dix-neuf et souffrait d'une crampe au cerveau.

— Californie ! lança-t-il enfin, tout en jetant un regard nerveux à la vitrine du pressing.

La femme discutait avec la personne du comptoir.

— Déjà dit.
— Wisconsin.
— Montana.
— Caroline du Sud.
La porte s'ouvrit. C'était elle.
— Fini, déclarai-je. J'ai gagné.
— Pas du tout !
Je lui montrai mes doigts.
— J'en ai un de plus. Donne le fric.
Dans un soupir, il plongea les mains dans ses poches, puis passa le bras autour de ma taille, m'attira vers lui et plongea le visage dans mon cou.
— Pas question, dis-je en le repoussant légèrement. Ça ne marche pas.
— Je serai ton esclave, me murmura-t-il à l'oreille.
Un frisson me parcourut, mais je me ressaisis aussitôt, me répétant, une fois de plus, que j'avais toujours eu un petit copain pendant les vacances, en général quelqu'un qui m'avait tapé dans l'œil après la fin des cours et qui durait jusqu'au moment où je partais à la mer avec ma famille. La seule différence, c'est que, cette fois, je m'envolerais vers l'ouest. Je m'accrochai à cette idée. C'était comme une boussole, une règle inscrite dans la pierre. Immuable.
De toute façon, notre histoire ne pouvait pas durer. Damien était bourré de défauts. Les fêlures de sa personnalité étaient déjà visibles, donc ne parlons pas des fissures qui devaient saper les fondations. Et malgré tout, quand il m'embrassait,

j'avais du mal à garder la tête froide. Mais bon. Je me sentais bien, j'avais l'impression d'avoir tout mon temps.

— La question, commença Marion, c'est : lui as-tu déjà sorti Le Discours ?
— Non, rétorqua Chloé. La question, c'est : as-tu déjà couché avec lui ?

Elles se tournèrent vers moi. Leur curiosité n'avait rien d'indiscret : on se confiait toujours ce genre de choses, ou alors on les devinait. Mais là, j'hésitais. Ce qui était troublant.

— Non, dis-je finalement.

Quelqu'un retint sa respiration (sous le choc), puis ce fut le silence.

— Ouah ! s'exclama Lisa. T'es vraiment mordue !
— Tu parles, dis-je, sans la contredire vraiment (ce qui provoqua un nouveau silence, et un nouvel échange de regards).

Dehors, dans le soleil couchant, je sentais le trampoline remuer doucement sous mes fesses. Je m'allongeai et passai les doigts sur le métal froid des cordes.

— Pas de Discours, pas de sexe, résuma Marion. C'est dangereux.
— Peut-être qu'il est différent, suggéra Lisa.
— Personne n'est différent, rétorqua Chloé. Et Julie le sait mieux que n'importe qui.

Ma vie sentimentale était tellement normalisée que mes copines avaient inventé des noms comme des gros titres pour répertorier mes actes. Je sortais en général Le Discours alors que la phase grisante et romantique arrivait à son point culminant. C'était une façon de lever le pied, de commencer à rétrograder, et ça consistait à informer le Ken en question de ce que « Je t'aime bien, tu sais, et on passe du bon temps ensemble, mais ça ne peut pas être sérieux parce que je vais partir à la mer / vais devoir me concentrer sur mes études à la rentrée / sors d'une histoire douloureuse et je n'ai pas envie de m'investir pour le moment. Ça, c'était Le Discours de l'été. Celui des vacances d'hiver lui ressemblait beaucoup : il suffisait de remplacer par Je pars au ski bientôt / il va falloir que je me ressaisisse pour le bac / j'ai des problèmes familiaux en ce moment. Les mecs avaient deux options : s'ils m'aimaient *vraiment*, genre bague-au-doigt-et-tout-le-tralala, ils désertaient, ce qui n'était pas plus mal. S'ils m'aimaient bien, mais que ça ne les gêne pas de ralentir, ils sauvaient la face en disant qu'ils ressentaient la même chose. J'étais alors libre de passer à l'étape suivante, on pouvait coucher ensemble.

Mais pas tout de suite. Plus maintenant. Je prenais le temps de voir apparaître les premières fêlures et de me débarrasser de ceux dont les défauts me deviendraient insupportables sur le long terme, c'est-à-dire si on dépassait les fameuses six semaines.

Avant, j'étais une fille facile. Maintenant, je faisais la difficile. Pigé ? Grosse différence.

Mais avec Damien, c'était autre chose. Chaque fois que je voulais appliquer mon schéma, quelque chose me retenait. Bien sûr, j'avais les moyens de lui sortir mon blabla, et il le prendrait sans doute bien. Si je couchais avec lui, il le prendrait mieux encore. Mais, au fond de moi, j'étais titillée par l'idée que peut-être pas. Que je pouvais descendre dans son estime. Bon, d'accord, c'était idiot.

Mais j'avais été très occupée. C'était sûrement ça, la vraie raison.

Chloé ouvrit sa bouteille d'eau minérale, la porta à ses lèvres, puis chassa le goût en avalant une gorgée de bourbon (un échantillon qu'elle tenait dans l'autre main).

— Qu'est-ce que tu fabriques ? me demanda-t-elle abruptement.

— Je m'amuse, c'est tout, rétorquai-je en buvant une gorgée de Coca light.

C'était facile à dire, et je le croyais vraiment.

— Il part à la fin de l'été, lui aussi...

— Pourquoi tu ne lui as pas sorti Le Discours, alors ? demanda Marion.

— C'est juste...

Je remuai mon verre, indécise.

— Je n'y ai pas pensé, en fait.

Elles se consultèrent du regard.

— Je le trouve vraiment bien, Julie, déclara Lisa. Il est doux.

— Il est maladroit, marmonna Marion. Il n'arrête pas de me marcher sur les pieds.

— Peut-être, suggéra Chloé, comme si elle faisait une découverte soudaine, que tu as de grands pieds...

— Peut-être, rétorqua Marion, que tu devrais te taire.

Lisa poussa un soupir et ferma les yeux.

— Pitié toutes les deux ! On parle de Julie.

— On n'est pas obligé de parler de Julie, protestai-je. Absolument pas. On devrait plutôt parler de quelqu'un d'autre.

Il y eut un léger silence. Je descendis un peu ma boisson, Lisa alluma une cigarette. Puis Chloé dit :

— Tu sais, l'autre soir, Damien m'a promis qu'il me donnerait dix dollars si je pouvais tenir sur la tête pendant vingt minutes. Qu'est-ce que ça signifie ?

Elles se tournèrent vers moi.

— Ne fais pas attention. Quoi d'autre ?

— Je crois qu'Adam voit quelqu'un, déclara soudain Lisa.

— Bon, dis-je, *ça*, c'est intéressant.

Lisa passa le doigt sur le rebord de son verre, la tête baissée. Une de ses mèches oscillait doucement sous l'effet du trampoline. Depuis qu'Adam l'avait quittée, il y a un mois, elle était passée des crises de larmes à un état de tristesse permanent. Elle éclatait parfois de rire, puis se ressaisissait, comme si elle n'avait pas le droit d'être heureuse.

— Qui c'est ? s'enquit Chloé.

— Je ne sais pas. Elle a une Mazda rouge.

Marion me lança un regard entendu. Je demandai :

— Lisa... tu es passée devant chez lui ?
— Non.

Elle releva la tête. On savait très bien qu'elle nous mentait et, bien sûr, on la regardait toutes.

— Non ! Mais l'autre jour, il y avait une déviation sur Willow, et alors...

— Tu veux qu'il te croie faible ? coupa Marion. Tu veux lui donner ce plaisir ?

— Comment peut-il déjà être avec une autre ? lui répondit-elle.

Marion laissa échapper un soupir désapprobateur.

— Je ne suis même pas encore remise et lui, il a déjà quelqu'un d'autre ? Comment c'est *possible* ?

— Parce que c'est un pauvre type, rétorquai-je.

— Parce que c'est un mec, renchérit Chloé. Et les mecs ne s'attachent pas, les mecs ne se donnent jamais complètement et les mecs mentent. C'est pour ça qu'il faut être très méfiante, ne jamais les croire et les tenir à distance autant que possible. Pas vrai, Julie ?

Je me tournai vers elle. Je compris, à son regard, qu'elle découvrait en moi quelque chose de nouveau, qu'elle ne reconnaissait pas et qui l'inquiétait. Si je n'étais plus la Julie froide et dure, elle ne pouvait plus être la même Chloé, elle non plus.

— C'est vrai, dis-je.

Je souris à Lisa. Il fallait que je lui montre la voie. Elle ne s'en sortirait jamais toute seule.

— Parfaitement vrai.

En fait, le groupe ne s'appelait pas G Flat. C'était un pseudo pour les mariages, auquel ils avaient été contraints à la suite d'un incident impliquant le camion, des élus de Pennsylvanie et le frère de Roger, Michel, qui était avocat là-bas. Jouer au mariage de ma mère leur avait permis de lui rendre la monnaie de sa pièce mais c'était surtout, pour le groupe (qui s'appelait en fait Truth Quad) un bon prétexte pour changer de ville.

Depuis deux ans, ils sillonnaient le pays selon un rituel bien établi : ils choisissaient un lieu avec une scène locale correcte, se trouvaient une location pas chère et écumaient les boîtes. La première semaine était consacrée à la recherche d'un emploi, si possible au même endroit, vu qu'ils ne disposaient que d'un seul moyen de transport (Damien et Lucas travaillaient à Photo Flash, Jean-Michel préparait des cafés au lait à Jump Java et Fred transportait des légumes au Marché). Alors qu'ils étaient presque tous allés à la fac (Fred en avait même rapporté un diplôme), ils privilégiaient les petits boulots faciles, qui leur laissaient du temps libre. Ils partaient ensuite à l'assaut de la boîte locale avec l'espoir de décrocher un concert hebdomadaire. Au Bendo, ils avaient écopé du mardi, le soir le moins fréquenté de la semaine.

Le jour où j'avais rencontré Damien chez Roger, ils n'étaient pas là depuis quarante-huit heures. Ils dormaient alors dans le camion, dans un parc de la ville. Puis ils avaient trouvé la maison jaune et comptaient rester dans les parages jusqu'au jour où ils seraient forcés de partir, pour fuir leurs dettes, éventuellement quelques petites infractions (c'était déjà arrivé) ou, simplement, l'ennui. Tout était organisé pour faciliter leur vie de nomades. En moins d'une heure, ils avaient bouclé leurs valises et se retrouvaient, à l'avant du camion, le doigt sur la carte froissée de la boîte à gants, à la recherche d'un nouveau point d'ancrage.

C'était peut-être pour ça que j'avais renoncé au Discours : la vie de Damien était aussi transitoire que la mienne à cette époque. Je n'avais pas envie de ressembler à ces autres filles, dans d'autres villes, qui écoutaient des enregistrements pirates de Truth Quad en rêvant à Damien Jones, né à Washington, signe poisson, chanteur et incorrigible lanceur de défis, sans adresse fixe. Son histoire était aussi obscure que la mienne était limpide et sa seule famille semblait se résumer à son chien. Quant à moi, j'allais bientôt devenir Julie Starr, de Stanford, filière encore non déterminée (sans doute sciences éco). Nos chemins convergeaient le temps de quelques semaines. Suivre un protocole semblait inutile.

Ce soir-là, Lisa, Chloé, Marion et moi, sommes allées au Bendo vers neuf heures. Truth Quad jouait déjà. La foule était peu dense, mais enthousiaste. Je remarquai, bien malgré moi, qu'il y avait surtout des filles. Un groupe d'entre elles se tenait agglutiné près de la scène, une bière à la main, et se balançait en rythme.

Ils alternaient reprises et créations originales. Les reprises étaient, selon le mot de Damien, « un mal nécessaire », incontournable dans les mariages et vivement conseillé dans les boîtes, au moins en début de session, pour éviter d'être mitraillé de capsules de bière et de mégots de cigarettes (ce qui, visiblement, était déjà arrivé). Mais Damien et Fred, qui avaient lancé le groupe pendant leurs années lycée, préféraient leurs propres compositions, dont *La chanson de la patate*, une des plus ambitieuses.

Pendant qu'on s'asseyait, le groupe finissait le dernier couplet de *Gimme three steps* sous les applaudissements et les cris des filles. Il leur fallut ensuite se réaccorder, puis Fred et Damien échangèrent quelques conciliabules.

— Et maintenant, on va vous chanter, en exclu, une chanson originale, appelée à devenir un classique de demain... Les amis, voici *La chanson de la patate* !

Les cris s'intensifièrent. Une fille rousse et plantureuse (que je connaissais pour l'avoir déjà croisée dans l'interminable file d'attente des toilettes) se planta juste devant la scène, quasiment sous les pieds de Damien. Il lui sourit poliment.

Je l'ai croisée dans le rayon alimentation, samedi soir.

Ça fait une semaine qu'elle m'a dit au revoir...

Quelqu'un poussa un cri strident. Visiblement, *La chanson de la patate* avait une fan. Une bonne chose, pensai-je. Surtout qu'elle n'était pas la seule.

Avant, elle aimait mon filet mignon,
Mes penchants carnivores,
Mais maintenant, c'est une princesse végétalienne,
Qui ne se nourrit que de julienne.
Elle a renoncé au fromage et au jambon,
Et comme je ne l'ai pas suivie dans sa déraison
Elle m'a retourné ma bague.
À côté d'une romaine,
Mon cœur saigne.

Il mit la main sur sa poitrine d'un air mélancolique. De nouvelles acclamations fusèrent.

Je voudrais tant que cette beauté sans protéines
Soit encore ma divine.
Elle s'est approchée des caisses enregistreuses
Dans son caddie, une botte de radis,
C'était ma dernière chance et j'y ai dit...

Il marqua une pause. Jean-Michel accéléra le rythme et fit monter la pression. Certains, dans la foule, articulaient déjà la suite.

J'veux plus de tes fichues tomates,
Tout ce que je veux, c'est ta douce patate.
Cuite à l'eau, à la vapeur ou au four,
Frite, rissolée ou réduite en purée
C'est comme tu veux
C'est toujours délicieux.

— C'est une chanson, ça ? me demanda Marion, sceptique, tandis que Lisa applaudissait en riant.

— C'est tout un tas de chansons, rétorquai-je. C'est un opus.

— Un quoi ?

Je n'essayai pas de répéter, car la chanson atteignait son point culminant, une énumération de tous les légumes possibles et imaginables. La foule scandait les mots un à un et Damien chantait à tue-tête. La chanson se termina dans un fracas de cymbales, les applaudissements explosèrent, puis Damien se pencha vers le micro pour annoncer qu'ils seraient de retour dans quelques minutes. Je le vis descendre de scène en arrachant, au passage, la coque en plastique d'une enceinte. La rousse fondit sur lui.

— Oh-oh, remarqua Chloé. Ton mec a une groupie.

— C'est pas mon mec, rétorquai-je en avalant une gorgée de bière.

— Julie est avec un groupe ! lança Chloé à Marion. À la poubelle, le principe pas-de-musicien. Tu verras, la prochaine fois, on la retrouvera dans le bus. Elle vendra des tee-shirts sur le parking et montrera ses nichons pour passer l'entrée des artistes.

— Au moins, elle a des nichons à montrer, rétorqua Marion.

— J'ai des nichons, protesta Chloé en montrant sa poitrine. Ce n'est pas parce qu'ils ne me font pas ployer en avant qu'ils ne sont pas conséquents.

— D'accord, Bonnet B, dit Marion, portant son verre à ses lèvres.

— J'ai des nichons, insista-t-elle un peu trop fort (elle avait déjà descendu deux mini-bouteilles au Pré). Mes nichons sont formidables, nom d'un chien. Tu sais quoi ? Ils sont fantastiques ! Mes nichons sont *sensationnels* !

— Chloé...

Trop tard. Les deux types qui se trouvaient à côté de nous étaient maintenant très absorbés par l'observation de sa poitrine et Damien, qui venait de se glisser près de moi, affichait une expression déroutée. Chloé devint rouge (ce qui ne lui arrivait jamais), tandis que Lisa lui tapait affectueusement sur l'épaule.

— Donc c'est vrai, déclara Damien, les filles parlent de leurs nichons quand elles sont entre elles. C'est bien ce que je pensais, mais je n'en avais jamais eu de preuve.

— Chloé faisait juste une remarque.

— Mais bien sûr, dit Damien.

Elle passa la main dans ses cheveux et tourna la tête, prise d'un intérêt subit pour le mur.

— Bon, à part ça, *La chanson de la patate* a super bien marché, ce soir, non ?

— Oui.

Il passa le bras autour de ma taille et je me serrai contre lui. C'était une de ses spécialités : il n'était pas démonstratif comme Jonathan, mais il avait de ces petits gestes, très personnels, que j'aimais beaucoup. La main sur ma taille en était un mais il avait, surtout, une certaine façon de poser la main autour de mon cou, à l'endroit précis où on peut sentir le pouls, qui me faisait chaque fois frissonner. C'était incroyable. J'avais l'impression qu'il posait la main sur mon cœur.

En relevant la tête, je vis que Chloé m'observait. J'essayai de ne pas y prêter attention et portai la bière à mes lèvres. À cet instant, Fred débarqua :

— Joli travail sur le second couplet ! lança-t-il d'une voix râleuse et sarcastique. Si tu massacres les paroles, tu bousilles la chanson.

— Massacre de quelles paroles ?

Il poussa un soupir bruyant.

— Ce n'est pas une princesse végétalienne *qui ne se nourrit* que de julienne, mais une princesse *qui se nourrit* que de julienne.

Damien posa sur lui un regard aussi ahuri que s'il venait de donner un bulletin météo.

— C'est quoi, la différence ? voulut savoir Chloé.

— Ça n'a rien à voir ! aboya-t-il. *Qui ne se nourrit* est du français correct, ce qui amène l'idée d'une couche sociale supérieure, d'une norme reconnue. *Qui se nourrit que*, par contre, appartient à un registre plus familier, plus réaliste, donc à une classe plus populaire. C'est important à la fois pour le narrateur et pour le style de musique.

— Tout ça à cause d'un seul mot ? s'enquit Marion.

— Un mot peut changer le monde, rétorqua Fred, sérieux comme un pape.

On médita en silence, puis Lisa lança à Chloé, assez fort pour que tout le monde l'entende (à vrai dire, elle avait, elle aussi, descendu une mini-bouteille ou deux) :

— Je parie qu'il a eu une mention au bac.

— Chhh... protesta Chloé, tout aussi fort.

— Fred, déclara Damien, j'ai entendu ce que tu avais à me dire. Et je comprends. Merci de m'avoir fait remarquer cette subtilité, je te promets que je ne ferai plus jamais la faute.

Fred cligna des yeux, mal à l'aise.

— Bien, dit-il. Bon, eh bien... euh... je vais fumer.

— Ça me paraît une bonne idée, commenta Damien.

Fred fendit la foule jusqu'au bar. Deux filles le regardèrent passer, puis échangèrent un signe de connivence. C'est fou, l'attrait des musiciens sur certaines.

— Très impressionnant, dis-je à Damien.

— J'ai de l'entraînement, tu vois. Fred est quelqu'un de passionné. Mais en fait, tout ce qu'il veut, c'est qu'on l'écoute. Écouter, hocher la tête, tomber d'accord. Trois étapes. Tranquille.

— Tranquille, répétai-je.

Il posa la main sur mon cou, de cette façon si particulière, et j'eus à nouveau ce sentiment étrange. Mais cette fois, j'eus plus du mal à m'en dépêtrer. Et tandis que Damien se penchait pour m'embrasser sur le front, je fermai les yeux, me demandant malgré moi jusqu'à quelle profondeur j'allais laisser les sentiments m'envahir. Peut-être que ça ne durerait pas tout l'été, peut-être faudrait-il faire dérailler les choses plus tôt, pour éviter un vrai crash à la fin.

— On demande Damien, appela une voix sur la scène.

Je relevai la tête : c'était Jean-Michel, qui clignait des yeux dans la lumière des projecteurs.

— On demande Damien. Damien est attendu dans l'allée cinq pour vérifier un prix.

La rousse, qui avait repris son poste, suivit son regard et se tourna vers nous, puis s'attarda sur moi. Je la regardai droit dans les yeux, soudain possessive, prête à me battre pour quelque chose que je n'étais même pas sûre de vouloir vraiment.

— Faut que j'y aille... déclara Damien.

Il se pencha vers mon oreille.

— Tu m'attends ?

— Peut-être.

Il le prit pour une blague et se mit à rire, puis disparut dans la foule. Quelques secondes plus tard, il grimpait sur scène, toujours aussi dégingandé et maladroit, et renversait une enceinte en se dirigeant vers le micro. Son lacet, bien sûr, était défait.

— Oh là là, murmura Chloé.

Elle me regardait en secouant la tête. Je me dis qu'elle se trompait.

— T'es fichue, ma fille.

Elle se trompait même complètement.

Chapitre 9

— Je croyais que c'était un barbecue. Tu sais : hot-dogs, hamburgers, chips, salade de fruits...

Damien attrapa une boîte de gâteaux et la lança dans le chariot.

— Et P'tits Savanes.

— *C'est* un barbecue ! rétorquai-je.

Je vérifiai ma liste et pris sur le rayon un pot de tomates séchées au soleil, importé d'Italie, à quatre dollars.

— Sauf que c'est un barbecue organisé par ma mère.

— Et alors ?

— Alors, elle ne sait pas faire la cuisine.

Il me regarda, comme attendant la suite.

— Pas du tout. Ma mère ne sait pas faire la cuisine du tout.

— Elle sait forcément faire un truc ou deux...

— Non.

— Tout le monde sait faire des œufs brouillés,

Julie. On est programmé pour. C'est comme nager ou savoir qu'on ne met pas de vinaigre dans le porridge. On le sait, c'est tout.

— Ma mère n'aime pas les œufs brouillés, rétorquai-je en poussant le chariot plus loin dans l'allée, tandis que Damien traînait derrière. Elle ne mange que des œufs Benedict.

— Des quoi ?

Son attention fut momentanément distraite par un grand pistolet à eau en plastique, disposé à hauteur d'enfants, en plein milieu du rayon des céréales.

— Tu ne connais pas les œufs Benedict ?
— Je devrais ?

Il attrapa le pistolet et appuya sur la détente. Clic clic clic. Puis il se planqua derrière le coin, comme un tireur traqué, protégé par des conserves de maïs.

— C'est une manière de préparer les œufs, archi-compliquée, avec de la sauce hollandaise et des muffins.

— Argh.

Il fit une grimace, puis frissonna.

— Je déteste les muffins.
— Quoi ?
— Les muffins, répéta-t-il en reposant le pistolet. Je ne peux pas en manger. Je ne peux même pas y penser. Rien que d'en parler, tiens, ça me rend malade.

On fit une pause au rayon des épices. Ma mère ne voulait rien moins que de la Sauce de Poisson Thaïlandaise. Je scrutai les bouteilles, par avance contrariée, tandis que Damien jonglait avec des boîtes de Canderel. Faire les courses avec lui, je le découvrais, était pire qu'avec un gamin de trois ans. Il se laissait distraire sans arrêt et attrapait n'importe quoi : il avait rempli le chariot d'achats impulsifs que j'étais bien décidée à remettre en rayon quand il ne regarderait pas.

— Tu ne vas pas me dire que tu trouves écœurants des muffins, qui ne sont jamais que du pain, alors que tu es capable de t'enfiler un pot entier de mayonnaise !

— Argggh.

Il frissonna de tout son corps et mit la main sur son estomac.

— Ne prononce plus jamais le mot « muffins ». Je suis sérieux.

Trois heures après, on y était toujours. La liste de ma mère ne comportait qu'une quinzaine d'articles, mais tous plus introuvables les uns que les autres : du fromage de chèvre français, de la focaccia, des olives d'une marque précise (le bocal rouge, pas le vert). Si on ajoutait le nouveau gril qu'elle avait jugé indispensable d'acheter pour l'occasion (le meilleur de la quincaillerie d'après mon frère, qui n'essayait pas, comme moi, de l'empêcher de jeter l'argent par la fenêtre) et les nouvelles chaises de jardin (sinon, comment aurait-on fait pour s'asseoir ?), ma mère avait dépensé une petite fortune pour ce qui n'était rien de plus qu'un simple barbecue de 4 juillet.

Encore une de ses lubies. Depuis son retour, elle

avait travaillé d'arrache-pied à son roman mais, un beau jour, elle avait émergé, vers midi, prise d'une inspiration subite : on allait faire un barbecue, un vrai, un truc bien américain, pour la fête nationale. Chris et Marie-Anne viendraient, ainsi que Patty, la secrétaire de Roger, qui était célibataire, la pauvre petite. Et si elle s'entendait avec Jorge (le décorateur de ma mère, qu'il fallait absolument inviter pour le remercier), ne serait-ce pas formidable ? Et aussi une merveilleuse occasion de présenter ton dernier petit ami (grincement de dents de ma part), d'étrenner la nouvelle terrasse et de fêter notre fantastique, fabuleuse vie de famille recomposée ?

Oh si. Aucun doute.

— Quoi ? me demanda Damien en se plantant devant le chariot que je poussais de plus en plus vite, de plus en plus stressée.

Je lui rentrai dans l'estomac, ce qui l'obligea à reculer. Il posa les mains sur le chariot et me le renvoya.

— Qu'est-ce qui ne va pas ?

— Rien, dis-je en essayant d'avancer à nouveau (peine perdue). Pourquoi ?

— Parce que tu fais la même tête que si ton cerveau était en train de se dégonfler.

— Super. Merci beaucoup.

— Et en plus, tu te mords les lèvres. Ça, c'est quand tu repasses en mode obsessionnel... Et si... ? Et si... ? Et si... ?

Je le regardai. Mince, je n'étais pas un puzzle

qu'on pouvait reconstituer en... combien de temps déjà ? Deux semaines ? C'était insultant.

— Je vais très bien, déclarai-je froidement.

— Ah ! La voix de la reine des glaces ! Ça, ça prouve que j'ai raison !

Il contourna le chariot, se planta devant moi et posa les mains sur les miennes, puis se mit à avancer d'une démarche de débile et m'obligea à suivre son rythme. Aussi confortable que de marcher avec une chaussure pleine de billes.

— Et si jamais je te foutais la honte ? s'enquit-il, de la même voix que s'il débitait une théorie de physique quantique. Et si je cassais le service en porcelaine ? Et si je parlais de tes dessous ?

Je le fusillai du regard, puis donnai un grand coup dans le chariot. Il perdit légèrement l'équilibre, mais s'accrocha à moi et m'enlaça, puis murmura, tout contre mon oreille :

— Et si je lançais un défi à Roger, pendant le repas ? Si je le défiais de manger le pot de tomates séchées, accompagné, pour le rendre plus digeste, d'un morceau de margarine ? Et si...

Il se figea, dramatique :

— Oh, mon Dieu ! *Il l'a fait !*

Je me couvris le visage de mes mains et secouai la tête. Je ne supportai pas qu'il me fasse rire malgré moi. Un tel manque de contrôle. Une faiblesse pareille. Ça ne pouvait pas être moi.

— Mais tu sais, me glissa-t-il à l'oreille, a priori, rien de tout ça ne va arriver...

— Je te déteste.

Il m'embrassa dans le cou et, enfin, lâcha le chariot.

— Même pas vrai, rétorqua-t-il.

Il avança de quelques pas, attiré par un assortiment de fromages râpés.

— Pas vrai du tout.

— Alors, Julie, j'ai entendu dire que vous alliez à Stanford ?

Je hochai la tête, un sourire aux lèvres, puis passai mon verre d'une main à l'autre et vérifiai, du bout de la langue, que je n'avais pas d'épinard entre les dents. Mais non. En revanche, Patty, la secrétaire de Roger (que je n'avais pas revue depuis sa crise de larmes au mariage) en avait un morceau énorme coincé contre une incisive.

— C'est une excellente université, ajouta-t-elle en se tamponnant le front à l'aide d'une serviette. Vous devez être très impatiente !

— Oui...

Je levai la main d'un air nonchalant et me frottai une dent dans l'espoir qu'elle imite mon geste, par un effet d'osmose, ou qu'au moins elle saisisse l'allusion. Mais pas du tout. Elle continuait à sourire. De nouvelles gouttes de sueur perlaient déjà sur son front. Elle parcourut l'assistance du regard dans l'espoir de trouver une idée de conversation.

Son attention fut soudain détournée vers le gril. Chris avait écopé de la délicate mission de cuire les steaks plus que ruineux que ma mère avait commandés tout spécialement chez le boucher, du

« bœuf brésilien », rien que ça, comme si les vaches, de l'autre côté de l'équateur, valaient mieux que les petits veaux Holstein qui broutent l'herbe du Michigan.

Chris, à cet instant, était en grande difficulté. Lors de l'allumage, il s'était brûlé la moitié d'un sourcil et un certain nombre de poils du bras, puis il avait eu quelques conflits avec la spatule hautement sophistiquée que le vendeur avait présentée à ma mère comme in-dis-pen-sable. Un des steaks avait alors volé à travers la terrasse, pour atterrir sur le mocassin en cuir retourné (importé d'Italie) de Jorge, notre décorateur.

Il était en train de se débattre avec la valve du gaz lorsque d'immenses flammes jaillirent. Les steaks grésillèrent, se recroquevillèrent et disparurent. Ma mère, en grande conversation avec un voisin, lui jeta un regard indifférent. La destruction organisée et méthodique du plat principal n'avait pas l'air de la concerner.

— Ne vous inquiétez pas ! lança Chris, tout en essayant désespérément de refouler les flammes avec la spatule. J'ai la situation bien en main !

Sa voix était aussi assurée que son regard (avec un sourcil à moitié brûlé et l'odeur de cheveu roussi encore dans l'air), c'est-à-dire pas complètement.

— Je vous en prie ! appela ma mère qui, courageusement, s'était réfugiée derrière la table où étaient disposés fromages et amuse-gueules. Venez manger ! Il y a plein de bonnes choses par ici...

Tandis que Chris chassait la fumée de son visage,

Marie-Anne se mordillait les lèvres. Elle avait apporté des accompagnements dans des boîtes en plastique avec couvercles assortis, au dos desquels elle avait écrit, au marqueur indélébile : À RENDRE À MARIE-ANNE BAKER. À croire que le monde entier n'était qu'une immense conspiration pour lui voler ses Tupperware.

— Barbara, déclara Patty, c'est absolument merveilleux !

— Oh, ce n'est rien, protesta ma mère en s'éventant de la main.

Elle portait un pantalon noir et un top jaune sans manches, qui mettait en valeur le bronzage rapporté de sa lune de miel. Les cheveux retenus par un bandeau, elle avait tout de « la dame qui donne une garden party ». On s'attendait vraiment à ce qu'elle allume une torche de jardin et vaporise du fromage fondu sur les crackers.

Il est toujours intéressant de voir l'influence de ses maris sur ma mère. À l'époque où elle fréquentait mon père, elle était hippie. Sur les photos, elle avait l'air incroyablement jeune, avec ses jupes vaporeuses ou ses jeans effrangés, ses cheveux longs, noirs et sa raie bien au milieu. Mais une fois mariée à Harold, le professeur, elle était devenue intello, s'habillait en tweed et ne quittait plus jamais ses lunettes (dont elle n'avait pas besoin). Mariée à Jacques, le médecin, elle avait adopté le look « club », pulls et jupettes de tennis, alors qu'elle n'aurait pas été fichue de taper dans une balle, même sous la menace. Avec Martin, le joueur de golf (rencontré, bien entendu, au club), elle avait connu une phase « jeune », car il était de six ans son cadet : elle s'était mise à porter des jupes courtes, des jeans, de petites robes légères. Et maintenant, elle s'était rangée, elle était devenue « Barb », la femme de Roger. Je les imaginais déjà, dans quelques années, vêtus de joggings assortis, dans leur petite voiture de golf, partant travailler leur *back swing*. J'avais envie de croire que c'était son dernier mariage, je n'étais pas sûre qu'elle pourrait supporter une nouvelle réincarnation. Et moi non plus, d'ailleurs.

J'observai alors Roger, qui portait un polo de golf et buvait sa bière au goulot, en train de fourrer un crostini dans sa bouche. J'avais espéré qu'il prendrait la direction des opérations mais, à en juger par sa passion pour les Nesvital (ces canettes de régime supposées fournir l'équivalent calorique d'un repas), la bouffe n'était pas son truc. Il en achetait par caisses entières au Club de Sam. Bizarrement, ça me gênait encore plus que mes tête-à-tête matinaux avec la poitrine de la grosse dame. Il déambulait dans la maison en pantoufles de cuir, le journal dans une main, une canette de Nesvital dans l'autre. On savait qu'il était là au bruit que faisait le bouchon en s'ouvrant. Pffft.

— Julie, chérie ? appela ma mère. Tu peux venir ici une seconde ?

Je m'excusai auprès de Patty et traversai la terrasse. Ma mère passa le bras autour de ma taille, me serra doucement contre elle et chuchota :

— Tu crois que je devrais m'inquiéter, pour les steaks ?

Je risquai un regard vers le gril. Chris se tenait dans une telle position qu'il était difficile (mais pas impossible) d'apercevoir de petites choses noires carbonisées, semblables à de la lave pétrifiée. C'était tout ce qu'il restait des steaks brésiliens.

— Oui et non, répondis-je.

Elle me caressa du bout des doigts, l'air absent. Les mains de ma mère étaient toujours froides, même par les plus grandes chaleurs. Dans un flash, je me revis, enfant, lorsqu'elle posait la main sur mon front brûlant de fièvre. Je m'étais fait alors la même réflexion.

— Je m'en occupe.

— Ma Julie, déclara-t-elle en pressant ma main dans la sienne. Que vais-je devenir sans toi ?

Depuis son retour, il lui arrivait, tout à coup, de changer de visage. Je savais qu'elle était en train de se dire que c'était peut-être vrai, cette histoire de Stanford, que j'allais peut-être partir pour de bon. Mais elle avait son nouveau mari, sa nouvelle aile, son nouveau livre. Elle se débrouillerait très bien sans moi et nous le savions l'une et l'autre. Les filles partent, c'est normal. Elles reviennent après, quand elles ont construit leur propre vie. C'est un scénario basique qu'on retrouve dans la plupart de ses livres : une fille prend le large, réussit sa vie, rencontre l'amour et se venge. Dans cet ordre. J'aime beaucoup les deux premières étapes. Le reste viendra en bonus.

— Allons, maman, tu ne te rendras même pas compte que je ne suis plus là.

Elle poussa un soupir, secoua la tête, puis m'attira contre elle et m'embrassa sur la joue. Je sentis son parfum, mêlé à des effluves de laque. Je fermai les yeux un instant pour mieux m'en imprégner. Même si beaucoup de choses changent, d'autres restent immuables.

C'est la réflexion que je me fis, quelques instants plus tard, lorsque je plongeais la main au fond du frigo pour sortir de leur cachette (derrière une rangée de Nesvital) les hamburgers que j'avais achetés. Quand Damien m'avait demandé pourquoi je prenais ces trucs qui n'étaient pas sur la liste, j'avais répondu que j'aimais me tenir prête pour toute éventualité. On ne sait jamais. Était-ce du cynisme ? Peut-être. Mais c'était peut-être simplement que, contrairement à la plupart des gens qui gravitaient dans l'orbite de ma mère, j'avais su tirer les leçons du passé.

— Donc, c'est bien vrai.

Je me retournai. Marie-Anne se tenait devant moi, deux paquets de hot-dogs dans une main, un sac de petits pains au lait dans l'autre. Elle avait un demi-sourire aux lèvres, comme si on avait toutes les deux été prises sur le fait.

— Les grands esprits se rencontrent, pas vrai ?

— Je suis très impressionnée, lui dis-je, tandis qu'elle ouvrait l'un des sachets et disposait les hot-dogs sur une assiette. Tu la connais bien...

— Non, mais je connais Christophe. Et je me suis méfiée de ce gril dès le premier jour. Dès que Christophe est entré dans la boutique, il a été comme ébloui. Et alors, quand le type s'est mis à parler de convection, j'ai compris que c'était fichu.

— De convection ?

Dans un soupir, elle dégagea les cheveux de son visage.

— C'est un procédé de cuisson. Au lieu de monter, la chaleur tourne autour de la nourriture. Ça l'a bluffé. En plus, le type n'arrêtait pas de le répéter, comme un mantra : la chaleur *tourne autour*. La chaleur *tourne autour*...

Je fis entendre un grognement. Elle me lança un regard, puis sourit, presque timide, comme si elle avait besoin de vérifier d'abord que je ne me moquais pas d'elle. On continua à empiler nos petits pains, l'une et l'autre, puis je décidai que l'image d'Épinal avait assez duré et qu'il fallait passer à l'action.

— Bon. La question, c'est comment justifier cette substitution de dernière minute...

— Les steaks n'étaient pas bons, répondit-elle simplement. Ils commençaient à sentir. Et on ne peut pas faire plus kitsch et plus américain que des hamburgers et des hot-dogs : ta maman va adorer !

— D'accord.

Je m'emparai de mon assiette. Elle attrapa la sienne, puis se dirigea droit vers la terrasse. Je la suivis, plutôt soulagée de la voir prendre les choses en main.

On allait passer le seuil de la porte quand elle se tourna soudain vers moi et me fit un signe de tête :

— Ton invité est arrivé...

Je jetai un regard par la fenêtre. C'était bien Damien. Il remontait l'allée avec une bonne demi-heure de retard, une bouteille de vin à la main (incroyable), avec un jean et un tee-shirt blanc (plus incroyable encore). Il tenait aussi une laisse, au bout de laquelle suivait Monkey, langue dehors, à une vitesse considérable compte tenu de son grand âge.

Je tendis mon assiette à Marie-Anne.

— Tu peux me prendre ça ?

— Pas de problème.

La porte claqua derrière moi tandis que je m'engageais dans l'allée. Damien était en train d'attacher la laisse à la boîte aux lettres et je l'entendis parler à son chien le plus naturellement du monde. Monkey, la tête penchée sur le côté, encore haletant, avait l'air d'écouter avec attention. Il semblait même attendre qu'il ait fini pour parler à son tour.

— ... n'aiment peut-être pas les chiens, alors tu restes ici, d'accord ?

Il fit un nœud, puis un second, comme si Monkey, dont les pattes tremblaient même assis, disposait d'une force surnaturelle.

— Ensuite, on trouvera une mare pour que tu puisses faire un petit plongeon. Et si on est vraiment fou, on ira faire un tour en camion, tu pourras passer ta tête par la fenêtre. D'accord ?

Damien le gratta sous le menton. Monkey, qui haletait toujours, ferma les yeux. Puis il m'aperçut et se mit à battre la queue, qui faisait un bruit lourd et sourd en touchant l'herbe.

— Salut ! lança Damien en se tournant vers moi. Désolé d'être en retard. J'ai eu un petit souci avec ce singe-là.

Je m'accroupis près de lui et le laissai renifler ma main.

— Un souci ?

— C'est-à-dire que... j'ai été tellement occupé par le boulot, les concerts, et tout le reste que, comment dire, je l'ai un peu négligé. Il s'est senti seul. Il ne connaît aucun chien, ici, alors qu'il est très sociable. Il a l'habitude d'être entouré d'amis...

Je le regardai, puis regardai le chien, très occupé à mordiller son arrière-train.

— J'étais sur le point de partir et il me suivait partout. Il faisait peine à voir. Il gémissait, grattait mes chaussures...

Il passa la main sur sa tête et tira ses oreilles en arrière. On aurait pu croire que c'était douloureux, mais Monkey semblait beaucoup aimer. Il faisait un bruit rauque et joyeux avec sa gorge.

— Il peut rester là, non ? me demanda Damien en se relevant.

Monkey agita la queue d'un air plein d'espoir et dressa les oreilles, comme chaque fois qu'il entendait la voix de Damien.

— Il va rester bien sage.

— Ça va. Je vais lui apporter de l'eau.

Damien me sourit, agréablement surpris.

— Merci.

Puis il ajouta, tourné vers son chien :

— Tu vois, je te l'avais dit qu'elle t'aimait bien !

Monkey recommença à se mordiller l'arrière-train, pas très concerné. Pendant que j'allais lui chercher de l'eau dans le garage, Damien vérifia les nœuds deux fois, puis on contourna la maison. Une odeur de hot-dog parvenait jusqu'à nous.

Ma mère était en grande conversation avec Patty mais, lorsqu'elle nous aperçut, elle s'interrompit, posa la main sur sa poitrine (sa marque de fabrique) et s'exclama :

— Euh, bonjour ! Vous devez être Damien...

— C'est moi, répondit-il, serrant la main qu'elle lui tendait.

— Je vous ai vu au mariage, ajouta-t-elle, comme si elle faisait une découverte, alors que je le lui avais déjà dit deux fois. Vous êtes un excellent chanteur !

Damien eut l'air à la fois content et embarrassé. Ma mère ne le lâchait toujours pas.

— C'était un beau mariage, finit-il par dire. Félicitations.

— Il faut qu'on vous donne quelque chose à boire !

Elle me chercha du regard et me trouva, forcément, juste à ses côtés.

— Julie chérie, va chercher une bière pour Damien... ou du vin ? Ou une boisson non alcoolisée ?

— Une bière, c'est parfait, me dit Damien.

— Julie, mon chou, il y a d'autres glaçons dans le frigo, d'accord ?

Posant la main sur mon dos, elle me poussa dans la direction de la cuisine, puis prit Damien par le bras et ajouta :

— Laissez-moi vous présenter Jorge, ce décorateur si brillant ! Jorge, venez, il faut absolument que vous fassiez connaissance avec le nouvel ami de Julie !

Jorge traversa la terrasse, tandis que ma mère continuait à roucouler et à encenser un à un les gens qui se trouvaient dans un rayon d'un mètre cinquante. De mon côté, je jouai les employées de maison et gagnai la cuisine pour chercher la bière de Damien. Le temps de revenir, Roger s'était joint à la conversation qui, on ne sait pourquoi, roulait sur le Milwaukee.

— Le climat le plus froid que j'aie jamais connu, disait Roger en fourrant une poignée de cacahuètes dans sa bouche. Le vent peut vous déchirer en cinq minutes. En plus, ça tue les voitures. À cause du sel.

— Ils ont une bonne neige, cela dit, ajouta Damien en attrapant la bouteille que je lui tendais, et en profitant pour frôler discrètement mes doigts. Et la scène locale décolle. Ça commence tout juste, mais c'est bien parti.

Roger, qui avalait une nouvelle gorgée de bière, grogna.

— La musique n'est pas un vrai métier. Jusqu'à l'année dernière, ce garçon faisait des études de commerce à l'université de Virginie. Vous le croyez, vous ?

— Comme c'est intéressant, déclara ma mère. Rappelez-moi votre lien de parenté ?

— Roger est le beau-frère de mon père, lui expliqua Damien. Sa sœur est ma tante.

— C'est tout simplement merveilleux, continua-t-elle, un peu trop enthousiaste. Le monde est petit, n'est-ce pas ?

— Tu sais qu'il avait décroché une bourse ? Son inscription était payée. Il a tout laissé tomber. Il a brisé le cœur de sa mère. Et tout ça pour quoi ? La musique.

Même ma mère ne trouvait plus rien à dire. Je regardai Roger et me demandai d'où venait une hargne pareille. Peut-être d'une surconsommation de Nesvital.

— C'est un excellent chanteur, expliqua ma mère à Jorge, qui fut assez poli pour oublier qu'elle le lui avait déjà dit plusieurs fois, et qui acquiesça.

Roger regardait ailleurs, à présent, sa bière vide à la main. Je me tournai vers Damien. Je ne l'avais jamais vu comme ça : il avait un air de chien battu, mal à l'aise, et son sens aigu de la repartie l'avait quitté. Il passa la main dans ses cheveux, tira dessus, puis jeta un regard autour de lui et avala une autre gorgée.

— Allez viens, dis-je en passant mon bras autour du sien. Allons chercher à manger.

Je l'entraînai vers le gril, où Chris, à nouveau dans son élément, avait l'air de bien s'amuser avec les hot-dogs.

— Tu sais quoi ?

Il haussa les sourcils, interrogateur.

— Roger est un enfoiré.

— Non, rétorqua Damien.

Il sourit d'un air désinvolte, puis passa un bras autour de mes épaules.

— Toutes les familles ont leur brebis galeuse, pas vrai ? C'est l'habitude, dans notre pays.

— M'en parle pas ! lança Chris tout en retournant un hamburger. Au moins, toi, tu n'es pas allé en taule...

Damien avala une grande gorgée de bière.

— Seulement une fois, répondit-il, joyeux, avant de me lancer un clin d'œil.

Ça y est, il était redevenu lui-même. Tout ce qui venait de se passer n'était qu'une bonne blague, une blague dont il avait fait les frais et qui ne l'avait pas gêné plus que ça. Mais moi, si. Je me sentais bouillir. Comme si j'avais maintenant une revanche à prendre. D'avoir vu Damien si calme me l'avait rendu plus proche. L'espace d'un instant, il était devenu autre chose qu'un simple petit copain d'été, un être plus profond et qui ne concernait que moi.

La fin de la soirée se passa bien. Les hamburgers et les hot-dogs étaient bons. Et si les olives et les tomates séchées restèrent en plan, les œufs mimosa et la salade aux trois haricots de Marie-Anne furent engloutis. Je surpris même ma mère en train de se lécher les doigts après sa deuxième part de gâteau au chocolat fourré à la crème. De quoi faire craquer les plus gourmands.

La nuit tombant, tout le monde repartit. Ma mère disparut dans sa chambre en déclarant qu'elle était complètement vidée, parce que recevoir, même quand on ne lève pas le petit doigt, est absolument é-pui-sant. Marie-Anne, Chris, Damien et moi, on rassembla les plats, enveloppa les restes, jeta à la poubelle les saloperies gastronomiques et les steaks carbonisés. Sauf un, qu'on gratta avec la pointe d'un couteau et qu'on mit de côté pour Monkey.

— Il va adorer, déclara Damien à Marie-Anne qui lui tendait un petit paquet d'aluminium aux coins soigneusement repliés. C'est un chien très gourmand. Pour lui, c'est Noël.

— Il a un nom intéressant...

— Je l'ai eu pour mes dix ans, expliqua-t-il en jetant un regard dehors. Je voulais un singe, donc j'étais déçu. Mais en fin de compte, c'était bien mieux. Il paraît que les singes deviennent méchants.

Marie-Anne posa sur lui un regard légèrement interrogateur, puis sourit.

— C'est aussi ce que j'ai entendu dire, répondit-elle d'un air qui n'avait rien de désagréable.

Elle attrapa le rouleau de film étirable et entreprit d'envelopper un reste de pita.

— Si t'as une minute, Damien, ajouta Chris, occupé à passer l'éponge sur la commode, tu devrais monter voir mes varans. Ils sont géniaux !

— Ouais, super, répondit-il avec enthousiasme.

Il se tourna vers moi.

— T'es d'accord ?

— Allez, vas-y.

Ils montèrent l'escalier d'un pas lourd. Marie-Anne, qui refermait le frigo, laissa échapper un soupir.

— Je ne comprendrai jamais cette passion. Un chien ou un chat, on peut leur faire des câlins... mais un lézard ! Qui a envie de faire un câlin à un lézard ?

Je ne me sentais pas vraiment capable de répondre. Je me contentai de tirer sur le bouchon de l'évier et regardai l'eau de la vaisselle se vider bruyamment. De l'étage nous parvenaient des oh ! et des ah !, de soudains éclats de voix suivis de rires tonitruants.

Marie-Anne leva les yeux au plafond, visiblement perturbée.

— Tu diras à Christophe que je suis au salon...

Elle prit son sac à main posé sur le buffet, à côté de ses Tupperware propres, en sortit un livre et se dirigea vers la pièce voisine. Quelques secondes plus tard, j'entendis le murmure de la télévision.

Je ramassai le petit paquet d'alu et sortis. La lumière crue de la véranda me fit cligner des yeux. En me voyant approcher, Monkey se leva et se mit à remuer la queue.

— Salut, mon pote !

Il me donna un léger coup dans la main, puis sentit l'odeur du steak et me renifla les doigts.

— J'ai une bonne surprise pour toi...

Monkey fit disparaître le steak en deux bouchées et manqua d'emporter mon petit doigt avec. Mais bon. Il faisait nuit. Puis il rota et roula sur le dos, ventre à l'air. Je m'assis dans l'herbe, à côté de lui.

C'était une belle nuit, limpide et fraîche. Une nuit de 4 juillet parfaite. Quelques rues plus loin, des gens lançaient des feux d'artifices. Monkey continuait à se rouler, de plus en plus près de moi, et à me donner de petits coups dans le coude. Je me laissai attendrir et grattai la fourrure emmêlée sur son ventre. Il avait dramatiquement besoin d'un bain. Et il avait mauvaise haleine. Mais il avait quelque chose d'attendrissant. On aurait presque dit qu'il fredonnait sous mes caresses.

Au bout d'un moment, j'entendis claquer la porte vitrée, et Damien m'appela. Au son de sa voix, Monkey se releva, les oreilles dressées, puis avança aussi loin que sa laisse le lui permettait.

— Salut ! lança Damien.

Je ne pouvais pas voir son visage, mais sa silhouette se découpait dans la lumière de la véranda. Monkey aboya. Il battait la queue frénétiquement. À tel point que j'eus peur qu'il ne s'assomme lui-même.

— Salut.

Damien descendit les marches. J'observai Monkey, perplexe. Il était complètement fou à l'idée de revoir Damien, alors qu'ils n'avaient été séparés qu'une petite heure. Je me demandai comment on pouvait aimer autant. Aimer au point de ne pas se contrôler à l'approche de celui qu'on aime, d'être prêt à briser toutes les chaînes, de se jeter sur l'autre et l'emporter dans un tourbillon capable de tout submerger. Mais si, moi, j'en étais réduite à faire fonctionner mon imagination, pas Monkey. L'excitation l'avait envahi tout entier. C'était comme s'il dégageait une sorte de chaleur. Vous n'allez pas me croire : je me sentis presque jalouse.

Il était tard. J'étais allongée sur le lit, dans la chambre de Damien. Il s'assit à l'autre bout de la pièce, torse nu, pieds nus, posa la guitare sur ses genoux et chercha en tâtonnant les cordes dans le noir. Il n'était pas très bon, m'expliqua-t-il. Il joua le riff d'une chanson, un truc des Beatles, puis quelques mesures de *L'opus de la patate*. Il ne jouait pas aussi bien que Fred, bien sûr : il hésitait parfois et donnait l'impression de pincer les cordes un peu au hasard. Je m'adossai aux oreillers et l'écoutai. Il chantait une bribe de ceci, une bribe de cela... Jamais rien en entier. Puis, alors que je commençai à somnoler, il se mit à fredonner :

Cette chanson-là n'a que quelques rimes
Une seule série d'accords

Je me redressai d'un coup, parfaitement réveillée.

— Non ! Ne chante pas ça !

Même à travers l'obscurité, je sentis qu'il était surpris. Il laissa retomber son bras et me regarda. Je priai pour qu'il ne puisse pas voir mon visage. Jusque là, on s'était contentés de jouer. Mais, à certains moments, j'avais peur qu'on aille trop loin, j'avais peur de perdre pied, de couler. Comme maintenant. Et j'étais prête à tout pour empêcher que les choses en arrivent là.

Si je lui avais parlé de la chanson, c'était dans un moment de faiblesse, un de ces élans de sincérité que, d'habitude, je censurais. Le passé était si douloureux, c'était un terrain miné. J'avais comme principe de ne pas fournir à mes petits copains une carte détaillée de moi-même. Et la chanson, cette chanson, en était l'une des pièces maîtresses. Cette blessure qui ne voulait pas cicatriser, je savais qu'ils n'hésiteraient pas à s'en faire une arme, le moment venu.

— Tu ne veux pas l'entendre ?
— Non.

Il avait été très surpris quand je le lui avais appris. On jouait à l'un de nos petits jeux, en l'occurrence Devine Un Truc Dingue Sur Moi. Ça m'avait permis de découvrir qu'il était allergique aux framboises, qu'il s'était cassé une incisive en fonçant dans un banc public en sixième et que son premier flirt était une vague cousine d'Elvis. De mon côté, je lui avais raconté que j'avais failli me faire piercer le nombril (mais je m'étais évanouie), qu'une année, aux scouts, j'avais battu les records de vente de gâteaux, que mon père était Thomas Custer et qu'il avait écrit *This Lullaby* pour moi.

Bien sûr qu'il connaissait la chanson. Il en avait fredonné les premières notes, puis m'avait dit qu'ils l'avaient déjà jouée à des mariages, deux ou trois fois. Des femmes l'avaient choisie pour la danse avec leur père. Je trouvais ça idiot. *Je t'abandonnerai*, disait la chanson, noir sur blanc, dès le premier couplet. Quel père pouvait dire une chose pareille ? Mais ça, c'était une question que j'avais depuis longtemps cessé de me poser.

Il continuait à gratter les cordes, à tâtons, dans le noir.

— Damien !

— Pourquoi tu la détestes autant ?

— Je ne la déteste pas. C'est juste... Je l'ai trop entendue, c'est tout.

Même pas vrai. Ça m'arrivait de la détester vraiment. Comme si, parce que mon père avait gribouillé quelques mots dans un motel, ça suffisait à l'excuser de n'avoir jamais cherché à me connaître. Il avait vécu sept ans avec ma mère. Sept années à peu près heureuses. Puis, après un dernier accrochage, il était parti pour la Californie en la laissant enceinte (elle ne s'en était aperçue que bien plus tard). Il était mort deux ans après ma naissance, d'une crise cardiaque, sans jamais avoir traversé le pays pour me voir. Il n'y avait pas de pire aveu que cette chanson, où il clamait, à la face du monde, qu'il ne ferait que me décevoir. Vous trouvez ça bien ? Pour moi, ces paroles, qui ne mourraient jamais, étaient un coup de poing qui m'avait laissée sur le carreau, sans souffle, sans voix et sans défense.

Damien se mit à jouer de petites notes au hasard.

— C'est drôle, parce que j'ai entendu cette

chanson toute ma vie... et je ne savais pas qu'elle avait été écrite pour toi...

— C'est juste une chanson, rétorquai-je en passant le doigt sur le rebord de la fenêtre, le long des globes de neige. Je ne l'ai jamais connu.

— C'est trop bête. Je parie que c'était un mec super !

— Peut-être.

C'était bizarre de parler de mon père à voix haute. Ça ne m'était pas arrivé depuis la sixième, l'année où ma mère avait découvert la thérapie comme d'autres découvrent Dieu. Elle nous avait traînés de séances de groupe en séances individuelles, en passant par l'art-thérapie et tout le reste. Jusqu'à épuisement des fonds.

— Je suis désolé, déclara-t-il d'une voix douce.

Sa gravité me troubla. Il avait fini par la trouver quand même, cette fameuse carte. Et il s'approchait, dangereusement.

— C'est pas grave.

Il resta silencieux. Je repensai à l'expression de son visage, quelques heures plus tôt, quand il s'était laisser surprendre par les déclarations de Roger et qu'il s'était montré soudain vulnérable. Ça m'avait perturbée, parce que j'avais l'habitude d'un autre Damien, un type rigolo et maigre qui posait la main sur mon cou de cette façon si particulière. L'espace d'un instant, j'avais aperçu l'une de ses zones d'ombre. Et s'il avait fait jour, il aurait pu voir l'une des miennes. Je sentis une vague de reconnaissance, comme souvent dans ma vie, envers l'obscurité.

Je me retournai et plongeai mon visage dans l'oreiller, à l'écoute de ma propre respiration. Puis j'entendis le bruit d'une guitare qu'on pose par terre. L'instant d'après, il m'enveloppait de ses grands bras et appuyait son visage contre mon dos. Je le sentais très proche. Trop. Mais je n'avais jamais repoussé personne à cause de ça. Au contraire. J'attirais les garçons contre moi, tout contre moi, sûre que me connaître vraiment ne pouvait que les faire fuir.

Chapitre 10

— J'aimerais bien qu'on me dise quelle est la différence entre une couette et un édredon ! s'exclama Lisa, en arrêt devant un immense étalage de draps de lit.

On sillonnait les rayons de Décorama, armées de la Master Card de sa mère, de la liste fournie par l'université et d'une lettre de la future coloc de Lisa, une Célia qui venait de Boca Raton, en Floride. Elle avait tenu à prendre contact avec Lisa afin qu'elles puissent harmoniser les couleurs de leur literie, se répartir l'achat de la télévision, du micro-ondes et des rideaux et, enfin, « casser la glace » pour qu'au moment de la rentrée, fin août, elles soient « comme deux sœurs ». Si Lisa était déjà lugubre à l'idée d'entamer une année sans Adam, la seule vue de cette lettre, écrite à l'encre argentée sur du papier rose, l'avait achevée.

— Une couette se met dans une housse, lui expliquai-je, l'œil attiré par un paquet de serviettes mauves et épaisses. Et un édredon est un dessus-de-lit amélioré.

Elle croisa mon regard, puis soupira et dégagea une mèche de cheveux de son visage. Ces derniers temps, elle avait toujours l'air grincheuse, abattue, comme si, à dix-huit ans, elle n'attendait déjà plus rien de la vie.

— Je dois acheter une housse de couette dans les rose-mauve, déclara-t-elle en lisant la lettre de Célia, des draps assortis et un tour de lit... Va savoir ce que c'est !

— Ça se met autour du sommier. C'est pour cacher les pieds et créer une sorte de continuité jusqu'au sol.

Elle haussa les sourcils et me regarda.

— Une continuité ?

— Ma mère s'est acheté une nouvelle chambre il y a quelques années, dis-je en lui prenant la liste des mains. Je suis incollable sur la densité du tissage et le coton égyptien.

Lisa arrêta le chariot devant des poubelles en plastique et en attrapa une jaune avec des fioritures bleues.

— Tu ne crois pas que je devrais prendre ça ? Histoire de l'énerver un peu... En fait, je devrais chercher les trucs les plus hideux, juste pour qu'elle comprenne que je ne suis pas forcément d'accord avec tout ce qu'elle dit...

Je jetai un regard autour de moi. Les trucs hideux ne manquaient pas, à Décorama. Outre les poubelles jaunes, on pouvait trouver des boîtes de Kleenex en peau de léopard, des photos de chatons qui folâtraient avec des petits chiots et des tapis de bain en forme de pied.

— Lisa, protestai-je avec douceur, on devrait peut-être remettre à une autre fois...

— Non, rétorqua-t-elle en attrapant sur l'étagère un drap de la mauvaise taille, rouge vif, et en le jetant dans le chariot. Je vais la voir à l'accueil des nouveaux étudiants la semaine prochaine et je suis sûre qu'elle voudra qu'on fasse le point.

Je pris le drap rouge et le replaçai sur l'étagère. De son côté, Lisa s'intéressa aux porte-brosses à dents avec un manque total d'enthousiasme.

— Lisa, c'est vraiment comme ça que tu veux commencer la fac ? Avec cette attitude négative ?

Elle leva les yeux au plafond.

— Ouais, facile à dire pour toi, Mademoiselle Je Pars À L'Autre Bout Du Pays, Libre Comme L'Air. Tu seras loin, sous le soleil de Californie, où tu feras du surf et mangeras des sushis pendant que moi, je resterai ici, où j'ai toujours vécu, à regarder Adam se faire toutes les filles de première année.

— Faire du surf et manger des sushis ? En même temps ?

— Tu sais bien ce que je veux dire ! aboya-t-elle.

Une femme, occupée à étiqueter un lot de gants de toilette, leva la tête vers nous. Lisa baissa la voix et ajouta :

— Je devrais arrêter mes études, de toute façon.

Je devrais tout remettre à plus tard, rejoindre Amnesty International, me raser le crâne et creuser des latrines.

— Te raser le crâne ? Toi ? m'exclamai-je (c'était le plus ridicule de son projet). Est-ce que tu sais à quel point les gens sont moches avec le crâne rasé ? On a plein de bosses, Lisa. Et ça, quand on s'en aperçoit, il est trop tard !

— Tu ne m'écoutes même pas ! Tout a toujours été si facile pour toi, Julie. Tu es si géniale, si sûre de toi, si maligne : aucun mec ne t'a jamais laissée complètement détruite !

— Ce n'est pas vrai, dis-je d'une voix égale. Et tu le sais très bien.

Elle se tut, le temps de se repasser notre histoire commune. D'accord, j'étais connue pour avoir le dessus. Mais j'avais de bonnes raisons. Elle ne savait pas ce qui s'était passé, cette nuit-là, chez Albert, à quelques mètres à peine de sa propre chambre. Et depuis, je m'étais fait avoir plusieurs fois. Même Jonathan avait eu raison de ma vigilance.

— J'avais construit tout mon avenir autour d'Adam, ajouta-t-elle d'une voix calme. Je n'ai plus rien.

— Non, rétorquai-je, tu n'as plus Adam, c'est tout. Ça fait une grosse différence, Lisa. Mais il est trop tôt pour que tu t'en rendes vraiment compte.

Elle se racla la gorge, attrapa une boîte de Kleenex en peau de vache et la jeta dans le chariot.

— Ce que je vois, c'est que tout le monde fait

ce qui lui plaît. Ils sont tous là, près du portail, à racler du pied, pressés de pouvoir courir. Moi, j'ai déjà une jambe estropiée et j'aimerais encore mieux être ramenée à l'étable. Au moins, j'arrêterais de souffrir.

— Mon cœur, protestai-je, essayant d'être patiente, ça ne fait qu'un mois que le lycée est fini. Ce n'est pas encore la vraie vie. C'est juste un entre-deux.

— Je déteste tout ça! aboya-t-elle avec un grand geste de la main, qui ne s'arrêtait pas au magasin, mais englobait le monde tout entier. Entre-deux ou pas. Si je pouvais, je retournerais au lycée. Tout de suite.

— Il est trop tôt pour être nostalgique, Lisa.

On continua à marcher en silence et on fit une halte devant les stores. Tandis qu'elle s'intéressait aux rideaux, je fus attirée par les promos du jour, des affaires de pique-nique. Il y avait des assiettes en plastique multicolores, des couverts au manche transparent, des fourchettes avec des dents en métal. Je soulevai un set de gobelets décorés de flamants roses : difficile de faire plus hideux.

Je me mis à penser à la maison jaune, où le service se limitait à une assiette en faïence, quelques fourchettes et couteaux dépareillés, des tasses à café jetables de station-service et quelques trucs en carton que Fred avait réussi à sauver des poubelles au Marché. C'était le seul endroit où on ne disait pas : « Tu peux me passer une cuillère ? », mais : « Tu peux me passer *la* cuillère ? ». Et justement, devant moi, j'avais un set de couverts complet (quelle abondance !) pour 6,99 dollars seulement. Sans réfléchir, je le pris et le posai dans le chariot.

Dix secondes plus tard, je ressentis un choc. Qu'avais-je fait ? Moi, acheter des couverts pour un *petit copain* ? Chris n'était plus le seul à avoir subi un lavage de cerveau par des extraterrestres. Quel genre de fille achète des articles ménagers pour un mec avec qui elle sort depuis à peine un mois ? Une désespérée qui ne rêve que mariage et bébé ! pensai-je en frissonnant. Je reposai le sachet avec une précipitation telle que je fis basculer une pile d'assiettes avec des dauphins. Le bruit fut assez fort pour attirer l'attention de Lisa.

Du calme, pensai-je, respirant profondément, puis expirant très vite (car tout Décorama digne de ce nom pue la bougie parfumée).

— Julie ? s'enquit-elle, une lampe verte à la main. Ça va ?

Je hochai la tête. Elle recommença à s'intéresser aux lampes. Au moins, elle avait l'air d'aller mieux : la lampe irait très bien avec la poubelle.

Je poussai le chariot un peu plus loin, longeai les gants de toilette, les boîtes en plastique et m'arrêtai en approchant des bougies, à moitié asphyxiée. Je me répétais en boucle que tout n'avait pas forcément un Sens Caché. Ce n'était jamais qu'un set de couverts en promo. Pas une bague de fiançailles. Quand même. Il ne fallait pas exagérer. Mais ma conscience me rappelait qu'en, disons, quinze petits copains, je n'avais jamais eu envie de leur acheter quoi que ce soit de plus durable qu'un verre de Coca. Même pour les anniversaires ou Noël, je m'en tenais à mes basiques : tee-shirts, CD, des choses qui, un jour ou l'autre, allaient passer de mode. Pas des couverts en plastique, qui seraient encore là pour accueillir les cafards après une catastrophe nucléaire. Et si on réfléchissait à la symbolique des cadeaux, des couverts signifiaient nourriture, nourriture signifiait subsistance et subsistance vie. En offrant ne serait-ce qu'une fourchette à Damien, au fond je disais que je voulais prendre soin de lui pour des siècles et des siècles, *amen*. Et m...

En gagnant la caisse, on repassa devant le rayon des promos. L'attention de Lisa fut attirée par un réveil au design rétro.

— C'est sympa, dit-elle. Et tiens, regarde ces assiettes et ces couverts ! Et si on se faisait une bouffe dans la chambre ?

— Pourquoi pas, répondis-je en haussant les épaules, ignorant le présentoir comme si c'était un ex.

— Oui, mais si je ne m'en sers pas ?

Je compris, au son de sa voix, qu'elle passait en mode Indécision.

— Bon, ce n'est jamais que sept dollars, hein ? Et c'est sympa. Moi, je n'aurai sans doute pas la place.

— Sans doute pas.

Je continuai à pousser le chariot. Elle resta sur

place, le réveil dans une main, tripotant le sachet en plastique de l'autre.

— C'est vraiment sympa. Et c'est quand même plus agréable que des couverts jetables. Mais il y en a beaucoup... On n'aura jamais besoin de tout ça, Célia et moi.

Je restai sans rien dire. L'odeur des bougies m'obsédait.

— ... oui, mais si on invite des copains, pour une pizza ou un truc comme ça ?

Elle poussa un soupir.

— Non, c'est un achat compulsif. Je n'en ai pas besoin.

Je me remis à pousser le chariot. Elle fit quelques pas. Deux, pour être précise.

— D'un autre côté...

Elle laissa échapper un soupir.

— Et puis non !

— Mon Dieu ! m'exclamai-je en me retournant, attrapant le sachet en plastique et le fourrant dans le chariot. Je l'achète. On y va, d'accord ?

Elle me regarda, les yeux écarquillés.

— Tu le veux vraiment ? Parce que, tu sais, je ne suis pas sûre de l'utiliser...

— Oui, dis-je d'une voix forte. Je le veux. J'en ai *besoin*. Allons-y.

— Bon, d'accord, dit Lisa, encore hésitante. Si tu en as vraiment besoin.

Plus tard, au moment de la déposer, je lui répétai de faire attention à ne rien oublier. Et bien sûr, elle prit tous les sacs, sauf un.

Quelques jours plus tard, j'aidais Damien à décharger des courses qu'il avait faites pour la maison jaune : du beurre de cacahuète, du pain, du jus d'orange et des chips. Il avait ramassé tous les sacs et s'apprêtait à fermer la porte quand il se pencha en avant et extirpa un sac en plastique blanc, aux poignées soigneusement nouées pour éviter que le contenu ne se renverse (Lisa avait bien retenu ma petite leçon).

— C'est quoi ?
— Rien, dis-je, essayant de le lui arracher des mains.
— Attends ! protesta-t-il, le levant hors de ma portée.

Le beurre de cacahuète tomba et roula sur la pelouse, mais il n'y prêta aucune attention, bien trop intrigué par ce que je voulais lui cacher.

— C'est quoi ?
— Un truc que je me suis acheté, répliquai-je sèchement, essayant à nouveau de l'attraper.

Aucune chance. Il était trop grand, et ses bras trop longs.

— C'est un secret ?
— Oui.

Je lui jetai un regard furieux. Il renonça à en savoir plus et me tendit le sac, puis traversa la pelouse pour aller ramasser le beurre de cacahuète, qu'il essuya sur sa chemise (bien sûr...) et remit dans le sac.

— Si tu veux vraiment être au courant, dis-je, comme si ça n'avait aucune importance, c'est juste des couverts en plastique que j'ai achetés à Décorama.

— Des couverts en plastique... répéta-t-il, pensif.

— Oui. Ils étaient en solde.

À l'intérieur de la maison, on entendait la télé. Un rire fusa. Monkey nous observait de l'autre côté de la porte vitrée et sa queue battait la mesure à un rythme effréné.

— Des couverts en plastique, répéta-t-il lentement. Des couteaux, des fourchettes et des cuillères ?

Je grattai une tache de boue à l'arrière de ma voiture (ça ne serait pas une égratignure, ça ?), et répondis d'un air décontracté :

— Je pense, ouais... les trucs de base.

— Tu as besoin de couverts en plastique ?

Je haussai les épaules.

— C'est trop drôle, continua-t-il (je m'empêchai de réagir), parce que, moi, j'ai besoin de couverts en plastique. Plus que besoin !

— On peut rentrer ? demandai-je en claquant la portière. Il fait trop chaud, dehors.

Il regarda de nouveau le sac, puis moi. Le sourire que je connaissais trop bien (et que je redoutais) lui monta aux lèvres.

— Tu *m'as* acheté des couverts en plastique. Pas vrai ?

— Non, marmonnai-je en grattant la plaque d'immatriculation.

— Si ! s'exclama-t-il dans un éclat de rire. Tu

m'as acheté des fourchettes. Et des couteaux. Et des cuillères. Parce que...

— Non ! protestai-je d'une voix forte.

— ... tu m'aimes !

Il sourit, triomphant, comme s'il avait enfin réuni toutes les pièces du puzzle. Je sentis le rouge me monter au visage. Abrutie de Lisa. J'avais envie de la tuer.

— Ils étaient en solde, répétai-je en manière d'excuse.

— Tu m'aimes, déclara-t-il simplement.

Il attrapa le sac et le joignit aux autres.

— C'était sept dollars, insistai-je, mais il se dirigeait déjà vers la maison, très sûr de lui. En solde, mince !

— Tu m'aimes ! lança-t-il d'une voix chantante, par-dessus son épaule. Tu-M'-Aimes.

Je restai immobile au bas des marches. Pour la première fois depuis longtemps, la situation m'échappait complètement. Comment avais-je pu en arriver là ? Des années de CD, de pulls, de cadeaux interchangeables et paf, un lot de couverts en plastique, et j'avais perdu le dessus. Je ne pouvais pas le croire.

Damien monta les dernières marches. Monkey bondit, s'agita autour des sacs, puis ils disparurent tous les deux dans la maison. La porte claqua. Une petite voix m'intimait de faire demi-tour, de rentrer chez moi le plus vite possible, de fermer portes et fenêtres et de m'accroupir dans un coin, pour sauver ma dignité. Ma santé mentale. On peut arrêter les choses avant qu'elles ne commencent. Ou en cours de route. Mais rien n'est pire que de savoir qu'on peut encore sauver sa peau, et ne pas être capable de bouger le petit doigt.

La porte se rouvrit. Monkey apparut, haletant. À sa gauche, une main qui tenait une fourchette et qui dessinait de petits mouvements dans l'air, comme une sorte de signal convenu, un message dans un code top secret. Qu'est-ce qu'il pouvait bien vouloir dire ?

La fourchette continuait à s'agiter. Ma dernière chance, pensai-je.

Je poussai un lourd soupir et montai la première marche.

On savait tout de suite quand ma mère était sur le point de finir un roman. D'abord, elle ne se limitait plus à son créneau horaire habituel (midi-quatre heures), mais écrivait à toute heure du jour et de la nuit. Le bruit de sa machine me réveillait. Si je regardais par la fenêtre, je voyais de grands carrés de lumière qui venaient de son bureau. Ensuite, elle parlait en tapant. Pas assez fort pour qu'on puisse la comprendre mais, à certains moments, on avait l'impression qu'ils étaient deux dans la pièce, que l'un dictait et l'autre se dépêchait de tout noter. Enfin, signe qui ne trompait jamais : quand elle avait trouvé son rythme de croisière et que les mots lui venaient si facilement qu'elle devait lutter pour les retenir, elle mettait toujours les Beatles. Jusqu'à l'épilogue.

Mi-juillet, alors que je sortais de ma chambre en me frottant les yeux, je m'arrêtai en haut de l'escalier et tendis l'oreille. Ouaip. Paul McCartney. C'était la voix aiguë de ses débuts.

La porte s'ouvrit derrière moi. Chris apparut, en bleu de travail, des petits pots de bébé à la main (la ration quotidienne de ses lézards). Il referma la porte, la tête penchée sur le côté.

— On dirait l'album avec la chanson sur la Norvège...

— Pas du tout, rétorquai-je en m'engageant dans l'escalier. C'est celle où ils regardent tous par la fenêtre.

Il acquiesça, puis m'emboîta le pas. En bas, le rideau était tiré. John avait remplacé Paul. Je m'avançai jusqu'au seuil et jetai un coup d'œil à travers les perles. Je fus impressionnée par l'épaisseur du tas de feuilles. Elle devait en être à deux cents. Une fois qu'elle était partie, plus rien ne pouvait l'arrêter.

De retour dans la cuisine, je déplaçai deux canettes de Nesvital (j'étais bien décidée à ne pas ranger les affaires de Roger, même s'il ne cessait de me mettre à l'épreuve, jour après jour), me fis un bol de porridge à la banane et une grande tasse de café, puis m'assis, dos à la femme nue, et décrochai du mur le calendrier familial, cadeau de Roger Davis Autos, qui représentait Roger en personne, debout et souriant devant un 4×4 étincelant.

On était le 15 juillet. Dans deux mois, à quelques jours près, je serais en train de boucler mes valises, mon ordinateur portable, et de prendre la direction de l'aéroport. Sept heures plus tard, j'arriverais en Californie, où ma nouvelle vie commencerait. Entre-temps, rien. Même le jour de mon départ avait l'air comme les autres, si ce n'était une marque de rouge à lèvres que j'avais faite moi-même, comme si j'étais la seule concernée dans l'affaire.

— C'est pas vrai... marmonna Chris, découragé.

Je levai les yeux vers lui. Debout devant le frigo, il tenait un sac à pain presque vide, où deux malheureux croûtons se battaient en duel.

— Il a recommencé.

Roger avait vécu seul si longtemps qu'il n'arrivait pas à intégrer l'idée que d'autres personnes venaient après lui et, parfois, se servaient des mêmes produits. Ça ne le gênait pas de finir le jus d'orange et de remettre le pack dans le frigo, ou encore de manger tout le pain et de laisser Chris se débrouiller avec les entames. Et même si on lui avait demandé, très poliment, de bien vouloir noter ce qui manquait sur la liste (là, sur le frigo, COURSES À FAIRE), soit il oubliait, soit il s'en fichait.

Chris referma la porte avec un peu trop d'énergie. Les canettes de Nesvital stockées sur le haut de l'appareil s'entrechoquèrent et l'une d'elles dégringola entre le frigo et le mur.

— Je déteste ces trucs, marmonna-t-il en enfournant les entames dans le grille-pain. Je venais juste de l'acheter, ce pain ! Puisqu'il a ses Nesvital, pourquoi il s'attaque à mon pain ? Ça remplace un repas complet, non ?

— Je croyais.

— Tout ce que je demande, continua-t-il, ponctué de yeah-yeah-yeah, c'est un minimum de considération. Que chacun fasse des concessions. C'est pas le bout du monde, non ?

Je haussai les épaules, les yeux fixés sur la marque de rouge à lèvres. Ce n'était pas mon problème.

Le bruit de la machine à écrire s'arrêta soudain.

— Julie ? chanta la voix de ma mère. Tu peux me rendre un service ?

— Bien sûr...

— Tu veux bien m'apporter du café...

Le cliquetis de la machine à écrire se fit de nouveau entendre.

— ... avec du lait ?

Je me levai, remplis une tasse, puis versai du lait écrémé jusqu'à ras bord. C'était l'une des rares choses qu'on avait en commun, ma mère et moi, la façon de prendre le café. Je traversai l'entrée, tenant en équilibre sa tasse et la mienne, et poussai le rideau.

Ça sentait la vanille. Je dus d'abord déplacer toute une rangée de mugs, la plupart à moitié pleins, avec sur le bord une tache rose perle (son « rouge à lèvres pour la maison »). L'un des chats, enroulé sur la chaise à côté d'elle, cracha sans conviction quand je le fis dégager pour m'asseoir. Devant moi se trouvait un paquet de feuilles dactylographiées. J'avais vu juste : elle était en pleine ébullition. La dernière page portait le numéro 207.

Comme, je le savais, il était inutile de chercher

à lui parler tant qu'elle n'avait pas fini sa phrase ou sa scène, je pris la page 207 sur le dessus de la pile, allongeai les jambes et la parcourus du regard.

— *Luc, appela Mélanie. S'il te plaît...*
Seul le silence lui répondit.
L'homme qu'elle avait embrassé sous une douche de pétales de roses et qui, il y a quelques heures à peine, lui avait proclamé son amour devant le Tout-Paris, cet homme ne répondait pas. Comment un lit de noces pouvait-il être si froid ? Mélanie frissonna dans sa chemise de dentelles. Ses yeux s'emplirent de larmes à la vue de son bouquet, des roses blanches et des lys mauves, que la femme de chambre avait posé sur la table de nuit. Il était encore si frais ! Mélanie se rappelait l'avoir pressé contre ses joues, s'enivrant de son odeur, prenant conscience qu'elle était dorénavant Mme Luc Perethel. Ces mots lui avaient paru aussi magiques qu'un enchantement de conte de fées. Mais à présent, alors que les lumières de la ville pénétraient par la fenêtre ouverte, Mélanie languissait pour un autre homme. Un autre homme, dans une autre ville. Oh, Brock, pensa-t-elle. Elle n'aurait pas osé parler à voix haute, de peur que les mots ne s'envolent par la fenêtre et ne rejoignent le seul vrai grand amour de sa vie.

Oh-oh. Je levai les yeux vers ma mère, qui continuait à taper, le front plissé, en remuant les lèvres. Je savais bien que c'était de la fiction. Ma mère est une femme qui n'a cessé d'imaginer les vies et les amours des riches alors qu'on collectionne les coupons de réduction et que notre ligne de téléphone est régulièrement coupée. Et Luc, le nouvel époux froid, n'est pas du genre à aimer les Nesvital. Du moins peut-on l'espérer.

— Oh, merci ! s'exclama ma mère en apercevant la tasse de café fumante.

Elle la porta à ses lèvres et but une gorgée. Elle avait une queue-de-cheval à moitié dénouée, pas de maquillage, un pyjama et les chaussons en peau de léopard que je lui avais offerts à son dernier anniversaire. Elle bâilla, puis s'adossa à sa chaise et dit :

— J'ai travaillé toute la nuit. Quelle heure est-il ?

Je plissai les yeux pour apercevoir la pendule de la cuisine, à travers le rideau qui se balançait encore un peu.

— Huit heures et quart.

Elle poussa un soupir et porta de nouveau la tasse à ses lèvres. Je glissai un regard vers la feuille dans la machine, essayant de deviner la suite. Des lignes de dialogues. Luc avait quelque chose à dire, malgré tout.

— Ça a l'air d'aller, dis-je en désignant la pile.

Elle fit un geste de la main, genre « couci-couça ».

— Je suis en plein milieu, tu sais... Il y a toujours un passage un peu morne... Mais cette nuit, au moment de m'endormir, j'ai eu une inspiration. Une histoire de cygnes.

J'attendis, mais elle ne semblait pas vouloir s'expliquer. Elle attrapa une lime dans le pot à stylos et entreprit de se limer l'ongle du petit doigt.

— Des cygnes, répétai-je.

Elle lança la lime sur le bureau et s'étira.

— Tu sais, dit-elle en replaçant une mèche derrière son oreille, ce sont des animaux terribles. Beaux mais cruels. Les Romains s'en servaient comme chiens de garde.

Je hochai la tête en buvant mon café. On entendait le chat ronfler à l'autre bout de la pièce.

— Je me suis demandé quel était le prix de la beauté. Le prix des choses. Est-ce que tu serais prête à renoncer à l'amour pour la beauté ? Ou au bonheur ? Est-ce qu'un bel homme avec un penchant cruel est une bonne affaire ? Et si tu avais décidé de faire cette affaire, avec l'espoir que ce cygne magnifique ne se retourne pas contre toi... si ça arrivait, que ferais-tu ?

Tout ça me paraissait bien théorique.

— Je ne pouvais pas m'empêcher d'y penser, ajouta-t-elle en secouant la tête. Et je n'arrivais pas à dormir. Je pense que c'est à cause de ce tapis ridicule que Roger a tenu à accrocher au mur. Comment veux-tu te détendre avec, sous les yeux, toutes ces images de batailles et de gens crucifiés ?

— C'est un peu trop, reconnus-je.

Chaque fois que j'allais dans sa chambre pour chercher quelque chose, je restai clouée sur place.

Difficile de détacher ses yeux de la décapitation de Jean-Baptiste.

— Je suis donc descendue ici, pensant que j'allais juste faire de petites retouches, et maintenant, il est huit heures et je n'ai pas encore trouvé la réponse. Comment ça se fait ?

La musique s'était arrêtée et la maison était plongée dans le silence. J'aurais juré que j'entendais mon ulcère progresser, mais ce n'était peut-être que le café. Ma mère vivait toujours les choses avec une intensité dramatique. À chaque roman, il arrivait un moment où elle se précipitait dans la cuisine, au bord des larmes, hystérique à l'idée d'avoir perdu le peu de talent qu'elle avait jamais eu. Le livre était un bourbier, un désastre, c'était la fin de sa carrière. Chris et moi, assis et muets, on attendait qu'elle ait fini de gémir. Quelques minutes, quelques heures ou, dans les cas les plus extrêmes, quelques jours plus tard, elle repartait dans son bureau, tirait le rideau et se remettait à taper. Et quand elle recevait son nouveau livre, longtemps après, avec son odeur de neuf et sa reliure lisse, elle avait tout oublié des élans de désespoir qui avaient accompagné sa création. Si je les évoquais, elle me disait qu'écrire, c'est comme donner la vie : si on se rappelle à quel point ç'a été terrible, on n'a pas le courage de recommencer.

— Tu vas t'en sortir, dis-je. Tu t'en sors toujours.

Elle se mordit la lèvre, jeta un regard à la feuille dans la machine, puis leva la tête vers la fenêtre.

Le soleil pénétrait à flots et je pris conscience qu'elle avait vraiment l'air fatiguée, et même triste, à un degré que je n'avais jamais vu chez elle.

— Je sais.

Après quelques instants de silence, elle changea de sujet :

— Comment va Damien ?

— Bien, je suppose.

— Je l'aime beaucoup...

Elle bâilla, puis me sourit de l'air de quelqu'un qui s'excuse.

— Il est différent de tes autres petits copains.

— Je ne voulais pas de musicien...

Elle poussa un soupir.

— Moi non plus.

Je me mis à rire, et elle avec moi. Puis je demandai :

— Et pourquoi tu as changé d'avis ?

— Comme tout le monde : j'étais amoureuse.

J'entendis la porte claquer, puis un grand « au revoir ». Chris partait au travail. On le vit remonter l'allée jusqu'à sa voiture, une canette de Dark Dog (c'était ce qui lui tenait lieu de café) à la main.

— Je pense qu'il va lui acheter une bague... s'il ne l'a pas déjà fait, déclara ma mère d'un air pensif. J'en ai le pressentiment.

Chris démarra le moteur, puis s'engagea dans la rue et fit lentement demi-tour au bout de l'impasse. Au moment où il repassa devant la maison, il était en train d'avaler une gorgée de Dark Dog.

— Tu serais au courant...

Elle finit son café, puis effleura ma joue du bout des doigts et suivit le contour de mon visage. Un geste théâtral, mais qui me rassurait, parce que je le connaissais depuis toujours. Sa main, bien sûr, était froide.

— Ma Julie, murmura-t-elle, tu es la seule à me comprendre...

Je n'étais pas vraiment sûre de ce qu'elle voulait dire. Certes, j'avais beaucoup de points communs avec elle, mais rien qui puisse me rendre fière. Si mes parents avaient vieilli ensemble, qu'ils soient devenus, avec le temps, de vieux hippies qui font la vaisselle en chantant des chansons contestataires, j'aurais sans doute été différente. Si j'avais eu, sous mes yeux, la preuve vivante que l'amour existe, et ce dont il est capable, peut-être aurais-je pu y croire. Mais j'avais passé trop de temps de ma vie à observer des couples se faire et se défaire. Alors, oui, je comprenais. Mais j'aurais parfois aimé ne pas comprendre. Ne pas du tout comprendre.

— Mais c'est déjà rempli !
— Rempli, mais pas plein.

Je pris la bouteille d'Ariel et dévissai le bouchon.

— Il faut que ça soit rempli jusqu'au bord.
— Je mets toujours la lessive après le démarrage.
— Ce qui explique, rétorquai-je en versant un filet dans le bac à lessive, pourquoi tes vêtements ne sont jamais vraiment propres. C'est une question de chimie, Damien.

Il poussa un soupir.

— Tu sais, ajouta-t-il, tandis que je rebouchais la bouteille, les autres font bien pire que moi. Déjà qu'ils ne lavent jamais leurs fringues... Alors séparer le blanc et les couleurs grand teint !

— Les couleurs vives, corrigeai-je. Le blanc et les couleurs grand teint vont ensemble.

— T'es toujours aussi maniaque ?

— Tu veux que tout ressorte rose comme la dernière fois ?

Ça lui cloua le bec. Cette petite leçon de blanchisserie avait été rendue nécessaire suite à un regrettable incident technique : il avait passé sa chemise neuve (et rouge) à 60 °C et tout ce qu'il avait porté ces derniers jours était ressorti avec une teinte rosée. Depuis l'épisode des couverts, je me gardais bien de me mêler de ses affaires, mais sortir avec un petit copain rose était absolument impossible. Voilà pourquoi je me trouvais, ce jour-là, dans la lingerie de la maison jaune, une pièce que j'évitais d'habitude soigneusement, à cause de l'énorme pile de slips, chaussettes et tee-shirts qui s'y entassait et qui débordait même dans le couloir. Ce qui n'avait rien d'étonnant quand on savait que personne, ici, n'achetait jamais de produit de lessive. La semaine précédente, Jean-Michel avait lavé tous ses jeans au Palmolive.

Une fois la machine lancée, j'enjambai avec précaution une pile d'horribles chaussettes, puis refermai la porte comme je pus et suivis Damien dans la cuisine. Lucas, assis à la table, mangeait une clémentine.

— Tu fais une lessive ? demanda-t-il à Damien.
— Ouaip.
— Encore ?
— Je décolore mon blanc.

Lucas eut l'air très impressionné. Mais bon. Il faut dire qu'il avait une tache de ketchup sur le col de sa chemise.

— Ouah ! s'exclama-t-il. Ça, c'est...

On se retrouva tout à coup dans le noir le plus total. Toutes les lampes s'étaient éteintes, le frigo avait cessé de vrombir et le froufrou de la machine à laver s'était arrêté aussi. La seule lumière provenait de la véranda du voisin.

— Hé ! cria Jean-Michel du salon, où il était occupé, comme tous les soirs à la même heure, à regarder *La roue de la fortune*. J'avais presque résolu l'énigme !

— Tais-toi ! rétorqua Lucas, qui se leva et actionna à plusieurs reprises l'interrupteur.

Clic. Clac. Clic.

— Ça doit être un fusible.
— C'est toute la maison, répliqua Damien.
— Et alors ?
— Ça ne serait pas le cas si c'était un fusible.

Il prit le briquet qui se trouvait sur la table et l'alluma.

— Ça doit être une panne de courant. Tout le réseau a dû sauter.

— Ah, fit Lucas en se rasseyant.

On entendit un crash dans le salon. Jean-Michel essayait de se frayer un passage dans le noir. Ce n'était certes pas mon problème, mais je ne pus m'empêcher de remarquer :

— Mm, il y a de la lumière chez les voisins...

Damien s'adossa à sa chaise et jeta un regard par la fenêtre.

— Tiens donc. Voilà qui est in-té-ressant.

Lucas se mit à éplucher une nouvelle clémentine, tandis que Jean-Michel apparaissait sur le seuil de la porte. Sa peau blanche paraissait encore plus claire dans l'obscurité.

— Les lumières ne marchent plus, déclara-t-il, au cas où on aurait été aveugles.

— Merci, Einstein, grommela Lucas.

— C'est un court-circuit, décréta Damien. L'installation ne doit pas être aux normes.

Jean-Michel s'affala sur le canapé. Plus personne ne disait rien. Je compris alors qu'ils ne prenaient pas vraiment la chose au sérieux.

— Vous êtes sûrs d'avoir payé la facture ?

— La facture ? répéta Damien.

— La facture d'électricité.

Silence. Puis Lucas s'exclama :

— Merde, cette connerie de facture !

— Mais on l'a payée, protesta Jean-Michel. Elle était sur la commode, je l'ai vue hier.

Damien se tourna vers lui.

— Tu l'as vue, ou on l'a payée ?

— Les deux, non ?

Lucas poussa un soupir impatient.

— Où est-elle ? demandai-je en me levant.

Il fallait bien que quelqu'un prenne les choses en main.

— Quelle commode ?

— Là, dit-il, mais comme il faisait noir, je ne compris pas ce qu'il montrait. Dans le tiroir où on range les trucs importants...

Damien alluma une bougie, puis se mit à farfouiller dans le tiroir où les gars avaient rangé ce qui, d'après eux, méritait le qualificatif d'Important. Ce qui incluait, visiblement, des sachets de sauce de soja, un jouet de majorette en plastique et des mini-boîtes d'allumettes comme on en donne dans les bars. Ah oui, et aussi quelques papiers. Damien brandit l'un d'eux :

— Est-ce que c'est ça ?

Je plissai les yeux pour essayer de lire.

— Non, dis-je lentement, ça, c'est une lettre qui vous informe que si vous ne payez pas la facture avant... voyons... *hier*, ils vont couper l'électricité.

— Ouah ! s'exclama Jean-Michel, comment on a pu laisser passer ça ?

Je la retournai. Des coupons de réduction pour pizzas étaient collés au dos de la feuille : le premier était arraché et les autres légèrement tachés de gras.

— Aucune idée.

— Hier, remarqua Lucas, pensif. Ouah, ça veut dire qu'ils nous ont donné une demi-journée de plus. C'est vachement généreux...

Je le regardai.

— Bon, s'exclama Damien d'une voix joyeuse, qui était supposé payer la facture ?

Un autre silence. Puis Jean-Michel suggéra :

— Fred ?

— Fred, confirma Lucas.

— Fred, conclut Damien, qui se dirigea vers le téléphone et décrocha le combiné.

Il fit un numéro, puis s'assit, tambourinant des doigts sur la table.

— Salut, Fred. C'est Damien. Devine où je suis ?

Il écouta.

— Nan. Dans le noir. Je suis dans le noir. Est-ce que tu ne devais pas payer la facture d'électricité ?

Fred se mit à parler d'une voix rapide.

— J'étais sur le point de trouver l'énigme ! cria Jean-Michel. Il me manquait juste un L ou un V !

— Tout le monde s'en fiche, rétorqua Lucas.

Damien continuait à écouter Fred et glissait un « Mm » de temps en temps. Puis il dit : « Bon, d'accord » et raccrocha.

— Alors ? s'enquit Lucas.

— Alors, tout est OK du côté de Fred.

— Ça veut dire ? demandai-je.

— Ça veut dire qu'il est furibard, parce que, théoriquement, c'était à moi de la payer, la facture.

Il sourit.

— Bon ! Qui connaît des histoires de fantômes ?

— Damien, sincèrement... commençai-je.

Ce genre d'attitude irresponsable réveillait mon ulcère, mais Lucas et Jean-Michel avaient l'air habitués. Ni l'un ni l'autre n'avait l'air décontenancé, ou même surpris.

— Tout va bien, répondit-il. Fred a l'argent, il va les appeler et voir si on ne peut pas être rétabli ce soir ou demain matin.

— Un bon point pour Fred, dit Lucas. Mais toi ?

— Quoi, moi ? s'exclama Damien, visiblement surpris.

— Il veut dire que tu dois te faire pardonner.

— Exactement, dit Lucas. Écoute Julie.

Damien me regarda.

— Chérie, t'es pas cool, là...

— On est dans le noir, déclara Jean-Michel. Et c'est ta faute, Damien.

— Bon, bon, d'accord, je vais trouver quelque chose. Je vais...

— Laver la salle de bain ? suggéra Lucas.

— Non, répliqua-t-il d'un ton sec.

— Faire ma lessive ?

— Non.

Puis Jean-Michel proposa :

— Acheter de la bière ?

Tout le monde attendit.

— Oui, déclara Damien. Oui ! Je vais acheter de la bière. Tout de suite.

Il fourra la main dans sa poche et en retira un billet froissé, qu'il brandit en l'air pour qu'on puisse tous le voir.

— Vingt dollars. De l'argent durement gagné. Pour vous.

Lucas s'en empara d'un geste rapide, craignant

sans doute que Damien ne change d'avis. Ils quittèrent la cuisine. Je les entendis se disputer pour savoir où étaient les clefs. Puis la porte vitrée claqua et on se retrouva seuls.

Damien prit une autre bougie dans la commode. Il la posa sur la table, tandis que je glissai sur une chaise en face de lui.

— Très romantique.

— Bien sûr, rétorqua-t-il. J'ai tout organisé exprès, pour qu'on se retrouve seuls, dans le noir, à la lueur d'une bougie.

— Trop fort...

Il sourit.

— Je fais ce que je peux.

Il se tut. Moi aussi. Je sentis son regard sur moi et, l'instant suivant, je repoussai ma chaise, me levai et me glissai sur ses genoux.

— Si t'étais mon coloc et que t'aies fait une connerie comme ça, déclarai-je, alors qu'il chassait les cheveux de mon épaule, je t'aurais tué.

— Tu finirais par aimer ça...

— J'en doute.

— Je pense qu'en fait tu es secrètement attirée par tous les aspects de ma personnalité que tu prétends détester.

Je le regardai.

— Je ne crois pas.

— C'est quoi, alors, ce qui t'attire chez moi ?

— Damien.

— Non, sérieux !

Il me serra contre lui. Ma tête était contre la

sienne et ses mains autour de ma taille. La bougie, qui vacillait, projetait des ombres irrégulières sur le mur d'en face.

— Dis-moi...

— Non, rétorquai-je. C'est trop bizarre.

— Non, c'est pas bizarre. Écoute. Je vais te dire ce que j'aime chez toi.

Je maugréai.

— Bon, déjà, tu es belle, déclara-t-il, sans me prêter la moindre attention. Je dois reconnaître que c'est ce qui m'a attiré, la première fois. Mais c'est ton assurance qui m'a bluffé. Tu vois, les filles passent leur temps à stresser, à se demander si elles sont grosses, si on les aime vraiment... mais pas toi. Bon sang. Toi, tu faisais comme si t'en avais rien à faire que je te parle ou pas.

— Donc, ce qui t'a plu, chez moi, c'est que je sois une garce ?

— Non, non, c'est pas ça.

Il changea de position.

— Ce qui m'a plu, c'est que c'était une sorte de défi. Il fallait réussir à se faufiler à travers les mailles... La plupart des gens sont faciles à cerner. Mais quelqu'un comme toi, Julie, c'est comme si tu avais plein de tiroirs. Ce que tu montres est si différent de ce que tu es vraiment ! Au premier contact, tu peux avoir l'air dure, mais en vrai, tu es une tendre.

— Quoi ?

J'étais sincèrement blessée.

— Je ne suis *pas* tendre !

— Tu m'as acheté des couverts.
— Ils étaient en solde, merde !
— Tu es adorable avec mon chien.
Je poussai un soupir.
— Ensuite, continua-t-il, tu m'apprends à séparer le blanc des couleurs grand teint...
— Des couleurs *vives* !
— ... et tu nous aides à régler cette histoire de facture, tu interviens pour calmer le jeu. Regarde les choses en face, Julie. Tu es gentille.
— Tais-toi, marmonnai-je.
— C'est si terrible que ça ?
— Non. Mais c'est faux.
C'était complètement faux. On m'avait attribué beaucoup d'adjectifs, au cours de ma vie, mais gentille, jamais. J'étais perturbée, comme s'il avait mis au jour un secret profondément enfoui, un secret dont j'ignorais moi-même l'existence.
— D'accord, dit-il. Maintenant, à toi.
— À moi de quoi ?
— Maintenant, tu me dis pourquoi je te plais.
— Qui a dit que tu me plaisais ?
— Julie, protesta-t-il d'un air sévère. Ne m'oblige pas à te traiter de gentille !
— Bon, d'accord.
Je me penchai en avant et déplaçai la bougie à l'autre bout de la table. Voilà où j'en étais arrivée : séance de confessions à la chandelle.
— Eh bien...
Je savais qu'il attendait.
— Tu me fais rire.

— Je n'arrive pas à croire que tu en sois là, déclara-t-elle, alors que je finissais de le rincer. C'est typiquement une attitude de petite copine !

Je laissai Monkey sortir de la piscine. Il se mit à monter et à descendre l'allée sans arrêter de se secouer.

— Pas du tout, rétorquai-je, écartant Monkey de la pelouse avant que Chloé ne panique. C'est un acte humanitaire. Il était malheureux.

C'était vrai. En outre, j'avais passé beaucoup de temps en sa compagnie ces dernières semaines et, bon, il sentait vraiment mauvais. Si une bouteille de shampoing à cinq dollars, un coupe-ongles et une paire de ciseaux suffisaient à régler la question, pourquoi s'en priver ?

— Je croyais que tu ne voulais pas t'attacher, reprit-elle, alors que je sortais le coupe-ongles de ma poche et le faisais asseoir.

— Je ne m'attache pas, rétorquai-je. C'est juste pour l'été, je te l'ai déjà dit.

— Je ne parlais pas de Damien.

Elle fit un geste en direction de Monkey, qui essayait de me lécher le visage et empestait maintenant l'orange. Mais de lui avoir coupé les poils autour des yeux et des pattes l'avait rajeuni de cinq ans. Lola avait raison : une bonne coupe changeait tout.

— C'est une charge supplémentaire. Et une responsabilité. Ça complique les choses.

— Chloé, il s'agit d'un chien. Ce n'est pas un

Il acquiesça.

— Et ?

— Tu es plutôt mignon.

— *Plutôt* mignon ! Je t'ai dit que tu étais belle !

— Tu veux que je dise que tu es beau ?

— Est-ce que tu essayes de dire que je ne le suis pas ?

Je levai les yeux au plafond en secouant la tête.

— Je rigole, protesta-t-il, j'arrête. Détends-toi, enfin ! Je ne t'ai pas demandé de réciter la Déclaration d'Indépendance, un fusil sur la tempe !

— J'aurais mieux aimé.

Il se mit à rire, assez fort pour que la bougie s'éteigne. On se retrouva dans le noir.

— D'accord, reprit-il, tandis que je passais les bras autour de son cou, tu n'as pas besoin de le dire à voix haute. Je sais pourquoi je te plais.

Il m'enlaça et m'attira vers lui.

— Dis-le-moi, alors.

— C'est animal, dit-il simplement. Parfaitement chimique.

— Mmmm, possible.

— De toute façon, ça n'a pas d'importance...

Il glissa une main dans mes cheveux. Je ne pouvais pas distinguer son visage, mais sa voix, elle, résonna clairement contre mon oreille.

— La seule chose qui compte, c'est que je te plais.

Chapitre 11

— Franchement... commença Chloé.
Une bulle rose lui éclata au visage.
— ... c'est dégueulasse.
— Chut ! Il peut t'entendre, tu sais.

Elle s'essuya le visage du revers de la main en soupirant. Il faisait très chaud, et l'asphalte noir de l'allée rendait les choses absolument insoutenables. Mais Monkey, assis entre nous deux dans une petite piscine d'eau froide, était parfaitement satisfait.

— Prends-lui les pattes de devant, dis-je à Chloé en versant du shampoing dans ma paume et le faisant mousser. Elles sont vraiment sales.

— Tout est sale, chez lui, marmonna-t-elle, tandis qu'il se levait et se secouait à nouveau, nous aspergeant d'eau savonneuse et grise. Et t'as vu ses ongles ? Ils sont plus longs que ceux de Talinga !

Monkey aperçut alors un chat qui se faufilait sous la haie et se mit à aboyer.

— Assis, mon gars, lui dit Chloé. Ho hé, assis ! Monkey, *assis* !

Il se secoua une fois de plus. J'appuyai sur son arrière-train. Il s'assit et, d'un grand geste de la queue, nous éclaboussa.

— Tu es un bon toutou, lui dis-je, alors même qu'il essayait déjà de se relever.

— Si ma mère débarque maintenant, je dors sous les ponts ce soir, déclara Chloé en arrosant le poitrail du chien avec le tuyau. La vue de cet animal galeux à même pas un mètre de sa fétuque rouge demi-traçante lui causerait une rupture d'anévrisme...

— Sa quoi ?
— C'est une sorte de gazon.
— Ah.

Quand Chloé m'avait découverte sur le seuil de sa porte, un shampoing à la main et un chien en laisse, elle m'avait opposé un refus catégorique. Sans même me laisser ouvrir la bouche. Mais, après quelques cajoleries, plus la promesse de lui payer son repas (et tout ce qu'il lui plairait de faire ce soir), elle s'était laissée fléchir. Elle avait même montré une certaine affection pour Monkey et l'avait prudemment caressé tandis que je sortais de ma voiture la piscine gonflable pour bébés, dégotée à Carrefour pour la modique somme de neuf dollars. J'avais cru que je pourrais le laver chez moi, mais le tuyau du garage avait été réquisitionné par Chris, qui voulait mettre au point un système d'arrosage sophistiqué pour ses lézards.

Chapitre 11

— Franchement... commença Chloé.
Une bulle rose lui éclata au visage.
— ... c'est dégueulasse.
— Chut ! Il peut t'entendre, tu sais.
Elle s'essuya le visage du revers de la main en soupirant. Il faisait très chaud, et l'asphalte noir de l'allée rendait les choses absolument insoutenables. Mais Monkey, assis entre nous deux dans une petite piscine d'eau froide, était parfaitement satisfait.
— Prends-lui les pattes de devant, dis-je à Chloé en versant du shampoing dans ma paume et le faisant mousser. Elles sont vraiment sales.
— Tout est sale, chez lui, marmonna-t-elle, tandis qu'il se levait et se secouait à nouveau, nous aspergeant d'eau savonneuse et grise. Et t'as vu ses ongles ? Ils sont plus longs que ceux de Talinga !
Monkey aperçut alors un chat qui se faufilait sous la haie et se mit à aboyer.

Il acquiesça.

— Et ?

— Tu es plutôt mignon.

— *Plutôt* mignon ! Je t'ai dit que tu étais belle !

— Tu veux que je dise que tu es beau ?

— Est-ce que tu essayes de dire que je ne le suis pas ?

Je levai les yeux au plafond en secouant la tête.

— Je rigole, protesta-t-il, j'arrête. Détends-toi, enfin ! Je ne t'ai pas demandé de réciter la Déclaration d'Indépendance, un fusil sur la tempe !

— J'aurais mieux aimé.

Il se mit à rire, assez fort pour que la bougie s'éteigne. On se retrouva dans le noir.

— D'accord, reprit-il, tandis que je passais les bras autour de son cou, tu n'as pas besoin de le dire à voix haute. Je sais pourquoi je te plais.

Il m'enlaça et m'attira vers lui.

— Dis-le-moi, alors.

— C'est animal, dit-il simplement. Parfaitement chimique.

— Mmmm, possible.

— De toute façon, ça n'a pas d'importance...

Il glissa une main dans mes cheveux. Je ne pouvais pas distinguer son visage, mais sa voix, elle, résonna clairement contre mon oreille.

— La seule chose qui compte, c'est que je te plais.

— Assis, mon gars, lui dit Chloé. Ho hé, assis ! Monkey, *assis* !

Il se secoua une fois de plus. J'appuyai sur son arrière-train. Il s'assit et, d'un grand geste de la queue, nous éclaboussa.

— Tu es un bon toutou, lui dis-je, alors même qu'il essayait déjà de se relever.

— Si ma mère débarque maintenant, je dors sous les ponts ce soir, déclara Chloé en arrosant le poitrail du chien avec le tuyau. La vue de cet animal galeux à même pas un mètre de sa fétuque rouge demi-traçante lui causerait une rupture d'anévrisme...

— Sa quoi ?

— C'est une sorte de gazon.

— Ah.

Quand Chloé m'avait découverte sur le seuil de sa porte, un shampoing à la main et un chien en laisse, elle m'avait opposé un refus catégorique. Sans même me laisser ouvrir la bouche. Mais, après quelques cajoleries, plus la promesse de lui payer son repas (et tout ce qu'il lui plairait de faire ce soir), elle s'était laissée fléchir. Elle avait même montré une certaine affection pour Monkey et l'avait prudemment caressé tandis que je sortais de ma voiture la piscine gonflable pour bébés, dégotée à Carrefour pour la modique somme de neuf dollars. J'avais cru que je pourrais le laver chez moi, mais le tuyau du garage avait été réquisitionné par Chris, qui voulait mettre au point un système d'arrosage sophistiqué pour ses lézards.

— Je n'arrive pas à croire que tu en sois là, déclara-t-elle, alors que je finissais de le rincer. C'est typiquement une attitude de petite copine !

Je laissai Monkey sortir de la piscine. Il se mit à monter et à descendre l'allée sans arrêter de se secouer.

— Pas du tout, rétorquai-je, écartant Monkey de la pelouse avant que Chloé ne panique. C'est un acte humanitaire. Il était malheureux.

C'était vrai. En outre, j'avais passé beaucoup de temps en sa compagnie ces dernières semaines et, bon, il sentait vraiment mauvais. Si une bouteille de shampoing à cinq dollars, un coupe-ongles et une paire de ciseaux suffisaient à régler la question, pourquoi s'en priver ?

— Je croyais que tu ne voulais pas t'attacher, reprit-elle, alors que je sortais le coupe-ongles de ma poche et le faisais asseoir.

— Je ne m'attache pas, rétorquai-je. C'est juste pour l'été, je te l'ai déjà dit.

— Je ne parlais pas de Damien.

Elle fit un geste en direction de Monkey, qui essayait de me lécher le visage et empestait maintenant l'orange. Mais de lui avoir coupé les poils autour des yeux et des pattes l'avait rajeuni de cinq ans. Lola avait raison : une bonne coupe changeait tout.

— C'est une charge supplémentaire. Et une responsabilité. Ça complique les choses.

— Chloé, il s'agit d'un chien. Ce n'est pas un

gamin de cinq ans qui souffre d'un complexe d'abandon !

— Même.

Elle s'accroupit à côté de moi, me regarda finir la première patte et passer à la suivante.

— En plus, où est passé notre été libre et fou ? Quand tu as plaqué Jonathan, j'ai cru qu'on allait profiter à fond du mois d'août. Sans stresser. Tu te rappelles ?

— Je ne stresse pas.

— Pas pour l'instant, rétorqua-t-elle d'un air sombre.

— Ni maintenant ni jamais.

Je me redressai.

— OK. J'ai fini.

On prit le temps d'admirer notre œuvre.

— Très nette amélioration, décréta Chloé.

Elle se mit à lui caresser la tête et je partis étaler des serviettes sur la banquette arrière de ma voiture. J'aimais Monkey, certes, mais pas au point d'avoir envie de passer les prochaines semaines à ramasser ses poils.

— Viens, Monkey !

Il trottina le long de l'allée, puis bondit à l'intérieur, passa la tête par la fenêtre et huma l'air.

— Merci de ton aide, Chloé.

Je me glissai sur le cuir brûlant du siège. Chloé se tenait à côté, les poings sur les hanches.

— Ce n'est pas trop tard, tu sais. Si tu casses maintenant, tu pourras encore profiter d'un bon mois de célibat avant ton départ...

J'enfonçai la clef dans le contact.
— J'y penserai.
— On se voit à cinq heures et demie ?
— Ouais. Je passe te prendre.
Elle hocha la tête, puis me regarda partir, se protégeant du soleil avec la main. Elle devait penser, bien sûr, qu'il n'y avait rien de plus simple que de casser avec Damien. On avait toujours fonctionné comme ça. Et pour ce qui concernait les garçons, Chloé était ma sœur jumelle. Mais là, je quittais ma trajectoire, je déviais d'une façon qu'elle ne pouvait pas comprendre. Je savais ce qu'elle ressentait : depuis que j'avais rencontré Damien, les choses n'étaient pas plus claires pour elle que pour moi.

Le collage était affiché sur le mur de la cuisine, au-dessus du canapé. Ç'avait commencé de façon plutôt innocente, avec deux photos. J'avais d'abord cru que c'étaient des copines du groupe. Mais, à mieux y regarder, j'avais compris qu'elles venaient, comme celles que Damien m'avait données quelques semaines plus tôt, de Photo Flash.

Damien et Lucas avaient été embauchés pour veiller au bon fonctionnement de la machine à développer, un travail qui consistait à s'asseoir sur un tabouret, à regarder les photos à travers un petit trou et à ajuster, autant que possible, la luminosité et le contraste. Ce n'était pas sorcier mais, malgré tout, il fallait une certaine habileté, un bon œil et, surtout, la capacité de rester concentré pendant une heure ou deux. Autant dire que ce n'était pas pour Damien. Quand il eut bousillé une série entière de photos de vacances à Hawaï (comme on s'en paye une fois dans sa vie) et une vingtaine d'appareils jetables de mariage, la propriétaire de Photo Flash lui suggéra de mettre à profit son sens du contact en passant au comptoir. C'était aussi parce qu'il était adorable qu'elle l'avait maintenu à un salaire de technicien, ce qui ne manquait pas de faire râler Lucas dès qu'il en avait l'occasion.

— J'ai bien plus de responsabilités que toi, gémissait-il, chaque mois, au moment de recevoir sa paie. Tout ce qu'on te demande, c'est des maths basiques et de savoir l'alphabet !

— Peut-être, s'exclamait Damien en replaçant son étiquette à la façon d'un employé modèle, mais je connais très, très bien mon alphabet !

En fait, pas du tout. Il ne cessait d'égarer les photos des gens, parce qu'au moment de les ranger, il s'était laissé distraire et avait mis un R avec les B. Ou encore avait mal lu l'étiquette et avait classé la pochette selon la première lettre du prénom. S'il avait dû travailler pour moi, jamais je ne lui aurais confié une tâche plus complexe que de tailler des crayons, et encore, sous haute surveillance.

Alors que Fred, grâce à son job au Marché, les fournissait en produits avariés (mais comestibles), et que Jean-Michel, qui travaillait à Jump Java, les approvisionnait en café, Damien et Lucas avaient peu de choses à faire valoir. Jusqu'au jour où ils commencèrent à faire des doubles des photos qui les intriguaient.

C'étaient des mecs, donc, forcément, ils s'intéressèrent d'abord aux photos de femmes déshabillées. Ce n'était pas tout à fait du X : la première que je vis sur le mur représentait une femme en culotte et soutien-gorge devant une cheminée. Elle n'était pas franchement jolie et l'énorme sac de litière pour chat qu'on apercevait au second plan gâchait quelque peu l'érotisme de la scène.

Au fil des semaines, le collage s'enrichissait. On y trouvait des souvenirs de vacances (une famille qui posait devant le monument de Washington, tous plus souriants les uns que les autres, sauf une fille, maussade, qui levait bien haut son majeur), mais aussi des nus, dont un homme obèse en slip noir, affalé sur une descente de lit en léopard. Aucun de tous ces gens ne devait imaginer que, dans une petite maison jaune de la rue Merchant, leurs souvenirs personnels se retrouvaient punaisés au mur et présentés aux visiteurs comme une œuvre d'art.

Le jour où on avait lavé Monkey, Chloé et moi, on l'avait ramené vers six heures. Damien, déjà rentré, était en train de manger des clémentines devant les infos. Elles étaient en promo au Marché et Fred bénéficiait d'un rabais supplémentaire. Aussi en rapportait-il par caisses de vingt-cinq et, comme les Nesvital de Roger, on en retrouvait dans toute la maison.

— OK, dis-je en poussant la porte vitrée et en retenant Monkey par son collier. Admirez !

À peine l'avais-je lâché qu'il bondit dans la pièce en battant la queue, puis sauta sur le canapé. Une pile de magazines s'effondra sur le sol.

— Espèce de petit voyou ! s'exclama Damien en le grattant derrière les oreilles. Il ne sent pas pareil. On dirait que tu l'as lavé avec du Minute Maid !

— C'est le shampoing, expliqua Chloé en s'affalant sur une chaise longue en plastique, à côté de la table basse. Ça va puer pendant... oh, pas plus d'une semaine...

Damien me jeta un regard et je secouai la tête en signe de dénégation. Monkey descendit du canapé et se précipita dans la cuisine, où on l'entendit boire, d'une traite, trois ou quatre litres d'eau. Damien me prit dans ses bras.

— C'est vrai que ça donne soif, ces changements de look...

La porte vitrée s'ouvrit et Jean-Michel entra. Il accrocha la clef à un micro qui traînait près de l'entrée, puis avança jusqu'au milieu de la pièce et leva la main pour nous faire taire.

— J'ai des nouvelles, déclara-t-il simplement.

Les regards convergèrent vers lui. Puis la porte s'ouvrit de nouveau et Fred apparut, en tenue de travail, deux cageots de clémentines dans les bras.

— Pitié, protesta Damien. Pas encore !

— J'ai des nouvelles, annonça Fred sans l'écouter. Des grandes nouvelles. Où est Lucas ?

— Au travail.

— Moi aussi, j'ai des nouvelles, protesta Jean-Michel. Et j'étais le premier, alors...

— Ce sont des nouvelles importantes, rétorqua Fred en le congédiant d'un geste de la main.

— Minute !

Il y eut un silence. Fred et Damien échangèrent un regard sceptique. Jean-Michel, qui s'en aperçut, poussa un lourd soupir.

— Bon, finit par déclarer Damien en levant la main, on n'a pas eu de nouvelles importantes depuis des lustres et là, simultanément, on en a deux d'un coup. Je trouve que ça mérite qu'on y réfléchisse...

— Simultanément ? releva Chloé.

— Il faut dire, continua calmement Damien, que c'est surprenant.

— Il faut dire, rétorqua Fred d'une voix forte, que j'ai rencontré une gonzesse de chez A&R et qu'elle vient nous écouter ce soir.

Silence dans la salle. Seul Monkey osa traverser la pièce, les babines dégoulinant d'eau, ses griffes tout juste coupées heurtant très légèrement le sol.

— Qu'est-ce qui sent l'orange ? demanda soudain Fred en reniflant.

— C'est parfaitement déloyal, déclara Jean-Michel, très sombre, en lui jetant un regard noir.

— C'est quoi, A&R ? s'enquit Chloé.

— Artistes et Répertoire, expliqua Fred.

Il retira sa blouse verte, la roula en boule dans sa main et la fourra dans sa poche arrière.

— Ça veut dire que, si on lui plaît, elle peut nous proposer un contrat.

— J'avais des nouvelles, marmonna Jean-Michel sans plus y croire. Des nouvelles importantes.

— Tu crois que c'est sérieux ? demanda Damien en se penchant en avant. Elle va juste passer comme ça ou elle a convaincu le label qu'il fallait venir nous voir ?

Fred plongea la main dans sa poche.

— Elle m'a donné sa carte. Elle a un rendez-vous ce soir, mais quand elle a su qu'on ne commençait pas le deuxième set avant dix heures et demie, elle a dit qu'elle passerait sans faute.

Damien me fit descendre de ses genoux, se leva, prit la carte que Fred lui tendait, puis l'observa longuement et la lui rendit.

— OK, dit-il. Trouve Lucas. Il faut qu'on parle.

— Ça ne donnera peut-être rien du tout, remarqua Jean-Michel, encore vexé. C'est peut-être juste de la poudre aux yeux.

— Probable, répliqua Fred, mais si elle aime ce qu'on fait, elle nous décrochera un rendez-vous et, avant la fin de l'été, on pourrait se retrouver sur une plus grande scène, dans une plus grande ville. C'est bien ce qui est arrivé aux Spinnerbaits.

— Je déteste les Spinnerbaits, déclara Jean-Michel.

Les deux autres approuvèrent avec conviction.

— Mais les Spinnerbaits ont eu un contrat, eux, ajouta Damien. Et ils ont fait un disque.

— Les Spinnerbaits ? m'étonnai-je.

— Un groupe qui a commencé à jouer dans les

bars, à Williamsburg, en même temps que nous, m'expliqua Damien. C'est une bande d'enfoirés à lunettes. Des rockers à deux balles. Mais ils ont un super bon guitariste...

— Pas si bon que ça ! s'exclama Fred, indigné. Il ne mérite absolument pas sa réputation !

— ... et leurs chansons tenaient la route. Ils ont signé l'année dernière.

Il poussa un soupir, puis leva les yeux au plafond.

— On déteste les Spinnerbaits.

— On déteste les Spinnerbaits, répéta Jean-Michel.

Fred acquiesça.

— Bon, trouve-nous Lucas, déclara Damien en frappant dans ses mains. Session extraordinaire. Réunion du groupe !

— Réunion du groupe ! hurla Fred, alors que les personnes concernées se trouvaient dans un rayon de soixante centimètres. Je me lave les mains et on se retrouve dans la cuisine !

Damien s'empara du téléphone sans fil posé sur la télé, pianota un numéro et quitta la pièce, le combiné contre l'oreille. Je l'entendis qui demandait à parler à Lucas, puis :

— Devine ce que Fred a rapporté du boulot ?... Non, pas des clémentines...

Jean-Michel s'assit sur le canapé, croisa les jambes et, en renversant la tête en arrière, cogna le mur dans un bruit sourd. Chloé haussa les sourcils et me regarda, puis prit une cigarette et jeta l'allumette noircie dans le cendrier, qui débordait de pelures de clémentines.

— Bon, dis-je, c'est quoi, tes nouvelles ?

— Non, marmonna-t-il. Maintenant, ça va tomber complètement à plat.

Il avait l'air d'un petit garçon. Avec ses cheveux roux et ses taches de rousseur, je l'aurais bien vu à la télé, dans une pub pour du beurre de cacahuète. D'autant plus quand il boudait.

— Comme tu veux...

Je pris la télécommande et allumai la télé. Je n'allais quand même pas le supplier.

— Ma nouvelle, déclara-t-il d'une voix lente, en redressant la tête, c'est qu'elle a accepté de venir au Bendo ce soir.

— Ah ouais.

— Ouais. Enfin ! Ça fait *des semaines* que je lui demande !

Il se gratta l'oreille.

— J'avais fini par croire que je n'arriverais jamais à rien...

— Jean-Michel est amoureux de sa chef, expliquai-je à Chloé.

Elle souffla sa fumée.

— Au Jump Java ?

Jean-Michel poussa un soupir.

— Ce n'est pas vraiment ma chef, c'est plutôt une collègue. Une amie, même.

Chloé me regarda.

— On parle de Karen Thomas ?

Jean-Michel écarquilla brusquement les yeux.

— Tu la connais ?

— Faut croire que oui, répondit-elle en haussant les épaules. Mais Julie la connaît mieux que moi... Elle était sortie avec Chris, non ?

J'avalai ma salive, très concentrée sur la télécommande. Comme tous les autres employés de la zone commerciale, j'avais suivi l'histoire de la passion de Jean-Michel depuis le début. D'un simple intérêt, elle s'était transformée en une dévotion de petit chiot, pour devenir un amour obsessionnel, désespéré et ridicule. Karen, qui dirigeait le Jump Java, n'avait embauché Jean-Michel que par faveur pour Lola, en remerciement de sa dernière coupe-couleur. Et tandis qu'il faisait son éloge, j'avais toujours réussi à garder secret le fait que je la connaissais plus que « de vue ». Jusqu'à aujourd'hui.

Son regard était rivé sur moi. Je prétendis être captivée par les problèmes structurels qu'avait posés l'édification d'un nouveau barrage dans le comté.

— Julie ? Tu connais Karen ?

— Mon frère est sorti avec elle, dis-je d'une voix que je voulais indifférente. Il y a super longtemps.

Il attrapa la télécommande et éteignit le son. Le barrage resta à l'écran. Il avait l'air de bien retenir l'eau.

— Raconte-moi. Tout de suite.

Je le regardai.

— Je veux dire, ajouta-t-il avec précipitation, s'il te plaît, raconte-moi ! Dis-moi tout !

Chloé se mit à rire. Je haussai les épaules.

— Mon frère est sorti avec elle à la fin de son année de terminale. Ce n'était pas sérieux. Chris était en plein dans ses histoires de shit et Karen était trop maligne pour supporter ça. En plus, elle avait déjà Grace.

Il acquiesça. Grace, la fille de Karen, avait trois ans. Elle l'avait eue en première, ce qui, à l'époque, avait provoqué un semblant de scandale dans le voisinage. Mais Karen avait continué le lycée et avait passé des épreuves de rattrapage pendant l'été. Elle suivait à présent des cours du soir à l'université, tout en dirigeant le Jump Java et en supportant les regards énamourés de Jean-Michel vingt heures par semaine.

— Est-ce que Karen n'est pas un peu au-dessus de tes moyens ? demanda Chloé sans méchanceté. Je veux dire : elle a déjà un gosse...

— J'ai un très bon contact avec les enfants, protesta-t-il, indigné. Grace m'aime beaucoup !

— Grace aime tout le monde, rétorquai-je.

Comme Monkey, pensai-je. Les enfants et les chiens, c'est trop facile.

— Non, répliqua-t-il. Elle m'aime spécialement.

Damien passa la tête par la porte et pointa un doigt dans sa direction.

— Réunion du groupe !

— Réunion du groupe, répéta Jean-Michel en se levant.

Il se tourna vers moi.

— Un petit coup de pouce serait grandement apprécié, Julie. Tu ne pourrais pas lui dire un mot pour moi ?

— Je ne peux rien te promettre, mais je vais voir ce que je peux faire.

Une expression de plaisir se peignit sur son visage. Tandis qu'il se dirigeait vers la cuisine, je me levai à mon tour, attrapai mon sac à main et cherchai mes clefs.

— On y va, dis-je à Chloé. On a une réunion du groupe, nous aussi.

Elle acquiesça, fourra son paquet de cigarettes dans sa poche et ouvrit la porte d'entrée.

— Je vais appeler Lisa dans la voiture et lui dire de nous rejoindre au Pré.

— Bonne idée.

Alors que la porte se refermait sur elle, Damien me rejoignit.

— C'est énorme, déclara-t-il, un sourire aux lèvres. Enfin, peut-être pas. Peut-être que ça ne sera qu'une terrible déception...

— Tu as raison de ne pas t'emballer...

— Mais, continua-t-il en passant la main dans ses cheveux, comme chaque fois qu'il n'arrivait pas à se contenir, c'est peut-être le début de quelque chose. Tu sais, quand les Spinnerbaits ont eu ce rendez-vous avec le label, après, ils ont eu une carte d'entrée dans les plus grands clubs. On pourrait jouer à Richmond ou à Washington ! Ce n'est pas impossible !

Il souriait. Je me forçai à lui rendre son sourire. Bien sûr, c'était une bonne nouvelle. N'étais-je pas la première à vouloir que notre histoire s'arrête ? C'était le meilleur scénario. Je voyais déjà le camion blanc crasseux s'éloigner dans le soleil couchant, avec son pot d'échappement brinquebalant. Le temps ferait de notre histoire une anecdote et de Damien « ce dingo de musicien avec qui j'avais passé les derniers jours de ma vie de lycéenne ». De la même façon que Karen Thomas était devenue une note de bas de page dans la vie de Chris. *Ils avaient une chanson débile qui parlait de patate*, pouvais-je déjà m'entendre raconter. *Tout un opus*.

Aucun doute. C'était mieux comme ça.

Damien se pencha et m'embrassa sur le front, puis il approcha son visage du mien et me regarda.

— Ça va ? T'as l'air bizarre...

— Merci. Sympa.

— Non, je veux juste dire que...

— Réunion du groupe ! cria Fred de la cuisine. On commence !

Damien jeta un regard vers l'entrée, puis se tourna de nouveau vers moi.

— Vas-y, dis-je en posant les mains sur sa poitrine et en le repoussant doucement. Réunion du groupe.

Il sourit. Je fus traversée par une envie bizarre, incompréhensible, de le ramener près de moi. Mais il repartait déjà vers la cuisine, où s'élevaient les voix de ses potes en train de faire des plans.

— On se voit au Bendo vers neuf heures ! lança-t-il. Ça te va ?

Je hochai la tête, plus calme que jamais. Il tourna le coin et me laissa seule. Quel sentiment étrange. Je n'aimais pas ça. Pas du tout.

À dix heures et demie, alors que Truth Quad s'apprêtait à entamer le deuxième set, la nana de A&R n'avait toujours pas donné signe de vie. Les autochtones commençaient à s'agiter.

— On devrait arrêter d'y penser, déclara Lucas en recrachant un morceau de glace dans son verre de Schweppes. De toute façon, ça nous fout dedans de flipper autant. Fred a joué faux pendant tout le set.

Fred, assis à côté de moi, était occupé à graver des lignes dans la table. Il lui jeta un regard noir.

— C'est grâce à moi si elle vient. Alors lâche-moi !

— Du calme, du calme....

Damien tira une fois de plus sur son col. Il n'avait pas cessé de la soirée et il était maintenant complètement déformé.

— Ce qu'il faut, c'est retourner sur scène et donner le meilleur. On joue gros ce soir.

— Pas trop de pression, marmonna Lucas.

— Où est passé Jean-Michel ? demanda Fred en se redressant et en tordant le cou pour mieux voir la salle. On est en réunion de groupe, là, non ?

— C'est un impromptu, protesta Damien en

tirant de nouveau sur son col. En plus, il est avec...
c'est quoi, son nom... la chef de la cafète...

On tourna la tête tous en même temps. Jean-Michel était bien avec Karen, dans un box près de la scène. Il avait posé ses baguettes sur la table et parlait avec les mains, très animé, tandis que Karen l'écoutait en buvant une bière, un sourire poli aux lèvres. Elle jetait régulièrement des regards autour d'elle, comme si elle s'était attendue à un truc plus convivial et qu'elle se demande où les autres avaient disparu.

— Pathétique, remarqua Fred. Nous envoyer balader, nous et l'avenir du groupe, pour une gonzesse ! On dirait du Yoko Ono !

— Laisse-le tranquille ! s'exclama Damien. Bon, je pense qu'on devrait commencer par la *Chanson de la patate 2*, puis faire la version du kumquat, et ensuite...

Je cessai d'écouter et suivis du doigt le cercle mouillé que ma bière avait laissé sur la table. Si je levais la tête, je pouvais voir Chloé, Lisa et Marion en train de discuter avec des mecs au bar. Un peu plus tôt dans la soirée, au Pré, Chloé avait décrété qu'elles avaient toutes besoin de « retourner là-bas » et de tirer le meilleur de « cet été célibataire », une opération qu'elle avait décidé de prendre en main. Il y avait déjà du progrès dans l'air : elle était assise sur un tabouret, à côté d'un blond au look de surfeur. Lisa parlait avec deux types : le premier était vraiment mignon, mais je le surpris en train de parcourir la salle du regard à la recherche d'une meilleure option (mauvais signe) ; le deuxième, pas aussi mignon mais correct, avait l'air intéressé, et pas trop vexé d'écoper d'un second rôle. Marion, enfin, était coincée contre le bar par un petit type maigre et nerveux, qui parlait avec une telle animation qu'elle était obligée de se pencher en arrière (il ne devait pas cracher que des mots).

— ... décidé qu'on ne ferait pas de reprises, déclarait Damien. C'est la conclusion à laquelle on est arrivés hier !

— Je dis juste que, si les chansons de la patate ne marchent pas, il nous faut un plan de repli, insistait Lucas. Qu'est-ce qu'on fait si elle déteste les patates ? Si elle trouve que c'est des trucs de mômes ?

Un silence stupéfait accueillit ses paroles.

— Alors c'est ce que tu penses ?

— Non, se dépêcha de répondre Lucas.

Il jeta un regard à Damien, qui tirait tellement fort sur son col que je me sentis obligée d'intervenir. Je soulevai ses doigts et reposai sa main sur la table. Il s'en rendit à peine compte. Lucas ajouta :

— Je ne voudrais pas qu'on ait l'air de manquer d'originalité...

— Parce que faire des reprises, c'est original ?

— Les reprises, ça permet d'attirer la foule et de montrer ce qu'on sait faire. Écoutez, j'ai fait partie de plein de groupes...

— Oh non ! s'exclama Fred en levant les mains

d'un air théâtral. C'est reparti ! Explique-nous la vie, ô toi qui es si savant !

— ... et je sais par expérience que les agents aiment les sets toniques qui attirent la foule et montrent ce qu'on a dans le ventre. Et ça, ça veut dire un mélange de chansons originales et de reprises, oui, mais avec notre touche. On ne chante pas *I got you babe* comme Sonny et Cher, on en fait autre chose !

— Pas question qu'on fasse une chanson de Sonny et Cher ce soir ! hurla Fred. Pas question ! On ne va pas jouer le répertoire des G Flat pour cette gonzesse ! Pas ces nullités pour les mariages, jamais !

— C'était juste un exemple, protesta Lucas sèchement. On peut jouer autre chose. Tu te calmes, oui ?

— Hé, les gars, lança Robert, le propriétaire du Bendo, vous avez l'intention de bosser, ce soir ?

— On y va, décida Fred en finissant sa bière debout.

— Est-ce qu'on a décidé quoi que ce soit ? demanda Lucas, alors qu'ils se dirigeaient vers la scène.

Lucas l'ignora. Damien passa la main dans ses cheveux en soupirant. Je ne l'avais jamais vu dans un état pareil.

— Oh là là, murmura-t-il en secouant la tête, c'est trop stressant.

— Arrête d'y penser, protestai-je. Vas-y et

chante, comme d'habitude. Ça te fait perdre tes moyens, de réfléchir.

— C'était nul, non ?

— Non.

Ce n'était pas tout à fait un mensonge. Mais Fred avait joué faux et Jean-Michel avait fait le coq (il avait lancé ses baguettes en l'air et n'avait pas réussi à les rattraper). Quant à Damien, il avait estropié le texte de *La chanson de la patate 3*, qu'il était pourtant capable de fredonner en dormant.

— Mais vous aviez l'air hésitants, bancals. Alors que vous ne l'êtes pas. Vous avez déjà joué des millions de fois.

— Des millions de fois, répéta-t-il, pas très convaincu.

— C'est comme faire du vélo, dis-je. Si on se met à réfléchir, on prend conscience que c'est un phénomène très compliqué. Alors qu'il faut juste appuyer sur les pédales et ne pas s'occuper de la mécanique. Ça marche tout seul.

Il m'embrassa sur la joue.

— Tu as raison. Comment tu fais pour avoir raison tout le temps ?

— C'est une malédiction, rétorquai-je en haussant les épaules.

Il me pressa la jambe, puis quitta la table en tirant sur son col. Je le regardai se faufiler à travers la foule, puis donner en passant un petit coup sur la tête de Jean-Michel, qui était toujours en train de baratiner Karen. Fred saisit sa guitare et joua quelques accords puis, avec Lucas et Damien, ils échangèrent des regards et des signes de tête.

La première chanson du deuxième set n'était pas très en place, mais la suivante était déjà mieux. Damien commençait à se détendre. Ils en étaient à la troisième quand la nana de A&R pointa son nez, et c'était la première fois de la soirée qu'ils étaient vraiment synchros. Je la reconnus tout de suite : primo, elle était un peu vieille pour le Bendo, qui était surtout fréquenté par des étudiants ou des lycéens. Et deuzio, elle était habillée mode des pieds à la tête (pantalon noir, corsage de soie, petites lunettes noires ringardes juste ce qu'il faut pour être cool), ce qui détonnait dans une petite ville comme la nôtre. Ses cheveux lui tombaient librement sur la nuque, et quand elle s'approcha du bar, tous les types qui parlaient avec mes copines s'arrêtèrent pour la regarder. La chanson touchait à sa fin et la foule se faisait plus dense. Fred jeta un regard vers le bar, l'aperçut et glissa quelques mots à Damien.

Quand les applaudissements et les cris se turent, Damien tira sur son col et déclara :

— Maintenant, on va vous faire un petit numéro qui s'appelle *La chanson de la patate*.

La foule poussa des cris enthousiastes. Ça faisait assez longtemps qu'ils jouaient au Bendo pour que *La chanson de la patate* (et ses multiples avatars) soit connue de tous. Fred démarra l'intro, Jean-Michel saisit ses baguettes et ils se jetèrent à l'eau.

Je ne quittais pas la femme des yeux. Elle écoutait

en sirotant sa bière. Elle laissa échapper un sourire à la *princesse végétalienne* puis, à nouveau, quand la foule se mit à scander et à crier : *douce patate !* À la fin, elle applaudit avec enthousiasme, pas juste par politesse. C'était bon signe.

Se sentant en confiance, ils enchaînèrent avec une autre *Chanson de la patate*. Mais elle n'était pas aussi réussie et le public la connaissait à peine. Même si elle démarra bien, elle retomba très vite. Sans compter que Jean-Michel, qui venait juste de l'apprendre, s'emmêla les pinceaux et perdit le rythme. Je vis Damien tressaillir et tirer sur son col. Fred évitait soigneusement de regarder vers le bar. Ils se lancèrent dans un autre de leurs titres, qui n'avait plus rien à voir avec les patates, mais ça ne prit pas davantage et ils supprimèrent le dernier couplet.

La fille de A&R avait maintenant l'air de s'ennuyer. Elle jeta un regard dans la salle puis (très mauvais signe) à sa montre. Fred se pencha pour murmurer quelque chose à l'oreille de Damien, qui secoua vivement la tête. Puis Lucas fit un pas vers eux et acquiesça. Fred ajouta quelque chose. Damien finit par hausser les épaules et retourna au micro. Jean-Michel lança le rythme, Fred le saisit au vol, ils se lancèrent à corps perdu dans un vieux tube de Thin Lizzy. La foule se pressa à nouveau contre la scène et, à la fin du premier couplet, la fille de A&R reprenait une bière.

La chanson finie, Fred vint glisser quelques mots

à Damien, qui eut l'air d'hésiter. Fred insista. Damien fit alors une grimace et secoua la tête.

Fonce, pensai-je. Une autre reprise ne va pas vous tuer !

Damien jeta un regard à Lucas, qui acquiesça. Je me détendis. Les premiers accords se firent entendre, à la fois familiers et lointains. Je connaissais cette chanson, j'en étais sûre. Je l'avais juste là, sur le bout de la langue... Soudain, je compris.

— *Cette chanson-là*, commença Damien, *n'a que quelques rimes...*

Oh non...

— *Une seule série d'accords...*

Ils exagéraient tellement que ce côté rétro et sentimental, qui lui avait valu de devenir un tube des mariages et des radios FM, se transformait dans leurs mains en une sorte d'autodérision, comme si la chanson se faisait un clin d'œil à elle-même. Je sentis mon estomac se nouer. Damien savait ce qu'elle signifiait pour moi et, pourtant, il continuait à chanter.

— *Tu te sens tranquille dans cette chambre, mais tu les entends toujours...*

La foule poussait des cris. Des filles, le long de la scène, chantaient, la main sur le cœur.

Je jetai un regard vers le bar. Chloé me fixait. Il n'y avait aucun mépris chez elle, mais bien pire. De la pitié. Je me détournai. Trois tabourets plus loin, la fille de A&R se balançait en rythme, un sourire aux lèvres. Elle adorait.

Je quittai la salle. Autour de moi, les gens chantaient. Eux aussi avaient entendu cet air toute leur vie, mais pas dans le même contexte que moi. Pour eux, c'était une chanson juste assez vieille pour être nostalgique, une chanson que leurs parents avaient dû écouter, eux aussi, et qu'ils avaient entendue à leur bar-mitsvah ou au mariage de leur sœur. Mais ça fonctionnait. Le charme agissait. Une sorte d'énergie se dégageait de la foule, avec une force que Fred, même dans un million de rêves de patates, n'avait jamais osé espérer.

— *Je t'abandonnerai*, chantait Damien, tandis que je me frayais un passage vers le bar. *Mais cette chanson-là ne s'arrêtera jamais...*

Je me réfugiai aux toilettes où, pour une fois, il n'y avait pas d'attente, et m'enfermai dans un box. Là, je m'assis et passai la main dans mes cheveux. Du calme. Cette chanson n'est rien. Toute ma vie, j'avais laissé les gens lui donner du poids, et ce poids était devenu si lourd qu'il m'entraînait vers le fond. Mais ce n'était rien, rien que de la musique. Enfermée dans mon box, j'entendais ces notes que je connaissais depuis toujours, métamorphosées et chantées par un homme que je connaissais à peine et qui, pourtant, prétendait avoir un droit sur moi.

Quand on l'écoutait sur ce disque rayé, hérité de mon père, à l'époque où on avait encore un tourne-disques, ma mère me murmurait : *c'est son cadeau pour toi*. Elle passait la main dans mes cheveux, l'air rêveur, comme si, un jour, je comprendrais toute l'importance de ce cadeau. Elle avait déjà oublié les aspects pénibles de la vie avec mon père (que d'autres m'ont plus tard racontés) : leur misère, son manque d'attention pour Chris, et leur mariage (même pas légal, en plus) dans l'espoir de sauver une relation qui ne pouvait plus l'être. Quel héritage. Quel cadeau. On aurait dit un lot de consolation dans un jeu télévisé où j'aurais perdu des millions. Une poignée de riz Uncle Ben's et une valise bon marché.

Un dernier coup de cymbales, un tonnerre d'applaudissements, des bravos. C'était fini.

Bon. Je quittai les toilettes et me dirigeai droit vers le bar où Chloé, assise sur un tabouret, avait l'air de s'ennuyer. Truth Quad jouait un pot-pourri de chansons de colo, genre Led Zeppelin, avec des crashes de guitare et de grands cris, que j'avais appris à reconnaître comme le final. Le mec de Chloé avait disparu, Lisa discutait toujours avec le pas-très-beau-mais-correct et Marion, *a priori*, avait dû avoir recours à son excuse habituelle et était partie « téléphoner » ou « chercher un truc dans sa voiture ».

— Qu'est-il arrivé à ton surfeur ? demandai-je à Chloé, tandis qu'elle se poussait pour me faire de la place.

— Sa copine, rétorqua-t-elle en désignant une table d'un signe de tête, où le type se frottait le museau avec une fille rousse au sourcil piercé.

Je hochai la tête. Fred faisait des moulinets avec sa guitare et Jean-Michel achevait un solo de batterie, aussi rouge que ses cheveux. Je me demandai si Karen était impressionnée, mais elle avait quitté la salle.

— Pas mal, cette chanson, non ? me lança Chloé en repoussant légèrement le tabouret du bout du pied. J'ai l'impression de l'avoir déjà entendue quelque part...

Les yeux fixés sur Jean-Michel, je ne répondis pas.

— S'il y a une chose qu'il devrait savoir, continua Chloé, c'est que tu la détestes !

— Chloé, protestai-je doucement. Tais-toi, d'accord ?

Elle me regarda, les yeux légèrement écarquillés, puis se mit à remuer sa boisson avec le doigt. Il n'y avait plus qu'une seule personne entre moi et la fille de A&R. Elle écrivait quelque chose avec un stylo emprunté au barman, lequel la regardait avec un intérêt manifeste, sans prêter la moindre attention aux mains qui se tendaient pour payer leur bière.

— C'était Truth Quad, cria Damien. Et on est là tous les mardis ! Merci et bonne soirée !

Les haut-parleurs se mirent à diffuser de la dance et tout le monde rappliqua vers le bar. Je vis Damien sauter de scène, échanger quelques mots avec Fred, puis se diriger vers nous, Lucas à sa suite. Jean-Michel, lui, fonça droit sur Karen, que j'aperçus près de la porte.

La fille de A&R tendait déjà la main à Damien, qui la lui serra avec un peu trop d'empressement.

— Ariane Moss, annonça-t-elle dans un sourire. Très réussi, ce set !

— Merci.

Je jetai un regard vers la porte. Je me demandais où était passée Marion.

— L'acoustique est catastrophique, déclara Fred en approchant. Ça rendrait bien mieux avec un matos correct. En plus, le public est nul.

Damien le tança du regard.

— On est très impatients de savoir ce que vous en avez pensé, reprit-il. Je vous offre une bière ?

Elle consulta sa montre.

— Avec plaisir, mais si vous permettez, je vais d'abord passer un coup de fil.

Elle sortit un portable de sa poche et s'éloigna. Damien m'aperçut, me fit un signe et articula qu'il en avait pour une minute. Je haussai les épaules. Il fit un pas dans ma direction, mais Fred l'intercepta :

— Qu'est-ce que tu fous ? Elle est venue pour nous, pas juste pour toi !

— Il a dit qu'*on* avait envie de savoir ce qu'elle pensait, intervint Lucas. Du calme !

— Il lui offre une bière !

— Ça s'appelle les relations publiques, rétorqua Damien en jetant un regard dans ma direction.

Ariane Moss glissait son portable dans sa poche et revenait.

— Et qu'est-ce qui vous a pris de faire cette chanson ? continua Fred en secouant la tête, dépassé. Sonny et Cher aurait été bien mieux. N'importe quoi aurait été mieux ! Tant qu'on y est, on pourrait enfiler les smokings et jouer dans un restaurant d'hôtel, avec une chanson aussi merdique !

— Elle a aimé, répliqua Damien, tout en cherchant mon regard mais, à cet instant, un type avec une casquette de base-ball se plaça juste dans mon champ de vision.

— Ouais, renchérit Lucas. En plus, ça nous a sorti de ce puits sans fond dans lequel *La chanson de la patate* nous avait jetés...

— *La chanson de la patate*, protesta Fred, vexé, aurait été parfaite si Jean-Michel avait été à l'heure à la dernière répétition...

— C'est toujours la faute de quelqu'un d'autre, c'est ça ? aboya Lucas.

— Silence, les mecs, glissa Damien à voix basse.

— Vous êtes prêts ? s'enquit Ariane Moss en approchant.

Je remarquai qu'elle s'était adressée à Damien, et Fred s'en aperçut aussi. Sauf que moi, bien sûr, ça ne me contrarierait pas.

— Prêts, répondit-il. Ça vous va, là-bas ?

— Parfait...

Ils se mirent en route. Je leur tournai le dos et fis signe au barman de me servir une bière. Quand j'eus fini de payer, ils étaient assis à une table près de l'entrée. Damien et la femme d'un côté, Lucas et Fred de l'autre. Elle parlait. Ils écoutaient.

Marion réapparut soudain.

— On peut y aller, maintenant ?

— Où t'étais passée ? s'enquit Chloé.
— J'étais allée prendre un truc dans ma voiture, rétorqua-t-elle sèchement.
— Julie, je te cherchais, s'exclama Jean-Michel en surgissant de nulle part. Tu ne sais pas où est Karen ?
— La dernière fois que je l'ai vue, elle était près de la porte.

Il tourna la tête dans tous les sens et fouilla la foule des yeux, puis fit un grand signe de la main.
— Karen ! Par ici !
Elle nous aperçut. À sa façon de sourire, je compris que j'avais eu raison de penser qu'elle espérait s'éclipser discrètement. Mais Jean-Michel agitait la main avec une telle insistance qu'elle n'eut d'autre choix que de traverser la salle et de nous rejoindre.
— Vous avez été très bons, dit-elle à Jean-Michel, qui se mit à rayonner. Vraiment.
— D'habitude, on fait mieux, déclara-t-il, un brin fanfaron. Ce soir Fred était à côté de la plaque, mais comme il était en retard à la dernière répétition, il ne connaissait pas les nouveaux arrangements.

Karen acquiesça, puis jeta un regard autour d'elle. La foule devenait de plus en plus dense. Trois rangées se pressaient contre le comptoir et on était sans cesse bousculés.

Lucas surgit soudain derrière Jean-Michel et réussit l'exploit de l'attraper par le col tout en tenant deux bières.

— Si t'as une minute, par hasard... On est en train de parler à cette fille de chez A&R, qui peut nous décrocher un super concert à Washington... mais ça ne t'intéresse peut-être pas...

Jean-Michel se frotta le crâne.

— Washington, vraiment ?

— Tu sais, cette grande salle où on a vu les Spinnerbaits, grimaça Lucas. Je déteste les Spinnerbaits, cela dit.

— Je déteste les Spinnerbaits, répéta Jean-Michel en attrapant l'une des deux bières.

Il se tourna vers Karen.

— C'est un groupe.

— Ah.

— Allez, viens, insista Lucas. Il faut qu'on soit tous là. Ça peut être géant, mec.

— Je reviens dans une minute, lança Jean-Michel à Karen en lui pressant le bras. Tu sais ce que c'est, les affaires du groupe, les décisions de management, tout ça...

— Très bien.

Il suivit Lucas jusqu'à la table, où Fred lui fit une place. Damien était assis dans le coin, contre le mur, et buvait les paroles d'Ariane Moss.

— Ma pauvre, déclara Chloé à Karen. Il est dingue de toi !

— C'est un type bien.

— Il est pathétique.

Chloé sauta à bas du tabouret.

— Je vais aux toilettes. Tu viens ?

Je secouai la tête. Elle bouscula deux mecs, puis

disparut dans la foule. Selon les mouvements des corps autour de moi, je pouvais apercevoir Damien, qui avait l'air d'expliquer quelque chose. Ariane Moss l'écoutait en sirotant sa bière. Fred et Lucas intervenaient parfois, mais Jean-Michel, complètement absent, n'arrêtait pas de se tourner vers nous, pour vérifier que Karen était toujours là.

— Jean-Michel est vraiment quelqu'un de bien, dis-je, gênée par ses regards répétés et insistants.

— C'est vrai, acquiesça Karen, mais il est trop jeune pour moi. Je ne suis pas sûre qu'il ait la carrure pour être un bon père, si tu vois ce que je veux dire.

J'aurais bien aimé lui dire que, d'après mon expérience, ce n'était pas un élément essentiel, mais je gardai mes réflexions pour moi.

— Depuis combien de temps vous sortez ensemble, Damien et toi ?

— Pas très longtemps.

Je jetai un regard vers la table. Damien faisait de grands gestes des mains et Ariane Moss allumait une cigarette en riant. On aurait dit deux amoureux. De loin.

— Il a l'air vraiment super, continua Karen. Gentil. Et drôle.

Je hochai la tête.

— Ouais, c'est vrai.

Fred surgit soudain d'un groupe de grosses filles en tee-shirt moulant qui enterraient une vie de jeune fille. L'une d'elles portait un voile, les autres des chapeaux de Barbie.

— Deux bières ! lança-t-il au barman de cet air vexé que je connaissais bien.

Il mit un moment avant de nous apercevoir.

— Ça marche ? demandai-je.

Il jeta un regard furieux vers la table.

— Super. Dans une heure, il sera dans son lit. Mais ça ne changera rien pour le groupe.

Karen haussa les sourcils, embarrassée.

— Ah ouais, dis-je.

Il haussa les épaules, comme s'il réalisait seulement que je n'étais pas la personne idéale à qui faire ce genre de confidence. Mais ça ne l'arrêta pas pour autant : Fred restait Fred, on ne le changerait pas.

— Comme d'hab. Il s'emballe, ça finit mal et on perd notre concert, ou notre baraque, ou cent dollars dans une épicerie... C'est toujours comme ça !

Je me sentis atrocement perdue. Ça devait se voir sur ma tête, forcément. Je pris le verre de Chloé et le portai à mes lèvres, histoire de m'occuper les mains.

— Le truc, c'est que si on travaille en groupe, il faut penser en termes de groupe. Point final.

Le barman posa les bières devant lui. En repartant, il bouscula les filles si violemment qu'il s'attira une rafale d'insultes et de gestes obscènes. Je me retrouvai seule face à Karen. Bonjour, je me présente, Groupie Numéro Cinq...

— Je suis sûre qu'il ne le pensait pas vraiment, protesta-t-elle, mal à l'aise.

Je ne supportais pas qu'elle ait pitié de moi. Encore moins que d'avoir pitié de moi-même, mais à peine. Je tournai résolument le dos à notre table et croisai les jambes.

— De toute façon, je sais bien à quoi m'en tenir.
— Ah bon ?

Je pris la paille de Chloé et la tordis entre mes doigts.

— Entre nous, c'est un peu pour ça que je l'ai choisi. Je veux dire... Je pars en septembre, je ne peux pas avoir de relation sérieuse. C'est parfait, comme ça. La fin est programmée. Pas de complications.

— Très bien, dit-elle.

Un coup de coude dans le dos lui fit légèrement perdre l'équilibre.

— Ça devrait toujours être aussi simple, pas vrai ? On se trouve un mec mignon en juin, on s'amuse jusqu'en août et on se quitte en septembre, libres comme l'air.

C'était si facile à dire, ça devait bien être vrai. Après tout, c'était ce que j'avais dit aussi de Jonathan et, avant lui, de tous mes flirts saisonniers. Pourquoi aurait-ce été différent ?

Elle acquiesça. À l'expression de son visage, je compris que ce n'était pas sa façon de voir. Mais elle avait un enfant, c'était différent. Enfin, dans les familles normales.

— Ouaip, ajoutai-je. Une histoire qui dure juste l'été. Pas de soucis. Pas d'engagement. C'est comme ça que j'aime les choses. De toute façon,

Damien n'est pas quelqu'un qu'on peut épouser, il ne sait même pas lacer ses chaussures !

Je me mis à rire. C'était tellement, tellement vrai !

Un silence suivit. Pas un silence embarrassé, mais pas vraiment confortable non plus. Elle consulta sa montre, puis leva les yeux derrière moi, dans la foule. Une expression de surprise se peignit sur son visage. Jean-Michel avait dû lui faire un signe.

— Écoute, il faut vraiment que j'y aille ou ma baby-sitter va me tuer. Tu peux dire à Jean-Michel que je le verrai demain ?

— Bien sûr. Pas de problème.

— Merci, Julie. À bientôt.

— À bientôt.

Je la suivis des yeux jusqu'à la porte. Elle disparut au moment où Jean-Michel tournait la tête vers nous. Trop tard, pensai-je. Je l'avais fait fuir. Julie la dure, Julie la mauvaise était de retour.

Marion réapparut soudain.

— Je suppose qu'on peut partir, maintenant ?

— Je te suis, déclara Chloé en s'affalant à côté de moi. Plus rien à espérer ici...

— Lisa ne s'en sort pas si mal, remarqua Marion.

Chloé se pencha et scruta le bar.

— C'est le premier type qui lui a adressé la parole quand on est entré ici. Si on lève pas l'ancre, elle sera fiancée avant minuit. Lisa !

Celle-ci sursauta.

— Oui ?

— On y va ! lança Chloé en glissant à bas de son tabouret et m'entraînant avec elle. On doit pouvoir trouver mieux à faire, ce n'est pas possible !

— Hé, les filles, protesta Lisa, une fois près de nous. J'étais en train de parler à quelqu'un...

— Recalé, trancha Chloé en lui jetant un regard.

Il fit un signe de la main et sourit. Le pauvre.

— Tu peux viser mieux.

— Mais il est bien, protesta Lisa. J'ai discuté avec lui toute la soirée !

— Justement, répliqua Marion. Ce qu'il te faut, c'est un bataillon, pas juste un seul. Pas vrai, Julie ?

— Vrai. Allons-y.

On allait sortir quand j'aperçus Jonathan. Il discutait avec le videur, près du flipper. Je l'avais revu plusieurs fois, de loin, mais c'était la première vraie rencontre. Je ralentis.

— Salut, Julie ! lança-t-il en m'effleurant le bras (typique).

En général, je faisais un pas de côté et me tenais à distance. Mais pas là. Il n'avait pas changé, il avait juste les cheveux plus courts et la peau plus bronzée. De toutes petites modifications qui ne se verraient déjà plus en septembre.

— Comment tu vas ?

— Bien, dis-je.

Chloé et Lisa me dépassèrent, mais Marion resta dans mon dos, comme pour me rappeler de ne pas perdre mon temps.

— Et toi ?

— Génial, déclara-t-il, un grand sourire aux lèvres.

Je me demandai soudain ce que je lui avais trouvé, à ce type, avec ses regards mielleux et son besoin de contact permanent. C'était lui qu'il aurait fallu recaler ! J'étais tombée très bas et je ne m'en étais même pas rendu compte. Mais Damien, finalement, ne valait pas beaucoup mieux.

— Jonathan ! m'exclamai-je, souriante, en m'approchant pour laisser passer deux filles. Toujours aussi modeste !

Il haussa les épaules, puis me toucha de nouveau le bras.

— Mais j'étais formidable, non ?

— Je ne dirais pas vraiment ça, protestai-je, toujours souriante. Il faut que j'y aille.

— Ouais, salut. On se reverra sûrement ! lança-t-il un peu trop fort. Tu vas où, après ? À la soirée à la Charmille ?

Je lui fis un signe de la main, puis m'enfonçai dans la nuit humide et épaisse, Marion sur les talons. Lisa avait rapproché sa voiture et, avec Chloé, elles nous attendaient, moteur ronflant.

— Très classe, commenta Marion en se faufilant sur la banquette arrière.

— Je lui ai juste dit deux mots !

Sans répondre, elle tourna la tête et baissa sa vitre.

Lisa embraya. Je savais que Damien se demanderait où j'étais partie, et qui était ce type, et pourquoi je lui avais souri. Les mecs étaient si prévisibles ! Et de toute façon, je ne faisais rien d'autre que lui rendre la monnaie de sa pièce. Il pouvait fricoter avec cette fille autant qu'il le voulait, mais il ne fallait pas non plus croire que j'allais rester tranquillement à l'attendre.

— Où on va ? s'enquit Lisa.
— À la Charmille. Y a une soirée là-bas.
— Ça, ça me plaît ! s'exclama Chloé.

Elle se pencha pour allumer la radio. On se serait cru au bon vieux temps : toutes les quatre, à nouveau en vadrouille. Quelques heures plus tôt, j'étais cette fille étrange, Miss Dévouée, celle qui réchauffe le banc des remplaçants pendant que les autres jouent. Mais c'était fini, et j'avais encore tout l'été devant moi.

On allait quitter le parking quand j'entendis une voix nous appeler. Chloé baissa la radio. Je réfléchis à ce que j'allais répondre à Damien, qui n'allait pas manquer de me demander pourquoi je partais et ce qui se passait, et comment j'allais pouvoir le convaincre que non, ce n'était pas de la jalousie. Car ce n'en était pas. Absolument pas.

La voix perça à nouveau. Je me retournai et scrutai la nuit à travers la vitre arrière. Ce n'était pas Damien, c'était le type avec qui Lisa avait passé la soirée. Il criait son nom, l'air embarrassé. La voiture quitta le parking et s'inséra dans la circulation.

Il était plus d'une heure quand Lisa me déposa au bout de l'allée. Je défis mes chaussures et traversai la pelouse, mon Coca light à la main. La soirée à la Charmille avait été un fiasco total. Le temps qu'on arrive, les flics étaient déjà passés et repartis. On avait rappliqué au Quik Zip et on avait siroté des Coca, assises sur le capot de la voiture de Lisa, en mangeant du pop-corn au beurre. Une bonne façon de terminer une soirée désastreuse.

C'était un vrai bonheur de marcher, pieds nus, sur la pelouse humide et fraîche. L'air était doux, le ciel étoilé, le voisinage silencieux et endormi. Un chien aboyait au lointain et le cliquetis de la machine à écrire perçait par la fenêtre du bureau de ma mère qui, comme tous ces derniers jours, était encore allumé.

— Salut !

Je me raidis. Il y avait quelqu'un, derrière moi. Une vague de chaleur me parcourut. Avant même que je comprenne, mon verre plein à ras bord quittait ma main et volait vers le type, au milieu de la pelouse. Mon tir était parfait, et le verre l'aurait percuté en plein visage s'il n'avait bougé à la dernière seconde. Au lieu de quoi, il s'écrasa contre la boîte aux lettres et se répandit sur le trottoir.

— C'est quoi, ton problème ? cria Damien.

— Mon problème ? aboyai-je en retour.

Mon cœur battait à se rompre. C'était moi, peut-être, qui rôdais dans les jardins à minuit passé ?

— Tu m'as fait la peur de ma vie !

— Non.

Il traversa la pelouse et me rejoignit, laissant des traces de pas sur la pelouse humide.

— Je ne te parle pas de ça, je te parle de tout à

l'heure. Quand tu es partie sans explications. À quoi ça rime, Julie ?

J'eus du mal à me ressaisir. Et à faire le deuil de mon Coca tout neuf.

— Tu étais occupé, dis-je en haussant les épaules. J'en ai eu marre d'attendre.

Il fourra les mains dans ses poches et me regarda.

— Non, déclara-t-il. Ce n'est pas ça.

Je lui tournai le dos, sortis mes clefs et les secouai pour trouver la bonne.

— Il est tard, je suis fatiguée. Je rentre me coucher.

J'enfonçai la clef dans la serrure. Il se rapprocha.

— C'est à cause de la chanson ? C'est pour ça que t'as piqué une crise et que t'es partie ?

— Je n'ai rien piqué du tout, rétorquai-je sèchement. J'ai juste pensé que tu étais assez occupé avec cette fille, je...

— Ah !

Il se recula, redescendit l'escalier et se mit à rire.

— C'est ça, alors ? Tu es jalouse ?

Très bien. S'il voulait la guerre, il l'aurait. Je fis volte-face.

— Je ne suis jamais jalouse.

— Vraiment ? Tu n'es pas humaine, alors.

Je haussai les épaules.

— Julie, arrête ! Je venais juste de te dire que j'en avais pour une seconde et, tout à coup, tu disparais. La minute d'après, je te vois en train de fixer un rendez-vous avec un ex. Ce qui est pour le moins bizarre, vu qu'on sort ensemble. En tout cas, c'est ce que j'imaginais.

Il était d'une telle mauvaise foi qu'il me fallut un moment avant de décider par quoi j'allais commencer.

— Tu vois, dis-je enfin, je t'attendais. Fred m'avait dit que tu étais en pleine négociation avec cette fille, mes copines partaient... Je suis partie avec elles.

— Fred, répéta-t-il. Que t'a-t-il dit d'autre ?

— Rien.

Il s'approcha à nouveau, passa la main dans ses cheveux, puis la laissa retomber le long de son corps.

— D'accord. Alors tout va bien.

— Exactement.

Je tournai la clef. J'allais ouvrir la porte quand il ajouta :

— Je t'ai entendue, tu sais.

La paume de la main sur le bois de la porte, je stoppai net. Je me voyais dans le petit carré vitré. Je le voyais aussi, derrière moi. Il grattait quelque chose du bout du pied, les yeux baissés.

— Tu as entendu quoi ?

— Quand tu parlais à Karen.

Il releva la tête et me regarda. Je me sentis incapable de lui rendre son regard.

— Je voulais te dire que j'en avais pour une minute, que ça serait bien si tu pouvais m'attendre. Je me suis approché et je t'ai entendue. Tu parlais de nous.

C'était donc pour ça que Karen avait eu l'air surprise. Je replaçai une mèche de cheveux derrière mon oreille.

— C'est bien de savoir à quoi s'en tenir, continua-t-il. Une histoire qui dure juste l'été, tout ça. Une fin programmée. Pas de souci. Un peu surprenant, je dois dire. Mais je devrais peut-être admirer ton honnêteté.

— Damien...

— Non, c'est bon. Ma mère disait toujours que je ferais un mari catastrophique, ça me fait un deuxième point de vue. En plus, c'est cool d'apprendre qu'on ne va nulle part. Ça rend les choses plus claires.

Je me retournai et le regardai.

— Qu'est-ce que tu croyais ? Qu'on passerait notre vie ensemble ?

— C'est les seules options possibles ? Tout ou rien ?

Il baissa la voix.

— Julie, c'est vraiment ce que tu crois ?

Peut-être, pensai-je. Peut-être bien.

— Écoute, dis-je, autant être honnête. Je pars à la fac. Toi, tu t'en vas avant la fin de l'été, peut-être après-demain, ou même encore plus tôt. Fred avait l'air de penser que vous pouviez partir demain.

— Fred est un abruti, rétorqua-t-il. Il t'a dit que je couchais avec toutes les filles, pas vrai ?

Je haussai les épaules.

— Ça n'a pas...

— Je le savais, coupa-t-il. Je savais qu'il y avait

du Fred derrière tout ça. La malédiction Fred. Qu'est-ce qu'il a dit ?

— Ça n'a pas d'importance.

Il poussa un soupir.

— Il y a un an, je suis sorti avec la fille qui engageait les groupes, dans une boîte de Virginia Beach. Ça s'est mal fini, et...

Je levai la main pour l'arrêter.

— Je m'en fiche. On ne va pas jouer au petit jeu des confessions, je ne pense pas que tu aurais envie d'entendre la mienne.

Il eut l'air surpris. Je réalisai soudain qu'il ne savait rien de moi. Nada.

— Pourtant, si.

Sa voix s'était faite plus douce, presque conciliante, comme s'il pensait qu'on pouvait encore tout réparer.

— C'est la différence entre toi et moi. Pour moi, ce n'est pas juste une affaire d'une semaine ou d'un mois, Julie. Je ne marche pas comme ça.

Une voiture ralentit en passant devant la maison. Le type au volant nous dévisagea avec insistance et je dus faire un violent effort sur moi-même pour ne pas lui montrer mon majeur.

— De quoi as-tu peur ? s'enquit-il en se rapprochant. Ça serait si terrible que ça de m'aimer vraiment ?

— Je n'ai pas peur. Ce n'est pas ça. C'est juste que c'est plus simple.

— Tu crois qu'on peut décider, là, comme ça, que tout ce qu'on vit cet été ne signifie rien ? Qu'on peut profiter l'un de l'autre et puis, quand tu t'en vas ou que je m'en vais, tout est fini, bye-bye ?

Dit comme ça, ça avait l'air complètement nul.

— J'ai tout fait pour pouvoir partir d'ici les mains libres. Je ne peux rien emporter avec moi.

— Ce n'est pas forcément un fardeau. Pourquoi tu penses ça ?

— Parce que je sais comment les choses finissent, Damien.

Je baissai la voix.

— Je sais à quoi mènent les grands engagements. Au début, c'est facile. C'est à la fin qu'on regrette.

— À qui tu crois parler ? s'exclama-t-il, incrédule. Ma mère a eu six maris ! La moitié du pays a fait partie de ma famille, à un moment ou à un autre !

— Je suis sérieuse, dis-je en secouant la tête. Ça ne peut pas être autrement. Je suis désolée, j'aurais dû te prévenir depuis le début. Je te laisserai tomber.

Il y eut un silence. Toutes ces théories, je les ressassais dans ma tête depuis des années, mais ça me faisait bizarre de les dire à voix haute. Comme si elles devenaient soudain réelles. Mon cœur dur et froid révélait son vrai visage. Mais c'était plus juste.

— Je sais pourquoi tu dis ça, reprit-il enfin, mais tu rates quelque chose. Quand ça marche, l'amour est un truc fabuleux. Pour de vrai. Ce n'est pas pour rien qu'il y a toutes ces chansons...

Je baissai la tête et examinai mes mains.

— Ce ne sont que des chansons, Damien. Ça ne veut rien dire.

Il fit quelques pas, se planta devant moi et prit mes mains dans les siennes.

— Tu sais, on a chanté ça parce qu'on était en train de tout gâcher. Lucas m'a entendu la fredonner l'autre jour, ça lui a donné des idées, il s'est pointé avec un nouvel arrangement... Personne ne pense que c'est lié à toi. Pour eux, c'est juste une chanson qui marche.

— Peut-être. Mais pas pour moi.

Je ressentis soudain cette sensation étrange, quand on sait que le plus dur est passé, qu'il ne reste plus qu'à échanger quelques plaisanteries, que le tour est joué.

— Écoute, déclara-t-il en caressant mon pouce avec le sien, ça aurait pu finir autrement, tous ces mariages, tout ça... Les rôles auraient pu être inversés...

— Peut-être.

Mais je ne pouvais pas imaginer croire à l'amour comme lui. Pas avec notre histoire commune. Il fallait être fou pour y croire encore après être passé par là.

Il se pencha, ma main toujours dans la sienne, et m'embrassa sur le front. Fermant les yeux, je pris de lui tout ce que j'avais appris à aimer : son odeur, ses hanches étroites, la douceur de sa peau contre la mienne. Tant de choses en si peu de temps.

— On se reverra, ajouta-t-il en se détachant. D'acc ?

Je hochai la tête.

Il serra ma main une dernière fois, puis la relâcha et traversa la pelouse. Ses pas laissèrent de nouvelles traces dans l'herbe humide : celles de tout à l'heure avaient déjà disparu, résorbées. Comme si rien ne s'était passé.

Je rentrai, gagnai ma chambre, enfilai un short et un tee-shirt et plongeai sous les draps. Ce sentiment, je le connaissais par cœur. J'en avais presque fait un concept : la solitude du petit matin. Les heures qui suivent une rupture sont les pires. Le monde paraît immense quand on se retrouve à l'arpenter seul.

C'était pour ça que j'avais pris l'habitude d'écouter la chanson, pour me changer les idées. Même si je n'avais pas avec elle une relation facile, c'était un repère. Dans la valse des beaux-pères, des petits copains et des maisons, seule cette part de moi-même restait immuable. La voix de mon père chantait toujours les mêmes mots, faisait les mêmes pauses, respirait aux mêmes endroits. Mais ce soir, je n'avais même plus ce recours. J'entendais résonner dans ma tête les intonations de Damien, moqueuses, tendres, différentes. Plus lourdes de sens et plus étranges que jamais.

Je revoyais sans cesse cette façon qu'il avait eue de m'embrasser sur le front. Jamais je n'avais connu une aussi belle rupture. Ce n'était pas plus facile à vivre, mais c'était toujours ça.

Je me retournai, enfonçai profondément la tête dans l'oreiller et fermai les yeux. J'essayai de me souvenir des chansons des Beatles, mon CD du moment, les vieux tubes des années 1980 qui avaient bercé mon enfance... En vain. La voix de Damien continuait à répéter ces mots que je connaissais trop bien. Elle dansait encore dans ma tête quand je m'endormis et, quand j'ouvris les yeux, c'était déjà le lendemain.

AOÛT

Chapitre 12

— Allez, les filles ! Qui veut du ThéRugir ?

Je regardai Lisa. Il faisait plus de 32 °C à l'ombre, le soleil brûlait et, à quelques mètres de là, un quatuor chantait *My old Kentucky home*. Aucun doute : on était en enfer.

— Pas moi, répondis-je, une fois de plus.

Depuis deux semaines qu'elle essayait de vendre un nouveau soda à la caféine, Lisa n'arrivait pas à se mettre dans la tête que je n'aimais pas ça. Et je n'étais pas la seule.

— C'est... ça... ça ressemble à de la limonade, déclara Chloé, diplomate, tout en faisant tourner dans sa bouche une minuscule gorgée. Avec un arrière-goût bizarre de Coca bon marché...

— Alors, qu'est-ce que t'en dis ? s'enquit Lisa, appliquée à remplir les verres en plastique alignés sur la table devant elle.

— Je trouve...

Chloé avala sa gorgée, puis laissa échapper une grimace.

— Beurk...

— Chloé ! s'exclama Lisa en relevant la tête. Sérieux !

Je protestai :

— Je te l'ai déjà dit, c'est immonde !

Elle fit celle qui ne m'entendait pas et continua à entasser les frisbees en plastique, les tee-shirts et les gobelets, tous frappés du logo de ThéRugir, une espèce de soleil jaune qui tournoyait sur lui-même.

— Tu le sais très bien, Lisa. Même toi, tu n'en bois pas !

— Ce n'est pas vrai, protesta-t-elle en ajustant son insigne, qui disait : *Bonjour, je suis Lisa ! Vous voulez rugir ?*

J'avais essayé de lui dire qu'on pouvait donner à ce message une interprétation qui n'avait rien à voir avec des échantillons, mais elle m'avait fait taire d'un geste. Elle était décidée à répandre le message de ThéRugir auprès de tous les buveurs de Coca du monde entier.

— Au contraire, ça se boit comme de l'eau. C'est incroyable !

J'aperçus une famille avec des gadgets Roger Davis Autos plein les mains. Mais ils continuèrent leur chemin sans s'arrêter. La table de Lisa n'attirait personne, en dépit de tous les bidules gratuits que Lisa et J.P., son collègue, pouvaient distribuer.

— Ballon ! Qui veut un ballon ThéRugir ?

lança-t-elle à la ronde. Échantillons gratuits ! Frisbees !

Elle en lança un à travers le parking, qui traça une ligne droite à travers les airs, puis s'écrasa sur la chaussée à trente petits centimètres d'une superbe Land Cruiser. Roger, qui négociait avec des clients du côté des Camry, jeta un regard dans notre direction.

— Désolée ! s'exclama Lisa en portant sa main à sa bouche.

— On se calme avec les frisbees, Hercule, lui glissa J.P. en attrapant un verre et en le portant à ses lèvres.

Lisa, rougissante, lui sourit d'un air reconnaissant. Je réalisai que Chloé avait vu juste : Lisa craquait pour J.P. ThéRugir, mon œil. Tu parles d'un prétexte !

La Toyotaffaire de Roger Davis Autos durait déjà depuis plusieurs semaines. C'était l'une des plus grosses foires de l'année, avec des jeux pour enfants, des voyantes, des glaces à l'italienne, un poney fatigué qui faisait des cercles autour du parking et, bien sûr, à votre droite, à l'ombre du showroom, la célèbre auteur de best-sellers, Barbara Starr.

Ma mère ne faisait jamais de promotion en dehors de la sortie d'un livre et là, elle était arrivée à un stade où, habituellement, rien ne pouvait la faire sortir de son bureau, et encore moins de la maison. Chris et moi, on avait l'habitude : on évitait de faire du bruit quand elle dormait (même s'il était quatre heures de l'après-midi) ou de gêner son passage lorsqu'elle traversait la cuisine en se parlant à elle-même. On savait qu'elle avait fini lorsque, après avoir poussé une dernière fois le chariot de sa machine, elle tapait dans ses mains et s'exclamait, emphatique :

— Merci !

Jamais elle n'était aussi proche de la religion que dans ce sentiment de gratitude.

Mais Roger ne comprenait rien. Pour commencer, il n'avait aucun respect pour le rideau de perles. Il entrait dans la pièce sans hésitation et posait les mains sur ses épaules, même quand elle était en train d'écrire. Ma mère se mettait alors à taper encore plus frénétiquement, dans l'espoir d'arriver à coucher sur le papier tout ce qu'elle avait dans la tête avant qu'il n'ait complètement interrompu le fil de sa pensée. Puis il montait prendre une douche et lui demandait de lui apporter une bière froide « dans cinq minutes, s'il te plaît, ma chérie ». Un quart d'heure plus tard, il l'appelait parce qu'il ne trouvait pas sa bière. Elle accélérait à nouveau, tentant d'écrire le plus de lignes possibles avant qu'il ne débarque une fois de plus, sentant l'after-shave, pour savoir ce qu'elle avait prévu à dîner.

Le plus étrange, c'est que ma mère acceptait. Elle était si amoureuse que devoir se glisser furtivement dans son bureau, aux premières lueurs du jour, pour pouvoir écrire, lui paraissait soudain normal. Avec ses précédents maris ou petits copains, elle s'en tenait à son planning et les sermonnait, comme elle nous avait sermonnés, sur ses « besoins créatifs » et la « gestion indispensable » du temps qu'elle passait dans son bureau. Elle semblait à présent disposée au compromis, comme si ce mariage était réellement le dernier.

Tandis que Chloé se dirigeait vers les toilettes, je gagnai la table que Roger avait fait installer pour ma mère. Sur une bannière placée dans son dos, de grosses lettres rouges formées par des cœurs clamaient : RENCONTREZ L'AUTEUR DE BEST-SELLERS BARBARA STARR ! Elle portait des lunettes de soleil et s'éventait avec un magazine, tout en discutant avec une femme qui portait un bébé sur la hanche.

— ... Mélina Kennedy est mon personnage préféré ! déclarait la femme en faisant passer l'enfant de l'autre côté. Vous avez tellement bien su exprimer sa souffrance quand Donovan et elle se séparent. Je ne pouvais pas m'arrêter de lire... Je voulais absolument savoir s'ils allaient se réconcilier !

— Merci infiniment, répondit ma mère, un sourire aux lèvres.

— Est-ce que vous travaillez sur un nouveau livre ?

— Oui.

Elle baissa la voix et ajouta :

— Je pense que vous devriez l'aimer. Le personnage principal ressemble beaucoup à Mélina.

— Ah ! s'exclama la femme. Je vais avoir du mal à attendre. Je vous assure !

— Myriam ! cria une voix de derrière la

machine à pop-corn. Viens voir une minute, s'il te plaît !

— C'est mon mari, déclara-t-elle. Je suis ravie de vous avoir rencontrée.

— Moi aussi.

La femme partit rejoindre son mari, un petit homme avec un bandana autour du cou, qui examinait le compteur d'un monospace. Ma mère la regarda s'éloigner, puis jeta un coup d'œil à sa montre. Roger avait décidé qu'elle devait rester trois heures, mais j'espérais qu'on partirait plus tôt. Je n'étais pas sûre de pouvoir supporter une autre chanson du quatuor.

— Tes lecteurs t'adorent...

— Je ne crois pas que mes lecteurs soient vraiment là. J'ai déjà eu deux personnes qui m'ont posé des questions sur les crédits et l'essentiel de mon travail ici, c'est d'expliquer où sont les toilettes.

Puis elle ajouta, d'une voix plus joviale :

— J'aime bien, ce quatuor. Tu le trouves comment, toi ?

Je me laissai tomber sur le bord du trottoir sans prendre la peine de répondre. Elle poussa un soupir en s'éventant.

— Il fait drôlement chaud. Tu pourrais me donner un verre de ton truc ?

Je jetai un regard à la bouteille que Lisa m'avait forcée à prendre.

— Tu vas le regretter.

— Ça m'étonnerait ! On crève, ici. Laisse-moi en prendre une gorgée !

Je haussai les épaules et lui tendis la bouteille. Elle dévissa le bouchon, la porta à ses lèvres et avala une belle gorgée. Puis elle fit une drôle de tête et me rendit la bouteille.

— Je te l'avais dit...

À cet instant, le camion blanc entra en cahotant dans le parking. La porte arrière s'ouvrit, Jean-Michel sauta sur le sol, ses baguettes sous les bras, bientôt suivi de Lucas en train de manger une clémentine. Ils commencèrent à décharger, tandis que Fred dégringolait du siège conducteur, claquait la porte et les rejoignait. Je vis enfin Damien, qui passait son tee-shirt au-dessus de sa tête. Il vérifia son reflet dans l'un des rétroviseurs, puis disparut de l'autre côté.

Ce n'était pas la première fois que je le revoyais. Le lendemain de notre rupture, alors que je faisais la queue au Jump Java pour le moka de Lola, il était entré, avait traversé la salle d'un pas décidé et s'était dirigé droit vers moi.

— J'ai pensé, déclara-t-il, sans bonjour, ni salut, ni quoi que ce soit, qu'on devrait rester amis.

Mon alarme interne se déclencha immédiatement. D'après la logique des ruptures que je prêchais depuis toujours, c'était impossible. Mais à voix haute, je répétai juste :

— Amis ?

— Amis. Ça serait ridicule de faire comme si on ne se connaissait pas ou comme si rien ne s'était passé. En fait, on devrait régler la question tout de suite.

Je jetai un regard à la pendule, au-dessus de la machine à espresso. 9 h 5.

— Tu ne crois pas qu'il est un peu trop tôt ?

— Justement ! s'exclama-t-il avec emphase (un type occupé à parler au téléphone releva la tête vers nous). On a cassé hier soir, pas vrai ?

— Oui, répondis-je en baissant la voix, dans l'espoir qu'il saisisse.

Peine perdue.

— Et aujourd'hui, qu'est-ce qui se passe ? On se retrouve. Et on va forcément se retrouver des milliards de fois avant la fin de l'été, puisqu'on travaille juste en face l'un de l'autre !

— C'est sûr.

C'était mon tour. Le type du comptoir me demanda si je voulais « comme d'hab » et je hochai la tête.

— Donc, poursuivit Damien, on devrait accepter que ce soit un peu bizarre mais, au moins, ça éviterait de faire semblant de ne pas se voir ou d'être mal à l'aise. Et si quelque chose nous gêne, on en parle tout de suite. Qu'en dis-tu ?

— Ça ne marchera pas.

— Pourquoi ?

— Parce qu'on ne peut pas décider, comme ça, de devenir amis alors qu'on est sortis ensemble, expliquai-je en attrapant des serviettes. C'est un mensonge. C'est un truc qu'on dit quand on veut continuer la relation. En fin de compte, il y en a toujours un qui espère et qui se retrouve encore plus blessé, parce que « amis », c'est toujours moins que ce qu'on était avant, et ça revient à rompre une deuxième fois. Mais en pire.

Il réfléchit un instant, puis déclara :

— D'accord. Tu as gagné. Et dans ton scénario, vu que c'est moi qui demande l'amitié, c'est moi qui serai à nouveau blessé. C'est ça ?

— Sans doute, dis-je en prenant le café de Lola, en ébauchant un « merci » en direction du serveur et en glissant un dollar dans la boîte à pourboires. Si ça se passe comme prévu, oui.

— Je vais te prouver que tu te trompes.

— Damien, protestai-je d'une voix douce en me dirigeant vers la porte. S'il te plaît !

C'était un peu dingue de se retrouver en train d'analyser la nuit précédente. J'avais l'impression que ce n'était pas notre histoire, qu'on était juste sur le banc de touche et qu'on faisait les commentaires.

— Écoute, insista-t-il, c'est important pour moi.

Il ouvrit la porte. Je me glissai sous son bras, attentive à ne pas renverser ma tasse.

— Je déteste les ruptures qui se passent mal. Je déteste la gêne, les discussions coincées... Avoir l'impression de ne pas pouvoir aller là où tu es... Pour une fois, j'aimerais bien m'épargner tout ça et qu'on se sépare en amis. Je suis sérieux.

Je le regardai. La veille, dans le jardin, j'avais redouté l'instant où je le reverrais. Je dois avouer que j'étais plutôt soulagée que ce soit déjà fait, que ce truc atrocement pénible qu'est La Première Rencontre soit presque passé. Une nouvelle case à cocher sur ma liste. La rupture efficace, tout un concept.

— Ce serait vraiment le défi des défis, dis-je en repoussant une mèche de cheveux.

— Exactement ! s'exclama-t-il, un sourire aux lèvres. Alors tu es d'accord ?

Étais-je d'accord ? Difficile à dire. Dans la théorie, ça avait l'air très joli. Je pressentais que, dans la pratique, un certain nombre d'imprévus viendraient gripper la belle mécanique. Mais je n'avais encore jamais refusé un défi.

— D'accord. Tu as gagné. On est amis.

— Amis, répéta-t-il.

On se tapa dans la main.

C'était il y a deux semaines. On s'était rencontrés plusieurs fois depuis et on était restés en terrain neutre : ce que ça donnait avec Rubber Records (pas grand-chose, mais il était question d'un Rendez-Vous) ou comment se portait Monkey (bien, mais il avait été victime d'une infestation de puces et c'était à qui se gratterait et râlerait le plus dans la maison jaune). On avait même déjeuné ensemble, une fois, sur le trottoir à côté de Photo Flash. On avait décidé qu'il fallait des règles et on en avait déjà fixé deux. Primo : éviter les contacts inutiles qui ne pouvaient qu'amener des problèmes. Deuzio : si quelque chose nous mettait mal à l'aise, on ne devait pas le garder pour soi, mais se l'avouer tout de suite, le dire, se confronter au problème et le résoudre.

Pas besoin de préciser que mes copines me trouvaient folle. Deux jours après la rupture, alors que j'étais avec elles au Bendo, Damien était venu discuter avec moi. Après son départ, je m'étais retrouvée face à une rangée de visages sceptiques et supérieurs. Comme si j'avais bu une bière en compagnie des douze apôtres.

— Oh toi, commença Chloé en me menaçant du doigt, ne me dis pas que vous avez décidé d'être amis !

— Pas vraiment...

Ma réponse ne fit que les atterrer davantage. Lisa, en particulier, qui avait passé une bonne partie de l'été à dévorer des livres que j'avais plus l'habitude de voir dans les mains de Marie-Anne, avait l'air terriblement déçue.

— Écoutez. On est plus faits pour être amis qu'amoureux. En plus, on est à peine sortis ensemble.

— Ça ne marchera pas, décréta Chloé en allumant sa cigarette. Ce truc d'amitié, c'est une béquille pour les faibles. Qui a dit ça ?

Je levai les yeux et scrutai le plafond.

— Ah, c'est vrai ! s'exclama-t-elle en claquant des doigts, c'est toi ! Comme tu as toujours dit que tu ne sortirais jamais avec un musicien...

— Chloé...

— ... ni avec un mec qui te court après, vu qu'il cessera de s'intéresser à toi dès que tu céderas...

— Tu peux changer de disque ?

— ... ni avec quelqu'un dont l'ex tourne toujours

autour, parce que si elle n'a pas compris le message, c'est qu'il ne l'a pas envoyé.

— Minute ! Là, je ne vois pas le rapport avec Damien !

— Deux sur trois, rétorqua-t-elle. J'ai gagné.

— Julie, déclara Lisa en me tapotant la main, ne t'en fais pas. Tu es humaine et tu fais des erreurs, comme nous. Dans le bouquin que je viens de lire, *Ce que l'amour peut et ce qu'il ne peut pas*, il y a tout un chapitre sur « comment on en vient à renier ses principes pour les hommes »...

— Je ne renie pas mes principes !

Je détestais sentir que j'étais passée, en l'espace d'un été, de celle qui donnait les conseils à celle qui les recevait.

Ce jour-là, Chloé et moi, on laissa ma mère aux mains d'une fan et on se dirigea vers un coin de pelouse, à la recherche de l'ombre. Truth Quad avait presque fini d'installer les micros. Roger nous avait annoncé, quelques jours plus tôt, qu'il les avait engagés pour un concert d'une heure où ils ne chanteraient que des tubes dans lesquels il était question de voitures, histoire de créer une ambiance festive et insouciante, genre conduite de vacances.

— Super. Bon. J'ai des projets pour nous, déclara Chloé, tandis que Truth Quad entamait *Baby you can drive my car*.

— Des projets ?

Elle hocha la tête.

— Des étudiants.

— Mm, dis-je en m'éventant de la main.

— Il s'appelle Matthieu, continua-t-elle, et il est en licence. Mignon, grand. Il veut être médecin.

— Franchement, je ne crois pas... Il fait trop chaud pour draguer...

Elle me regarda.

— Je le savais, déclara-t-elle en secouant la tête. Je le *savais*.

— Tu savais quoi ?

— T'es passée de l'autre côté !

— Hein ?

Elle croisa les chevilles, ôta ses chaussures et s'adossa sur les coudes.

— Tu prétends que tu es célibataire et que tu veux sortir avec nous comme avant...

— Bien sûr !

— Peut-être, mais chaque fois que je te propose un truc ou que j'essaie de te présenter à quelqu'un, tu refuses.

— Une fois, protestai-je. Parce que je n'aime pas les mecs qui font du roller.

— Deux fois, corrigea-t-elle, et la deuxième fois, c'était un mec hyper-mignon, grand, exactement ton genre... Alors ne me raconte pas d'histoires ! Je sais très bien où est le problème. Et toi aussi.

— Ah ouais ? Et c'est quoi ?

Elle tourna la tête et désigna l'estrade où Truth Quad jouait à fond la caisse. Deux gamins en tee-shirt ThéRugir dansaient à côté en sautillant.

— Ton « ami », là-bas.

— Arrête ! protestai-je, avec un geste de la main qui montrait à quel point c'était ridicule.

— Tu continues à le voir, déclara-t-elle en comptant sur ses doigts.

— On travaille à deux pas l'un de l'autre, Chloé !

— Tu discutes avec lui, continua-t-elle en levant un autre doigt. Je parie que tu es déjà passée devant chez lui alors que ce n'était pas sur ton chemin.

Pas question que je m'abaisse à répondre à un truc pareil.

On resta silencieuses un moment. Le groupe enchaînait sur un cocktail de chansons entraînantes, *Cars*, *Fun, fun, fun* et *Born to be wild*. Les chansons qui parlent de voiture ne sont pas si nombreuses et ils avaient l'air à court.

— Bon, repris-je, parle-moi de ces types.

Elle pencha la tête d'un air méfiant.

— Ne fais pas ça pour moi. Si tu n'es pas prête, ça se verra. Tu le sais aussi bien que moi. Ce n'est même pas la peine de venir.

— Dis toujours.

— Bon, d'accord. Ils sont tous en deuxième année et...

Je n'écoutais qu'à moitié. Truth Quad faisait traîner en longueur le thème de *Dead man's curve*, le virage de l'homme mort. Pas vraiment le genre de chanson qui donne envie d'aligner cinq chiffres pour une voiture flambant neuve, et Roger s'était sans doute fait la même réflexion, car il fixait Damien d'un air furieux. Le groupe s'arrêta alors que le virage commençait à devenir vraiment meurtrier et embraya, un peu maladroitement, sur *The little old lady from Pasadena*.

Entre deux couplets, Damien se tourna vers Jean-Michel et leva les yeux au ciel. Je ressentis à nouveau ce léger tiraillement, que je refoulai très vite. Je ne voulais pas risquer une nouvelle série de « Je te l'avais bien dit » de la part de Chloé. Il était temps de se ressaisir, avant que ma réputation n'ait subi de dommage irréparable.

— ... et on a fixé sept heures. On se retrouve au Rigoberto pour dîner. Les crackers sont gratuits, ce soir.

— D'accord, dis-je. Je viens.

J'avais oublié à quel point on peut s'emmerder avec des mecs.

Il était environ huit heures et demie et je mâchonnais un cracker rassis, assise face à Ivan, un type trapu aux cheveux longs, emmêlés et sales, que j'aurais payé une fortune pour qu'il ferme la bouche en mangeant.

— Rappelle-moi, dis-je à mi-voix à Chloé, qui se pelotonnait déjà contre le sien, le seul potable du lot. Où tu as dégoté ces mecs ?

— À Carrefour. Ils étaient en train d'acheter des sacs poubelle et moi aussi. Incroyable, non ?

Non. Ivan m'avait déjà dit que le jour où ils avaient rencontré Chloé, ils allaient ramasser des détritus. Leur club de jeux de rôle avait jeté son dévolu sur un tronçon d'autoroute qu'ils passaient un samedi par mois à nettoyer. Le reste du temps, ils élaboraient des sketches pour leur jeu « Alter Ego » et combattaient des trolls et des démons en lançant des dés. En une heure, j'en avais appris plus sur les Orcs, les Klingons et les Triciptiors (une race supérieure inventée par Ivan) que je n'avais jamais rêvé d'en savoir.

Le mec de Chloé, Ben, était mignon et, visiblement, elle n'était pas allée voir plus loin. Ivan était, disons, Ivan, et les jumeaux David et Daniel, qui portaient tous deux des tee-shirts Star Wars, avaient passé le repas à discuter films d'animation japonais sans adresser la parole ni à Lisa ni à Marion. Celle-ci dardait sur Chloé des regards assassins, tandis que Lisa se contentait de sourire poliment, l'esprit ailleurs (sans doute du côté de J.P.). Dire que c'était ça, sortir, s'éclater ensemble... Je réalisai qu'en quatre semaines, ça ne m'avait pas manqué une seule fois.

Après le repas, les frères Daniel et David rentrèrent chez eux, talonnés par Ivan, aussi enthousiasmés par nous que nous l'avions été par eux. Marion prétexta devoir coucher ses petits frères et, alors que Chloé et Ben restaient à table et se nourrissaient mutuellement de tiramisu, Lisa et moi, on se retrouva toutes seules.

— Et maintenant ? s'enquit-elle en grimpant dans ma voiture. Le Bendo ?

— Nan, dis-je. Si on allait plutôt chez moi pour regarder un film ?

— Bonne idée.

Alors que je m'engageais dans l'allée, la lumière des phares balaya la pelouse et je découvris ma mère, assise sur les marches du perron. Elle avait ôté ses chaussures et se tenait appuyée sur les coudes. Quand elle m'aperçut, elle se leva d'un bond et agita les bras. À la voir, on aurait pu croire qu'elle se trouvait sur un radeau au beau milieu de l'océan. Elle n'était jamais qu'à cinq mètres de moi, sur la terre ferme.

Je sortis de la voiture, suivie de Lisa, mais je n'avais pas fait deux pas qu'une voix, sur ma gauche, s'exclama :

— Enfin !

Je tournai la tête. C'était Roger, un maillet de croquet à la main. Il avait le visage rouge, sa chemise sortait de son pantalon et il avait l'air furieux.

— Qu'est-ce qui se passe ? demandai-je à ma mère, qui traversait la pelouse pour nous rejoindre.

— Il se passe, gronda Roger, que nous sommes coincés dans le jardin depuis une heure et demie ! Est-ce que tu sais combien de messages on a laissés sur ton portable ? Hein ?

Il me *hurlait* dessus. Je ne compris pas tout de suite. Ça ne m'était jamais arrivé. Jamais. Aucun de mes précédents beaux-pères n'avait jamais pris son rôle aussi à cœur, même quand Chris et moi avions encore l'âge d'être grondés. J'étais sans voix.

— Ne reste pas comme ça sans rien dire ! Explique-toi !

Lisa, nerveuse, fit un pas en arrière. Elle avait horreur des conflits. Dans sa famille, personne n'élevait jamais la voix. Même les disputes se réglaient d'un ton contenu, bienveillant, et toujours à l'intérieur.

— Roger, chéri, intervint ma mère en le rejoignant. Il n'y a aucune raison de s'énerver comme ça. Elle est là, maintenant, et elle peut nous faire entrer. Julie, donne-moi tes clefs.

Les yeux rivés sur lui, je ne fis pas un geste.

— J'ai dîné en ville, déclarai-je d'une voix calme. Je n'avais pas mon téléphone.

— On t'a appelée six fois ! Tu as une idée de l'heure qu'il est ? J'ai une réunion commerciale à sept heures, j'ai autre chose à faire !

— Roger, s'il te plaît, insista ma mère en lui prenant le bras. Calme-toi.

— Comment avez-vous pu revenir ici sans vos clefs ?

— Eh bien, commença-t-elle, on...

— On est rentrés avec un nouveau modèle ! aboya Roger, et ce n'est pas la question. On vous a laissé des messages, à toi et à ton frère, et on n'a pas eu une seule réponse ! Ça fait plus d'une heure qu'on est là ! On était sur le point de casser une de ces foutues fenêtres...

— Mais elle est là, maintenant ! s'exclama ma mère d'un ton joyeux. Elle va nous donner ses clefs, on va entrer, tout va aller très...

— Barbara, pour l'amour du ciel, ne m'interromps pas quand je parle ! Bon sang !

Un grand silence se fit. Je ressentis envers ma mère un élan de protection comme je n'en avais pas ressenti depuis des années : d'ordinaire, c'était moi qui lui criais après ou, plus souvent, regrettais de ne pouvoir le faire. Mais, quelle qu'ait été ma colère envers elle, il y avait toujours eu une ligne claire, pour moi du moins, qui séparait la famille des hommes qui partageaient sa vie. Cette ligne, Roger ne la voyait peut-être pas, mais moi, si.

— Ho ! lançai-je à Roger, tu ne lui parles pas comme ça !

— Julie, chérie, donne-moi tes clefs, déclara ma mère en me touchant le bras. D'accord ?

— Toi... commença Roger en pointant le doigt vers moi.

Je fixai son gros doigt. Tout le reste (Lisa, ma mère en train de supplier, l'odeur de cette nuit d'été) disparut.

— ... tu as besoin d'apprendre le respect, ma petite !

— Julie... murmura Lisa dans un souffle.

— Et toi, répliquai-je, tu as besoin d'apprendre à respecter ma mère. Tout est de ta faute et tu le sais très bien. Tu as oublié tes clefs, tu t'es retrouvé bloqué dehors. Point final.

Il respirait bruyamment. Lisa reculait le long de l'allée dans l'espoir, peut-être, de disparaître complètement.

— Julie, répéta ma mère. Les clefs...

Je les sortis de ma poche, les yeux toujours rivés sur Roger, et les tendis à ma mère. Elle se dépêcha de les prendre et remonta la pelouse. Il continuait à me regarder. Il croyait peut-être pouvoir me faire céder. Il avait tort.

La lumière de la véranda s'alluma soudain. Ma mère frappa dans ses mains.

— Ça y est ! lança-t-elle. Tout est bien qui finit bien !

Roger lâcha le maillet, qui tomba sur le sol dans un bruit sourd. Puis il me tourna le dos, remonta l'allée à grandes enjambées, passa devant ma mère sans écouter ce qu'elle lui disait et disparut dans l'entrée. Un instant plus tard, on entendait une porte claquer.

— On dirait un bébé, dis-je à Lisa, prétendument occupée à lire la nouvelle inscription STARR/DAVIS sur la boîte aux lettres.

— Il était vraiment furieux, Julie.

Elle se rapprocha d'un air prudent, comme si elle craignait de le voir jaillir pour un deuxième round.

— Tu aurais peut-être dû dire que tu étais désolée...

— Désolée de quoi ? De ne pas être télépathe ?

— Je ne sais pas. Ça aurait rendu les choses plus faciles.

Je levai les yeux vers la maison. Ma mère était toujours sur le pas de la porte, la main sur la poignée, et regardait en direction de la cuisine, là où Roger avait disparu.

— Hé, lançai-je, c'est quoi son problème ?

Je crus l'entendre répondre quelque chose, de loin, mais elle referma légèrement la porte et me tourna le dos. Je me sentis très bizarre, comme si la distance qui nous séparait était soudain devenue immense. Comme si cette fameuse ligne, que je trouvais si claire, avait soudain dévié, ou n'avait jamais été là où je la croyais.

— Maman, criai-je, ça va ?
— Ça va. Bonne nuit, Julie.
La porte se referma.

— Je te jure, dis-je à Marion, c'était l'horreur.
Lisa, qui se trouvait face à moi, acquiesça.
— Affreux, commenta-t-elle. Épouvantable.
Marion avala une gorgée de Coca, puis serra son pull sur ses épaules. On était allées frapper à sa fenêtre juste après avoir quitté ma mère. J'avais décidé que je ne passerais pas la soirée sous le même toit que Roger et son mauvais caractère. En outre, j'avais l'impression étrange d'avoir été trahie. Ma mère et moi avions longtemps fait partie de la même équipe et elle me lâchait soudain pour un type qui me menaçait du doigt et exigeait un respect qu'il n'avait rien fait pour mériter.

— C'est classique, déclara Marion. Cette façon de vouloir tout régenter : c'est MA maison, c'est MOI qui décide... C'est très masculin. Très papa-esque.
— Ce n'est pas mon père.
— C'est une histoire de domination, renchérit Lisa. C'est comme pour les chiens. Il a voulu te montrer que c'était lui le chef de meute.

Je la regardai.

— C'est toi le chef, bien sûr, ajouta-t-elle précipitamment, mais il ne le sait pas encore. Il te teste.

— Je ne veux pas être le chef, marmonnai-je. Je ne suis pas un chien, un point c'est tout.

— C'est bizarre que ta mère supporte ça, fit Marion d'une voix pensive. Ce n'est pas son genre. Vous êtes pareilles, toutes les deux, pour ça.

— Je pense qu'elle a peur, dis-je.

Elles se tournèrent vers moi, surprises. Je m'étais surprise moi-même. J'avais découvert ce que je pensais en le formulant à voix haute.

— Je veux dire qu'elle a peur de se retrouver seule. C'est son cinquième mariage, et si ça ne marche pas...

— ... en plus, tu t'en vas, compléta Lisa. Et Chris va bientôt se marier...

Je poussai un soupir et enfonçai la paille dans mon Coca.

— ... elle croit que c'est sa dernière chance, continua Lisa en ouvrant le paquet de Skittles qu'elle venait d'acheter et en en jetant un rouge dans sa bouche. Elle veut tout faire pour que ça marche. C'est peut-être pour ça qu'elle prend son parti plutôt que le tien. Parce que c'est avec lui qu'elle va passer le reste de sa vie.

Marion, qui s'attendait à me voir réagir, me surveilla du regard.

— Bienvenue dans l'âge adulte, déclara-t-elle. Ça craint autant que le lycée.

— C'est bien pour ça que je ne crois pas à l'amour. C'est juste une béquille. Pourquoi supporte-t-elle ses manières de bébé ? Elle croit qu'elle a besoin de lui ou quoi ?

— Eh bien, commença lentement Lisa, peut-être qu'elle a *vraiment* besoin de lui...

— J'en doute. S'il déménageait demain, je parie qu'elle aurait quelqu'un d'autre en vue avant la fin de la semaine...

— Je pense qu'elle l'aime, insista-t-elle. Aimer quelqu'un, c'est avoir besoin de lui. C'est supporter ses défauts parce que, d'une certaine manière, ils vous complètent.

— L'amour est une mauvaise excuse pour supporter des choses qu'on ne devrait jamais supporter, rétorquai-je, ce qui fit rire Marion. C'est comme ça qu'on se fait avoir. L'amour dérègle la balance : les choses qui devraient peser lourd paraissent légères. C'est une escroquerie. Un piège.

— D'accord, déclara Lisa en se redressant. Alors parlons des lacets défaits.

— Hein ?

— Damien. Ses lacets étaient toujours défaits. Vrai ou faux ?

— Qu'est-ce que Damien vient faire là-dedans ?

— Réponds à ma question.

— Je ne me souviens pas.

— Si, tu t'en souviens. Et si, ils étaient défaits. Il était maladroit, sa chambre était un vrai foutoir, il n'avait aucune organisation et il mangeait dans ta voiture.

— Il mangeait dans ta voiture ? s'exclama Marion, incrédule. Vrai de vrai ?

— Juste une fois, répliquai-je, prétendant ignorer l'expression « Alléluia, c'est un miracle » qui se lisait sur son visage. Où tu veux en venir ?

— Je veux en venir au fait que si ç'avait été n'importe qui d'autre, tu l'aurais envoyé balader illico. Mais avec Damien, tu acceptais.

— Pas du tout.

— Bien sûr que si, rétorqua-t-elle en vidant son paquet de Skittles dans le creux de sa main. Et pourquoi, à ton avis, es-tu passée par-dessus tout ça ?

— Sûrement pas par amour !

— Mais tu aurais peut-être pu l'aimer.

— Ça m'étonnerait.

— Moi aussi, confirma Marion. Mais bon. Si tu l'as vraiment laissé manger dans ta voiture, tout est possible.

— Tu étais différente, avec lui, insista Lisa. Il y avait quelque chose, chez toi, que je n'avais jamais vu avant. Peut-être de l'amour...

— Ou du désir, suggéra Marion.

— Ça, peut-être, dis-je en m'adossant sur mes coudes. Mais je n'ai jamais couché avec lui.

Marion haussa les sourcils.

— Ah bon ?

Je secouai la tête.

— Presque. Mais non.

La nuit où il m'avait joué de la guitare et où il avait fredonné la chanson de mon père, j'aurais été d'accord. Ça faisait déjà plusieurs semaines qu'on sortait ensemble, un record. Mais au moment où on s'étaient retrouvés l'un contre l'autre, il s'était légèrement reculé, avait pris mes mains et les avait serrées contre sa poitrine. C'était subtil mais clair : pas encore, pas maintenant. Je m'étais demandé ce qu'il attendait, mais je n'avais jamais eu l'occasion de lui poser la question. Et maintenant, c'était trop tard. Je ne saurais jamais.

Lisa claqua des doigts, aussi heureuse que si elle avait découvert l'uranium.

— Ça, c'est une preuve !
— Une preuve de quoi ?
— En temps normal, tu aurais couché avec lui. Aucun doute.

Je la menaçai du doigt.

— Attention ! J'ai changé !
— Mais là, tu l'aurais fait, pas vrai ? insista Lisa avec une assurance nouvelle. Tu le connaissais bien, tu le trouvais sympa, tu sortais avec lui depuis un moment... et tu n'as rien fait. Pourquoi ?
— Aucune idée.
— Parce que justement, déclara-t-elle, très solennelle, cette fois, ça voulait dire quelque chose. Ce n'était pas juste « un mec pour une nuit, et basta ». C'est ça, le changement que j'ai remarqué chez toi. On l'a toutes remarqué. Là, ç'aurait eu un autre sens, et ça t'a fait peur.

Je jetai un regard à Marion. Elle se grattait le genou, visiblement décidée à ne pas participer au débat. Qu'est-ce que Lisa pouvait en savoir ? C'était Damien qui n'avait pas voulu aller plus loin, pas moi. C'est vrai que je n'avais pas non plus insisté et qu'il y avait eu d'autres occasions... Mais ça ne voulait rien dire. Absolument pas.

— Tu vois ? s'exclama Lisa, très contente d'elle. Tu ne trouves rien à dire.

— Pas du tout. Je n'ai jamais rien entendu d'aussi stupide.

— Avec Damien, reprit-elle d'une voix calme, tu es allée très près de l'amour, Julie. De l'amour vrai. Au dernier moment, tu as esquivé. Mais tu étais très près. Vraiment près. Tu aurais pu tomber amoureuse.

— Sûrement pas. Jamais de la vie.

En rentrant chez moi, je découvris, comble de l'ironie, que j'étais bloquée dehors. J'avais donné mes clefs à ma mère, et oublié de les lui redemander. Par chance, Chris était dans la cuisine. Je frappai donc à la fenêtre au-dessus de l'évier. Il fit un bond d'un mètre de haut et poussa un cri d'écolière, deux choses qui me consolèrent d'avoir eu à tâtonner dans le noir et à me débattre avec un buisson épineux.

— Salut, lança-t-il, très nonchalant et très cool, comme si de rien n'était. Où sont tes clefs ?

— Quelque part là-bas, dis-je en bloquant la porte pour l'empêcher de claquer. Maman et Roger se sont retrouvés dehors, tout à l'heure.

Je l'informai des détails sordides de la soirée, tandis qu'il dévorait un sandwich au beurre de cacahuète (des entames, comme d'habitude) en hochant la tête et en levant les yeux au plafond quand il le fallait.

— Pas possible, déclara-t-il quand j'eus fini.

Je lui fis signe de se taire et il baissa la voix. Les murs de cette maison, nous le savions d'expérience, n'étaient pas épais.

— Quel malade ! Il lui a crié dessus ?

Je hochai la tête.

— Pas d'une façon violente. Plutôt comme un sale môme.

Il baissa les yeux sur le croûton qu'il tenait encore à la main.

— Ça ne m'étonne pas, c'est un vrai bébé. Et la prochaine fois que je bute sur une de ces canettes de Nesvital dans la véranda, je le lynche. Avec son lacet.

Je ne pus retenir un sourire. Dans ces moments-là, je sentais à quel point j'aimais mon frère. On partageait la même histoire, et personne ne pouvait comprendre d'où je venais aussi bien que lui.

Il sortit un pack de lait du réfrigérateur et se versa un verre.

— Chris ?

— Ouais ?

Je m'assis sur le rebord de la table. En passant la main sur la surface, je sentis sous mes doigts de petits grains de sucre. Ou de sel.

— Comment tu as décidé d'aimer Marie-Anne ?

Il me regarda, puis avala en faisant ce genre de bruit qui faisait hurler ma mère quand on était mômes, et qui donnait l'impression qu'il avalait un caillou.

— Décidé d'aimer ?

— Tu sais bien ce que je veux dire !

Il secoua la tête.

— Non. Aucune idée.

— Comment tu as su que c'était un risque qui en valait la peine ?

— Ce n'est pas un investissement financier, Julie, protesta-t-il en replaçant le lait dans le frigo. Ce n'est pas une question mathématique.

— Ce n'est pas ce que je veux dire.

— Qu'est-ce que tu veux dire ?

Je haussai les épaules.

— Je ne sais pas. Oublie.

Il posa son verre dans l'évier, puis fit couler de l'eau.

— Tu veux dire : pourquoi je l'aime ?

Je ne me sentais pas vraiment capable de continuer la discussion.

— Non. Je veux dire : quand tu t'es demandé si oui ou non, tu avais envie de courir le risque, tu sais, de souffrir, si tu allais plus loin avec elle. Tu as pensé à quoi ? À toi ?

Il haussa un sourcil.

— Tu as bu ?

— Non, aboyai-je. Je rêve ! C'est une question simple !

— Bon, d'accord. Tellement simple que je ne comprends même pas ce que tu veux dire.

Il éteignit la lumière au-dessus de l'évier, puis s'essuya les mains dans un torchon.

— Tu veux savoir si je me suis demandé si oui ou non, je voulais tomber amoureux d'elle ? Est-ce que ça se rapproche ?

— Laisse tomber. Je ne sais pas moi-même ce que je cherche. À demain.

Je me dirigeai vers l'entrée. Je vis que mes clefs m'attendaient sagement sur la petite table, près de l'escalier, et les glissai dans ma poche arrière.

J'avais le pied sur la deuxième marche quand Chris apparut sur le pas de la porte.

— Julie...
— Ouais ?
— Si tu veux savoir si je me suis demandé si oui ou non, je voulais tomber amoureux d'elle, la réponse, c'est non. Pas du tout. C'est arrivé, c'est tout. Je ne me suis pas posé de question. Le temps que je comprenne ce qui se passait, c'était déjà trop tard.

Je restai figée sur la deuxième marche.

— Je ne comprends pas.
— Qu'est-ce que tu ne comprends pas ?
— Tout.

Il haussa les épaules, éteignit la dernière lumière de la cuisine, puis me frôla en montant l'escalier.

— Ne t'inquiète pas. Un jour, tu comprendras.

Il disparut sur le palier et, une seconde plus tard, sa porte se referma. Je l'entendis baisser la voix pour son rendez-vous téléphonique obligé avec Marie-Anne, le dernier « au revoir » de la journée.

Je me lavai le visage, me brossai les dents, puis m'arrêtai devant la porte entrouverte de la pièce aux lézards.

La plupart des cages étaient éteintes. Le minuteur était réglé pour qu'elles s'allument et s'éteignent selon des cycles précis, sans doute pour faire croire aux lézards qu'ils se trouvaient encore au soleil, sur des pierres désertes, et pas dans une cage, dans un cagibi reconverti. Mais, à l'autre bout de la pièce, sur une étagère à mi-hauteur, une lumière était allumée.

C'était une cage en verre au sol couvert de sable. Il y avait des branchettes et, sur l'une d'entre elles, deux lézards. En m'approchant, je vis qu'ils étaient enlacés. Mais ça n'avait rien d'un accouplement, de ce qu'on appelle « les lois de la nature ». Le geste était presque tendre, si l'on peut dire, comme s'ils se tenaient l'un l'autre. Ils avaient les yeux fermés et je pouvais voir leurs côtes se dessiner sous la peau chaque fois qu'ils reprenaient leur souffle.

Je m'agenouillai près de la cage et pressai mon index contre le verre. Le lézard du haut ouvrit les yeux et me regarda, sans ciller. Ses pupilles élargies fixaient mon index.

Je savais que ça ne voulait rien dire. Ce n'étaient que des lézards, des animaux à sang froid, à peine plus intelligents que des vers de terre. Mais il se dégageait d'eux quelque chose de tellement humain que, soudain, tous les événements de ces dernières semaines défilèrent dans ma tête : la rupture avec

Damien, le visage soucieux de ma mère, le doigt de Roger pointé sur moi et, enfin, Chris en train de secouer la tête, incapable de mettre des mots sur ce qui me paraissait, à moi, le plus simple des concepts. On en revenait toujours à la même chose : l'amour ou le manque. Que préfère-t-on ? Prendre le risque de tomber amoureux, faute de mieux, ou rester en retrait, se retenir, protéger son cœur d'une poigne de fer ?

Je regardai le lézard, me demandant si je ne devenais pas folle. Il me rendit mon regard puis, ayant visiblement décidé que, non, je n'étais pas une menace, il referma les yeux. Je me penchai plus avant, mais la lumière diminuait et, avant que j'aie eu le temps de comprendre comment, je me retrouvai dans le noir le plus complet.

Chapitre 13

— Julie, mon chou, tu peux venir une minute, s'il te plaît ?

Je reposai la pile de factures que j'étais en train d'enregistrer, me levai et pénétrai dans la salle de manucure/pédicure où Amanda, notre meilleure manucure, nettoyait son espace de travail. Lola, debout derrière elle, jouait avec une paire de ciseaux.

— Qu'y a-t-il ? demandai-je, méfiante.

— Assieds-toi, me dit Amanda.

En moins de temps qu'il n'en faut pour le dire, Talinga s'était faufilée derrière moi, m'avait fait asseoir en m'appuyant sur les épaules et m'avait passé une cape autour du cou.

— Minute ! protestai-je, tandis qu'Amanda s'emparait de mes mains et les posait, aussi rapide que l'éclair, sur une table entre elle et moi.

Elle écarta mes doigts et se mit à polir mes ongles d'un geste rapide et efficace.

— Juste une petite retouche rapide, déclara Lola d'un ton doucereux. Un soin des ongles, une petite coupe, une touche de maquillage...

— Pas question, m'exclamai-je, jaillissant du siège. Tu ne touches pas à mes cheveux !

— Juste un rafraîchissement !

Elle me repoussa vers le fauteuil d'un geste sec.

— Quelle fille ingrate ! La plupart des femmes seraient prêtes à payer une fortune pour ça ! Et toi, tu y as droit *gratuitement* !

— Je parie que non, marmonnai-je, ce qui les fit rire. Qu'est-ce que ça cache ?

— Ne bouge pas les mains ou je vais couper plus que la cuticule ! me menaça Amanda.

— Ça ne cache rien du tout, rétorqua Lola d'une voix joyeuse. C'est un bonus.

Je pris sur moi de ne pas hurler en entendant le petit bruit des ciseaux près de mes oreilles. Ce n'était pas une blague, elle me *coupait* les cheveux !

J'observai Talinga qui testait les rouges à lèvres sur le dos de sa main et me lançait des coups d'œil pour juger de la couleur.

— Un bonus ?

— Un petit plus, un cadeau !

Lola fit entendre son rire tonitruant.

— Un cadeau spécial pour notre petite Julie.

— Un cadeau ? répétai-je, méfiante. Qu'est-ce que c'est ?

— Devine, répondit Amanda dans un sourire, tout en commençant à appliquer une couche régulière sur mon auriculaire.

— C'est plus grand qu'une boîte à pain ?
— Je te crois ! s'exclama Lola.

Elles éclatèrent d'un rire hystérique, comme si c'était la chose la plus drôle qu'elles aient jamais entendue.

— Dites-moi ce qui se trame, fis-je d'un air sévère, sinon je m'en vais. Et j'en suis capable !

Elles continuaient à glousser, incapables de se contenir. Puis Talinga prit une respiration profonde et déclara :

— Julie, mon cœur, on t'a trouvé un *homme*.
— Un homme ? C'est pas vrai... Moi qui croyais que c'était du maquillage gratuit ou un truc comme ça... Quelque chose dont j'aie vraiment besoin...

— Tu as besoin d'un homme, rétorqua Amanda en passant à l'ongle suivant.

— Non, protesta Talinga, c'est moi qui ai besoin d'un homme. Julie a besoin d'un garçon.

— Un garçon bien, corrigea Lola, et aujourd'hui, c'est ton jour de chance : on t'en a trouvé un !

— Laisse tomber, rétorquai-je, tandis que Talinga, penchée sur moi, me tamponnait le visage avec un gros pinceau. C'est celui dont tu m'as déjà parlé, c'est ça ? Le bilingue aux belles mains ?

— Il sera là à six heures, continua Lola, sans prêter aucune attention à ce que je venais de dire. Il s'appelle Paul, il a dix-neuf ans et il s'imagine qu'il vient chercher des échantillons pour sa mère. Mais dès qu'il va te voir, avec tes beaux cheveux...

— Et ton maquillage, ajouta Talinga.

— Et tes ongles, compléta Amanda. Mais seulement si tu arrêtes de gigoter, nom d'un chien !

— ... Il va tomber raide amoureux, acheva Lola.

Elle donna deux derniers coups de ciseaux, puis passa la main dans mes cheveux pour vérifier son œuvre.

— Mon Dieu, tes pointes sont toutes abîmées ! C'est moche !

— Et qu'est-ce qui vous fait croire que je vais marcher ?

— Parce qu'il est beau, commença Talinga.

— Parce que ce serait dommage, continua Amanda.

— Parce que, conclut Lola en me retirant la cape, tu es libre.

Je dus reconnaître qu'elles n'avaient pas exagéré. Paul était beau. Il était même drôle. Il prononça mon nom sans faire de faute, me serra la main d'un geste ferme (je pus voir qu'il avait vraiment de belles mains) et ne prit pas mal le fait que notre rencontre avait, de toute évidence, été arrangée. Quand Lola déclara qu'elle avait « justement » un bon pour mon restaurant mexicain préféré, qu'elle était soudain certaine de ne jamais utiliser, il me jeta un regard hésitant.

— As-tu l'impression, comme moi, que les choses nous échappent ?

— C'est sûr, dis-je. Mais c'est toujours un dîner gratuit.

— C'est vrai. C'est un bon point. Mais ne te sens surtout pas obligée...

— Toi non plus.

On resta un instant sans rien dire. Dans la pièce voisine, Lola, Talinga et Amanda faisaient si peu de bruit qu'on entendit un estomac gargouiller.

— Allons-y, proposai-je. Profitons-en, après tout.

— D'accord, dit-il, un sourire aux lèvres. Je passe te prendre à sept heures ?

J'écrivis mon adresse sur une carte du salon, puis le suivis des yeux tandis qu'il regagnait sa voiture. Il était mignon et j'étais célibataire. Ça faisait trois semaines qu'on n'était plus ensemble, Damien et moi, et on avait presque réussi l'impossible, nouer une relation d'amitié. Et voilà que se présentait une occasion superbe. Pourquoi la laisser filer ?

Une des réponses possibles se présenta à moi alors que je me dirigeais vers ma voiture. Comme j'étais occupée à fouiller mon sac à la recherche de mes clefs et de mes lunettes de soleil, je ne vis pas Damien sortir de Photo Flash et traverser le parking. Mais j'entendis soudain un clic et je levai la tête. Il se tenait devant moi, un appareil photo jetable à la main.

— Salut ! lança-t-il en armant l'appareil d'un doigt.

Il le porta à nouveau devant ses yeux et se pencha légèrement en arrière pour m'avoir sous un autre angle.

— Ouah, t'es belle ! T'as un rancart ?

J'hésitai. Il appuya sur le bouton. Clic.

— Eh bien, en fait...

Il se figea, immobile derrière l'objectif, sans armer l'appareil ni rien. Puis il l'abaissa et se frappa le front.

— Oups ! Mince, alors. Désolé.

— C'est un rendez-vous arrangé, ajoutai-je précipitamment. Lola...

— Tu n'as pas besoin de te justifier, protesta-t-il en armant le film. Clic clic clic. Tu sais bien...

Il y eut alors ce silence, bien trop long pour une discussion normale.

Il haussa les épaules d'un geste vif, comme pour effacer ce qui venait de se passer, puis ajouta :

— C'est pas grave. C'est un défi, après tout, pas vrai ? Personne n'a jamais dit que ce serait facile...

Je baissai les yeux vers mon sac et réalisai soudain que mes clefs étaient dans la poche arrière de mon jean. Je les sortis, soulagée d'avoir un prétexte pour m'occuper les mains.

— Alors, reprit-il d'une voix tranquille, en prenant une photo de la vitrine du Dolce Vita. C'est qui ?

— Damien, franchement...

— Non. Je veux dire, c'est de ça que discutent des amis, pas vrai ? C'est une simple question. Pas plus, pas moins, que si on parlait du temps qu'il fait...

Je réfléchis. Il n'avait pas tort. On savait bien dans quoi on s'était engagés : manger dix bananes non plus, ce n'était pas facile.

— C'est le fils d'une cliente. Je l'ai rencontré pour la première fois il y a vingt minutes.

— Ah, fit-il en se balançant sur ses talons. Une Honda noire ?

Je hochai la tête.

— D'accord. Je l'ai vu, alors.

Il arma le film.

— Ça m'a l'air d'être un jeune homme très bien.

Un jeune homme très bien, me répétai-je à moi-même. On aurait dit qu'il parlait d'un candidat à la présidence du conseil étudiant ou d'un type qui proposait d'aider une grand-mère à traverser la rue.

— C'est juste pour dîner, dis-je, alors qu'il prenait une photo incongrue de mes pieds. C'est quoi, cet appareil ?

— Un lot défectueux. Un type a laissé un carton dehors au soleil. Ils sont tous faussés. La direction a dit qu'on pouvait les prendre si on voulait. C'est comme pour les clémentines, tu vois. On ne peut pas refuser un truc gratuit.

— Mais tu es sûr que tu vas pouvoir faire tirer les photos ?

Je venais de remarquer que l'appareil était déformé et tordu, comme la cassette vidéo que j'avais malencontreusement laissée sur le tableau de bord, l'été dernier. Je doutais qu'il réussisse même à sortir le film. Quant à le faire développer...

— Ch'ais pas, dit-il en prenant une autre photo. Peut-être. Ou peut-être pas.

— Je ne pense pas. La pellicule a sûrement fondu.

— Mais peut-être pas, rétorqua-t-il en tendant le bras et se prenant lui-même en photo, souriant. Peut-être qu'elle est encore bonne. On ne peut pas savoir avant de la développer.

— Et si tu perds ton temps pour rien ? protestai-je. Pourquoi tu te fatigues ?

Il baissa l'appareil photo et me regarda : pas à travers l'objectif ou de côté, vraiment en face. Juste lui et moi.

— C'est toute la question, hein ? Tout le problème. Moi, je pense qu'on pourra les tirer. D'accord, elles ne seront sans doute pas parfaites. Elles seront peut-être floues, ou coupées au milieu, mais ça vaut le coup d'essayer. C'est ma façon de voir, en tout cas.

Je clignai des paupières, immobile, tandis qu'il prenait une nouvelle photo de moi. Je le regardai droit dans les yeux, histoire de lui montrer que j'avais parfaitement saisi sa petite métaphore.

— Je dois y aller.

— Bien sûr, dit-il dans un sourire. À plus tard.

Il fourra l'appareil dans sa poche arrière et se faufila entre les voitures. Certes, les photos pouvaient être bonnes et il aurait alors de magnifiques clichés de mon visage, de mes pieds ou encore de l'institut. Mais peut-être seraient-elles noires, complètement noires, sans même le contour d'un visage ou d'une silhouette. C'était tout le problème. Moi, je ne voulais pas perdre mon temps avec des trucs aussi bizarres, alors que lui, il adorait. Il était attiré par le risque comme les chiens par les odeurs et il se précipitait, excité par ce qu'il allait découvrir, sans jamais réfléchir de façon rationnelle et logique. Heureusement qu'on n'était seulement amis, si encore on pouvait l'être. Ça n'aurait jamais marché. Aucune chance.

Deux jours avaient passé depuis la scène avec Roger. Jusque-là, j'avais réussi à l'éviter. Je ne m'aventurais dans la zone à risque (la cuisine) que lorsque je le savais sorti ou sous la douche. Et avec ma mère, c'était encore plus facile : elle enfilait les cent dernières pages de son roman à la vitesse de l'éclair et était si absorbée qu'elle n'aurait pas relevé la tête si une bombe avait explosé dans le salon. Rien ne pouvait la détourner de Mélanie, de Brock Dobbin et de leur impossible amour.

Je fus donc très surprise de la trouver dans la cuisine, assise devant une tasse de café. La joue appuyée sur une main, elle regardait la peinture de la femme nue. Elle était si profondément perdue dans ses pensées qu'elle sursauta quand je lui touchai l'épaule.

— Oh, Julie, protesta-t-elle en se pressant les doigts sur la tempe. Tu m'as fait peur !

— Désolée.

Je tirai une chaise, m'assis face à elle et laissai tomber mes clefs sur la table.

— Qu'est-ce que tu fais ?

— J'attends Roger, répondit-elle en faisant bouffer ses cheveux. On doit dîner avec des VIP de chez Toyota et c'est un vrai paquet de nerfs. Il pense que si on ne les impressionne pas, ils vont lui diminuer ses parts annexes de vente.

— Ses quoi ?

— Je ne sais pas, répondit-elle dans un soupir. C'est du jargon de commercial. Toute la soirée, ça va jargonner commercial, alors que Mélanie et Brock sont à la terrasse d'un café à Bruxelles et que son mari, dont elle est séparée, va bientôt arriver. La dernière chose dont j'ai envie, c'est bien de parler de chiffres et de techniques de vente au rabais.

Elle jeta un regard de regret à son bureau, comme si elle en avait été expulsée par la force d'une marée.

— Oh, mon Dieu... Est-ce que tu n'aimerais pas, parfois, pouvoir vivre deux vies ?

De façon inexplicable (mais peut-être pas tant que ça), l'image de Damien me vint à l'esprit. Damien en train de me regarder à travers un appareil photo jetable. Clic.

— Ouais, parfois, dis-je en chassant cette pensée. Je suppose.

— Barbara ! brailla Roger en ouvrant la porte de la Nouvelle Aile (on ne pouvait pas le voir, mais l'entendre, sans problème). Tu n'as pas vu ma cravate rouge ?

— Ta quoi ?

— Ma cravate rouge, celle que je mets pour les dîners d'affaires ! Tu ne l'as pas vue ?

— Oh, chéri, je ne sais pas, répondit-elle en se tournant sur sa chaise. Peut-être que si tu...

— Tant pis, je vais mettre la verte.

La porte se referma. Ma mère me sourit d'un air attendri, puis me tapota la main.

— Assez parlé de moi. Qu'est-ce qui t'arrive ?

— Eh bien... Lola m'a arrangé un rendez-vous pour ce soir.

— Avec un inconnu ? s'enquit-elle, méfiante.

— Je l'ai déjà rencontré, à l'institut. Il a l'air très bien. Et c'est juste pour dîner.

— Ah, fit-elle en hochant la tête. Juste pour dîner. Comme si rien ne pouvait arriver en trois plats et une bouteille de vin !

Elle cligna soudain des yeux.

— C'est bien, ça ! s'exclama-t-elle. Je devrais le noter !

Elle attrapa une enveloppe (une vieille facture d'électricité), un stylo et griffonna *Trois plats – juste un dîner – rien ne pouvait arriver*, suivi d'un grand point d'exclamation. Puis elle glissa l'enveloppe sous le sucrier où elle allait sans doute rester, oubliée, jusqu'au jour où elle tomberait dessus par hasard. Elle laissait des gribouillis un peu partout dans la maison, dans des recoins, à l'arrière des étagères... J'avais un jour trouvé une note sur les phoques qui dépassait d'un paquet de tampons, sur l'étagère de la salle de bain, et qui était ensuite devenu un élément essentiel de l'intrigue des *Mémoires de Truro*. On ne pouvait jamais savoir quand l'inspiration allait frapper.

— Vu qu'on va à La Brea, ce sera probablement un plat unique. Ça laisse encore moins de chances...

Elle me sourit.

— On ne sait jamais, Julie. L'amour est absolument imprévisible. On fréquente parfois quelqu'un pendant des années et puis, boum ! on le voit soudain sous un autre jour. Et parfois, c'est dès le premier rendez-vous, dès les premières secondes. C'est ça qui rend les choses si formidables !

— Il ne s'agit pas de tomber amoureuse, en l'occurrence, c'est juste un rendez-vous.

— Barbara ! hurla Roger. Qu'as-tu fait de mes boutons de manchettes ?

— Mon amour, répondit-elle en se tournant de nouveau, je n'ai pas *touché* à tes boutons de manchettes.

Elle attendit puis, comme rien ne venait, elle haussa les épaules et reprit sa position.

— Mon Dieu... murmurai-je, je ne sais pas comment tu fais pour le supporter...

Elle sourit, puis balaya les cheveux de mon visage.

— Il n'est pas si terrible.

— C'est un vrai bébé. Et sa manie des Nesvital me rendrait dingue !

— Peut-être, admit-elle, mais je l'aime. C'est un homme bon, gentil. Aucune relation n'est parfaite, jamais. Il y a toujours des compromis à trouver, des choses auxquelles il faut renoncer en échange d'autres plus importantes. C'est vrai que Roger a des habitudes qui m'obligent à prendre sur moi. Mais je suis sûre que c'est pareil pour lui...

— Au moins, tu te comportes en adulte ! dis-je

(bon, d'accord, ce n'était pas tout à fait vrai). Regarde, il ne peut même pas s'habiller tout seul !

— Mais, reprit-elle sans m'écouter, l'amour que nous nous vouons, l'un et l'autre, est au-dessus de tout ça. Et c'est ça, l'important. Ça, la recette. Dans une relation, l'amour doit être le principal ingrédient. L'amour peut faire passer sur beaucoup de choses, Julie.

— L'amour est une imposture, dis-je en glissant la salière dans son rond métallique.

— Oh non, chérie !

Elle me prit la main et la serra dans la sienne.

— Tu ne le penses pas vraiment ?

Je haussai les épaules.

— J'attends qu'on me prouve le contraire.

— Oh, Julie...

Elle enroula ses doigts autour des miens. Les siens étaient plus courts, plus froids et ses ongles rose vif.

— Comment peux-tu dire une chose pareille ?

Je la regardai. Une, deux, trois secondes. Elle comprit.

— Enfin, protesta-t-elle en lâchant ma main, même si tous mes mariages n'ont pas duré, ce n'était pas pour autant un fiasco total. J'ai vécu de longues années heureuses avec ton père, Julie, et le meilleur, ç'a été toi et Chris. Les quatre années que j'ai passées avec Harold ont été merveilleuses, à part la toute fin, et même avec Martin et Jacques, j'ai été heureuse la plupart du temps.

— Mais ils ont tous échoué. Tous.

— C'est peut-être ce que certains pensent...

Elle glissa les mains entre ses genoux, pensive.

— Moi, je crois que ç'aurait été pire de rester seule. Oui, je me serais peut-être épargné quelques souffrances. Mais ne rien tenter, par peur que ça ne dure pas toujours, est-ce mieux ?

— Si, rétorquai-je en grattant le bord de la table. Parce qu'au moins, tu ne te mets pas en danger. C'est toi qui décides de ton cœur, et personne d'autre.

Elle prit le temps de réfléchir sérieusement, puis répondit :

— C'est vrai que j'ai souffert. Assez souvent. Mais j'ai aimé et j'ai été aimée. Et ça, ce n'est pas rien. C'est même l'essentiel, à mon avis. C'est ce que je te disais, tout à l'heure. Au final, l'amour aura eu la première place dans ma vie. Les problèmes, les divorces, la tristesse... Oui, aussi, mais ce sont des détails, ça ne compte pas...

— Moi, je pense qu'il faut se protéger, rétorquai-je. On ne peut pas s'exposer, rester sans défense !

— Non, reconnut-elle d'un air grave. Mais tenir les gens à distance et se priver d'amour, ça ne rend pas fort. Au contraire. Parce que c'est de la peur.

— Peur de quoi ?

— De prendre un risque, répondit-elle simplement. Le risque que des choses arrivent, le risque de se laisser emporter... Mais le risque, c'est la vie. Refuser d'essayer, par peur, c'est du gaspillage. D'accord, j'ai fait des erreurs, beaucoup même, mais je n'ai pas de regrets. Parce qu'au moins, je ne suis pas restée sur le bord de la route, à me demander ce que vivre veut dire.

Je ne trouvai rien à dire. Toutes ces années, j'avais plaint ma mère en vain. J'avais eu mal pour elle. Pour rien. Ce que je prenais pour de la faiblesse (le fait qu'elle continue à espérer, malgré tout), elle le voyait comme une force. Et à ses yeux, avoir quitté Damien était une preuve de faiblesse.

— Barbara, il faut qu'on soit là-bas dans dix minutes, alors allons...

Roger apparut sur le seuil de la cuisine, la cravate de travers, une veste sur le bras. Il se figea en m'apercevant.

— Ah. Julie. Bonjour.
— Salut.
— Regarde un peu ta cravate ! s'exclama ma mère en se levant.

Elle s'approcha de lui, lissa sa chemise du plat de la main, redressa sa cravate et en resserra le nœud.

— Voilà. C'est réparé.
— On devrait y aller, déclara Roger en l'embrassant sur le front. Gianni déteste attendre.
— Allons-y, alors. Julie, chérie, passe une excellente soirée. Et pense à ce que je t'ai dit.
— D'accord. Amuse-toi bien.

Alors que Roger quittait la pièce, les clefs à la main (ce que je ne manquai pas de remarquer), ma mère revint vers moi et posa les mains sur mes épaules.

— Je ne voudrais pas que mon histoire te rende cynique, Julie, murmura-t-elle avec douceur. D'accord ?

Trop tard, pensai-je. Elle m'embrassa. Je la suivis des yeux tandis qu'elle gagnait la voiture, où Roger l'attendait. Il posa la main sur le creux de ses reins et l'accompagna dans son mouvement pour s'asseoir. À cet instant précis, je compris ce qu'elle voulait dire. Le mariage, comme la vie, n'était peut-être pas qu'une série de Grands Moments, bons ou mauvais. Partager toutes ces petites choses, jour après jour, et se sentir accompagné, pouvait consolider le plus fragile des liens.

Ma veine continuait. Paul n'était pas un mauvais plan.

Quand il était venu me chercher, j'étais encore un peu méfiante. Mais, à ma grande surprise, on avait d'abord parlé de la fac. Un de ses meilleurs amis de lycée, qui était à Stanford, lui avait rendu visite pendant les vacances de Noël.

— C'est un campus génial, m'expliqua-t-il, alors qu'un groupe de mariachis entamait une énième version de *Joyeux anniversaire* à l'autre bout de la salle. En plus, il y a un excellent ratio de professeurs par élèves. Tu n'as pas juste affaire à un assistant, tu vois.

Je hochai la tête.

— On m'a dit que le niveau était très exigeant.

Il sourit.

— Ne fais pas ta modeste ! Je sais qu'il faut être balèze pour entrer là-bas. Je suis sûr que tu n'auras aucun problème. Je parie que tu as eu une mention très bien au bac, pas vrai ?

— Faux, rétorquai-je en secouant la tête.

— Moi, en tout cas, déclara-t-il d'un air solennel, j'ai eu la mention Crétin des Alpes. Je serai encore en train d'essayer de décrocher mon diplôme dans une obscure fac de province pendant que toi, tu partiras à la conquête du monde. Tu pourras m'envoyer une carte postale. Ou, encore mieux, me rendre visite dans mon premier job. J'aurai le plaisir de te faire des réductions spéciales parce que, tu vois, on est amis, tout ça...

Je souris. Paul était charmeur et riche, mais sympa. C'était le genre à pouvoir discuter avec n'importe qui car il avait des points communs avec tout le monde. Outre Stanford, on avait parlé de ski nautique (il était catastrophique, mais adorait), de son bilinguisme (anglais/espagnol, car sa grand-mère venait du Venezuela), de ses études de psycho et de l'équipe de basket qu'il dirigeait (nulle, mais pleine de bonne volonté). Il n'était ni niais ni désopilant, mais il n'était pas non plus maladroit et ses lacets étaient noués. À vrai dire, je n'avais pas vu le temps passer : on avait fait notre menu, mangé, puis les serveurs avaient débarrassé jusqu'à la dernière petite salière, histoire de nous faire délicatement comprendre qu'il était temps de partir. Et on continuait à parler.

— Bon, déclara-t-il quand on se décida enfin à se lever, au grand soulagement du serveur. Pour ne rien te cacher, j'étais un peu méfiant...

— Pour ne rien te cacher, tu n'étais pas le seul...

À ma grande surprise, il m'ouvrit la portière et la tint ouverte tandis que je montais. Pas mal, pensai-je, alors qu'il contournait la voiture. Pas mal du tout.

— Donc, continua-t-il en s'asseyant, si ç'avait été une catastrophe absolue, je t'aurais dit que j'avais passé une excellente soirée, je t'aurais déposée chez toi et, en repartant, j'aurais grillé tous les stops.

— Trop classe...

— Mais vu que ce n'est pas le cas, je te proposerais bien de m'accompagner à une fête... J'ai des copains qui organisent une soirée. Ça te dit ?

Je réfléchis. Repas sympa, mec sympa. Jusque-là, rien de ce qui s'était passé ne risquait de me donner des regrets, ni de m'obliger à réfléchir. Tout se passait selon les règles mais, sans raison, les paroles de ma mère me trottaient dans la tête. Et si elle avait raison ? Si je tenais le monde à distance ? Jusque-là, ça m'avait toujours réussi. Alors ? Le problème, c'est qu'on ne peut jamais savoir.

— Bonne idée, dis-je, allons-y.

— Génial !

Il sourit, puis démarra le moteur. Alors qu'il commençait à reculer, je le surpris en train de me regarder. Et voilà, c'était reparti pour un tour. C'est fou comme c'était facile de recommencer, seulement trois semaines après. J'avais cru que Damien m'avait changée, mais non : j'étais avec un nouveau mec, dans une nouvelle voiture, et le cycle recommençait. Damien avait été un pas de travers, une aberration. Mais j'étais redevenue moi-même et ça me faisait du bien de retrouver mes marques.

— Je rêve, s'exclama Lisa en plongeant sa frite dans le ketchup, tu l'as commandé sur catalogue ou quoi ? Comment c'est possible ?

Je bus une gorgée de Coca et lui souris.

— J'ai du bol, c'est tout.

— Il est carrément mignon, continua-t-elle en enfournant la frite dans sa bouche. Tous les beaux mecs sont pris, si je comprends bien...

— Est-ce que ça veut dire, s'enquit Marion, que J.P. ThéRugir a déjà une copine ?

— Ne l'appelle pas comme ça, protesta-t-elle d'un air boudeur, en mangeant une autre frite. Ils ont déjà cassé une fois cet été. Et elle ne vient jamais sur nos stands.

— La vilaine, commenta Marion.

J'éclatai de rire, mais Lisa continua :

— Ce n'est pas juste. Moi, je me fais plaquer et ensuite, le type qui me plaît n'est pas libre. Et Julie, elle, elle se trouve un musicien super rigolo, et maintenant un étudiant super mignon. Ce n'est pas normal.

Elle avala une autre frite.

— Et je ne peux pas m'arrêter de manger. Mais

tout le monde s'en fiche, puisque de toute façon, personne ne m'aime.

— Ça va, marmonna Marion, range ton violon !

— Un musicien super rigolo ?

— Damien était génial, rétorqua-t-elle en s'essuyant la bouche. Et maintenant, tu as le Parfait Petit Paul. Moi, tout ce que j'ai, c'est un stock de ThéRugir et l'appétit d'un routier.

— Un peu d'appétit ne fait pas de mal, répliqua Marion. Les hommes aiment les courbes.

— J'ai déjà des courbes. C'est quoi, après ? La culotte de cheval ?

Chloé, la plus mince d'entre nous, fit entendre un grognement.

— Bah oui...

Lisa laissa échapper un soupir, repoussa le plateau et s'essuya les mains dans une serviette.

— Il faut que j'y aille. Je dois être au stade pour la fête de l'athlétisme dans quinze minutes. On cible les athlètes nationaux.

— À ta place, remarqua Marion, pince-sans-rire, je porterais un casque.

Lisa fit une grimace. Elle en avait par-dessus la tête des blagues sur ThéRugir, mais on ne pouvait pas résister.

Cet après-midi-là, Paul passa me voir à l'institut, en revenant de son travail de garde du corps chez les Y. Bronzé, sentant la lotion solaire et le chlore, il fit beaucoup d'effet aux deux futures mariées qui attendaient leur manucure.

— Salut, dit-il.

Je me levai pour l'embrasser, furtivement, sur les lèvres (on n'en était pas encore aux longs baisers langoureux). Ça faisait une semaine et demie qu'on se connaissait et on s'était vus presque tous les jours, que ce soit pour déjeuner, pour dîner, ou pour quelques soirées.

— Je sais que ce soir, tu es prise, mais j'avais envie de passer te dire bonjour.
— Bonjour.
— Bonjour.

Il me sourit. Il était vraiment craquant. Je ne pouvais m'empêcher de penser que, si j'étais sortie avec lui au début de l'été, dès la première fois où Lola avait cherché à nous faire rencontrer, mes vacances auraient été complètement différentes.

Après tout, Paul remplissait quasiment tous mes critères. Il était grand, beau, plus vieux que moi (mais pas plus de trois ans), bien sapé (mais ne passait pas sa vie dans les magasins), prenait soin de son corps, mais pas trop (après-rasage et eau de Cologne : oui, gel et fond de teint, non), n'avait pas de manies gênantes, était assez intelligent pour soutenir une conversation (mais ce n'était pas non plus une tête d'œuf) et le plus génial, c'est qu'il partait à la fin de l'été. On avait déjà décidé qu'on se séparerait en amis et qu'on continuerait nos vies chacun de notre côté.

Je me retrouvais donc avec un mec mignon et attentionné, qui avait sa propre vie et ses centres d'intérêt, qui m'aimait bien, embrassait bien, payait l'addition au restaurant et acceptait mes conditions sans rechigner (contrairement à la plupart de ses prédécesseurs). Tout ça grâce à un rendez-vous arrangé. Incroyable.

— Je sais que c'est une soirée entre filles, ajouta-t-il, alors que je posais les mains sur les siennes, mais je me demandais si j'avais une petite chance de te voir après ?

— Peu probable. Ça ne se fait pas de laisser ses copines pour un mec. C'est contre les règles.

— Ah, fit-il en hochant la tête. Bon. Ça valait toujours le coup de demander.

De l'autre côté du parking, j'aperçus le camion blanc qui se garait devant Photo Flash. Fred sauta du siège du conducteur, claqua la portière et disparut à l'intérieur.

— Et toi, tu fais quoi, ce soir ? Des trucs de mec ?

— Ouaip.

Je jetai à nouveau un regard vers Photo Flash. Fred avait réapparu, suivi de Damien. Ils parlaient avec beaucoup d'animation, peut-être même qu'ils se disputaient. Ils grimpèrent l'un après l'autre dans le camion, qui démarra, grilla le stop devant Le Marché et prit la direction de la nationale.

— ... un groupe que mes copains ont envie de voir. Ils passent dans la boîte, tu sais, près de la fac...

— Ah bon, dis-je, pas très attentive.

Le camion blanc s'engouffrait sous le nez d'un break, ce qui lui valut un coup de klaxon furieux.

— Ouais, ils disent qu'ils sont vraiment bons... Les Spinnerbaits, je crois...

— Je déteste les Spinnerbaits, déclarai-je mécaniquement.

— Quoi ?

Je réalisai soudain que je n'avais rien suivi de la conversation.

— Euh, rien. C'est juste que... mm, j'ai entendu dire qu'ils étaient nuls.

Il haussa les sourcils.

— Carrément ? Cédric les trouve excellents...

— Ah bon... ajoutai-je précipitamment. Il s'y connaît sûrement mieux que moi !

— Ça m'étonnerait.

Il se pencha par-dessus le comptoir et m'embrassa.

— Je t'appelle ce soir, d'acc ?

Je hochai la tête.

— D'acc.

Une fois qu'il fut parti, les deux futures mariées m'observèrent d'un air approbateur, comme si sortir avec ce mec m'ouvrait un crédit d'estime. Mais j'étais étrangement distraite : je pris le démêlant de Mme Jameson pour de la cire dépilatoire et lui facturai une crème pour cuticules cinquante dollars au lieu de cinq. Heureusement, la journée touchait à sa fin.

J'étais en train de m'installer dans ma voiture quand j'entendis des petits coups sur la vitre, côté passager. Je levai les yeux et découvris Lucas.

— Salut, Julie ! lança-t-il, une fois la vitre baissée. Tu pourrais me déposer à la maison ? Dam est parti avec le camion et j'ai pas trop envie de rentrer à pied.

— Pas de problème.

J'étais déjà en retard, et la maison jaune se trouvait dans la direction opposée de celle de Lisa, que je devais passer prendre. Mais je ne pouvais quand même pas le planter là.

À peine assis, il se mit à tripoter la radio. En temps normal, c'était un motif suffisant d'éjection immédiate, mais je n'étais pas de trop mauvaise humeur et je décidai de passer outre.

— Qu'est-ce que t'as, comme CD ? s'enquit-il en faisant défiler ma présélection.

Il s'arrêta tout en bas du cadran, sur la radio de l'université. Une espèce de musique expérimentale, composée de sons suraigus, envahit l'habitacle.

— Regarde dans la boîte à gants, dis-je en la désignant du doigt.

Il passa en revue mes disques qui étaient classés par ordre alphabétique (juste parce que je m'étais retrouvée coincée dans un embouteillage, sans rien à faire). Il alternait gloussements, profonds soupirs et gémissements. Visiblement, ma collection ne l'emballait pas plus que ma sélection, mais impressionner Lucas était le cadet de mes soucis. Grâce à Damien, j'avais appris qu'en vrai, il s'appelait Archibald, qu'au lycée, il avait eu les cheveux longs et qu'il avait joué dans un groupe de metal. Il y avait une seule photo de Lucas en train de vagir sur son clavier, chevelure déployée, et... elle se trouvait entre les mains de Damien.

Je ressentis néanmoins le besoin de le titiller un peu :

— Alors, il paraît que les Spinnerbaits jouent ce soir ?

Il redressa brusquement la tête et me regarda.

— Où ?

— Au Paradise, dis-je, alors qu'on plongeait sous une lumière jaune.

— C'est où, ça ?

— À l'autre bout de la ville, près de la fac. C'est une très grosse boîte.

Je pouvais l'apercevoir du coin de l'œil : il rongeait le poignet de sa chemise.

— Je déteste les Spinnerbaits, marmonna-t-il, contrarié. Des crétins de poseurs. Ils ont un son complètement artificiel et leurs fans sont de petits minets blonds qui conduisent la voiture de papa et qui n'ont *absolument aucun goût*.

— Aïe, dis-je.

Impossible de ne pas remarquer que cette description, bien qu'un peu dure, n'était pas loin de correspondre à Cédric, le meilleur ami de Paul... et même à Paul lui-même, si on ne le connaissait pas. Ce qui n'était pas mon cas, naturellement.

— Bon, c'est sûr, c'est pas mal, continua Lucas alors que je m'engageais dans leur rue. Mais rien à voir avec ce qui se passe en ce moment.

— Qu'est-ce qui se passe ? demandai-je, me rappelant la précipitation avec laquelle le camion blanc avait quitté Le Village.

Il me jeta un regard. Je compris, à l'expression

de son visage, qu'il se demandait s'il devait m'en parler ou non.

— Un truc hyper important pour le groupe, répliqua-t-il, énigmatique. On est à deux doigts de réussir, en fait.

— Ah bon, dis-je. De réussir quoi ?

Il haussa les épaules. Je ralentis en apercevant la maison jaune. Fred et La Terrible Marie étaient allongés sur des chaises longues : elle avait les pieds sur ses genoux et ils se partageaient un paquet de P'tits Savanes.

— Rubber Records veut nous rencontrer. On monte à Washington la semaine prochaine pour discuter avec eux, tu vois...

— Ouah, m'exclamai-je en bifurquant dans l'allée, où le camion blanc était déjà garé. Mortel !

Fred leva la tête vers nous, vaguement intéressé, et Marie fit un signe de main à Lucas.

— Écoute ça, lança-t-il à Fred. Les Spinnerbaits jouent ce soir !

— Je déteste les Spinnerbaits, commenta Marie.

— Où ? s'enquit Fred, tandis que Lucas refermait la portière et contournait la voiture, puis donnait un petit coup à ma vitre à moitié ouverte.

— Merci de m'avoir déposé. T'es vraiment sympa.

— C'est quoi, ces histoires ? cria Fred. Ils envahissent notre territoire !

— C'est la guerre des gangs ! renchérit Lucas.

Ils se mirent à rire. Lucas s'éloignait, mais je le rappelai d'un coup de klaxon et il se retourna.

— Hé, Lucas...
Il revint vers moi.
— Ouais ?
— Bonne chance pour tout.

Je me sentais mal à l'aise. Alors que je le connaissais à peine, je ressentais le besoin bizarre de dire quelque chose.

— Bonne chance à vous quatre.
— Ouais, dit-il en haussant les épaules. On verra bien.

Au moment où je partais, il enjamba une caisse de lait pour se joindre au pique-nique de Marie et Fred, qui lui lançait un P'tit Savane. Je jetai un dernier regard à la maison. Monkey était assis dans l'embrasure de la porte, langue pendante. Je me demandai où était Damien, puis me répétai que ce n'était plus mon affaire. Mais s'il avait été là, il serait probablement sorti me dire bonjour. On était quand même amis.

Je descendis la rue et ralentis en arrivant au stop. Dans mon rétroviseur, j'aperçus Marie, Fred, Lucas... et Damien. Il se tenait accroupi près d'une table de fortune et déchirait le papier d'emballage d'un P'tit Savane, tandis que Monkey les contournait, la queue battante. Une fraction de seconde, je ressentis un pincement au cœur. L'impression étrange de rater quelque chose. Puis la voiture derrière moi klaxonna avec impatience et je repris pied avec la réalité : le brouillard se dissipa, je partis.

Quand j'arrivai, la maison était silencieuse. Comme chaque année en août, ma mère était partie à un colloque pour aspirants écrivains, où elle recevait des trombes d'éloges pendant trois jours et deux nuits sous le ciel de Floride. Quant à Chris, il vivait et dormait chez Marie-Anne, où le pain ne se réduisait pas à des entames et où il prenait son petit déjeuner devant un tableau de fleurs, plutôt que face à une poitrine néoclassique de six kilos. En temps normal, j'aimais bien me retrouver seule mais, comme j'étais toujours aussi mal à l'aise face à Roger, j'avais sauté sur la proposition de Lisa de passer le week-end chez elle. Et j'en avais informé Roger en calant un message officiel sous la pyramide toujours plus haute de canettes vides de Nesvital.

Je repoussai le rideau de perles, pénétrai dans le bureau et remarquai tout de suite une pile de feuillets sur l'étagère. Le futur nouveau roman de ma mère. Je le calai sur mes genoux, relevai les jambes, puis fis défiler les pages. La dernière fois que j'avais vu Mélanie, elle contemplait son lit de noces glacial et prenait conscience de l'erreur qu'avait été son mariage. C'était page 200. Page 250, elle avait quitté Paris, était retournée à New York et travaillait dans la haute couture pour une sale bonne femme qui avait des tatouages sur tout le corps. Coïncidence des coïncidences, Brock Dobbin était lui aussi de retour à New York, après avoir été blessé dans une sorte de troisième conflit mondial où il s'était illustré comme photo-reporter. À l'automne, ils s'étaient croisés par hasard et leur amour était reparti.

Je sautai à la page 300 où, visiblement, les choses se gâtaient. Mélanie était dans un hôpital psychiatrique, abrutie par les calmants, persécutée par son ancienne patronne. Son mari, Luc, qui avait réintégré le paysage, se trouvait impliqué dans un montage financier compliqué. Brock Dobbin semblait avoir disparu. Mais non. Je le retrouvai page 374, dans une prison mexicaine, injustement accusé de trafic de drogue et amoureux d'une mendiante qui s'appelait Carmelita. C'est à ce moment-là, je pense, que ma mère avait dû perdre le fil. Page 400, elle avait repris le dessus et tout ce petit monde se retrouvait à Milan pour les défilés d'automne. Luc tentait de se réconcilier avec Mélanie (mais ses intentions n'avaient rien de louable), tandis que Brock, à nouveau sur la brèche, traquait une affaire sordide dans les dessous de la mode, accompagné de son fidèle Nikon et mû par un sens de la justice qu'aucune blessure, ni même la pierre qu'il avait reçue sur la tête au Guatemala, n'avait pu affaiblir.

La dernière page que j'avais sur les genoux portait le chiffre 455. Mélanie et Brock buvaient un espresso dans un café milanais.

Ils se dévoraient des yeux, comme si tout ce temps passé séparés leur avait donné faim l'un de l'autre, une faim qu'ils ne pouvaient satisfaire que du regard, toute parole leur étant interdite. Les mains de Mélanie tremblaient, même lorsqu'elle les plongeait dans le châle de soie qui la protégeait des morsures du froid.

— *Et tu l'aimes ? demanda Brock.*

Ses yeux verts, profonds et inquisiteurs, la fixaient avec intensité.

Sa brusquerie la heurta. On aurait dit que son séjour en prison avait éveillé chez lui un sentiment d'urgence, le besoin d'obtenir des réponses. Il attendait, les yeux rivés sur elle.

— *C'est mon mari, répondit-elle.*

— *Ce n'est pas ma question.*

Il lui prit la main. Ses doigts étaient calleux, épais, rudes, contre sa peau pâle.

— *Tu l'aimes ?*

Mélanie se mordit la lèvre, réprimant le sanglot qu'elle craignait de laisser échapper si jamais elle commençait à dire la vérité sur son mari et sur son cœur glacé. Quand Brock l'avait quittée, plusieurs mois auparavant, elle n'avait pas eu le choix. Elle l'avait cru mort, aussi mort que leur amour. Et quand elle l'avait vu réapparaître, par la vitre de ce café, c'était comme un fantôme qui aurait quitté son propre monde pour surgir dans le sien.

— *Je ne crois pas à l'amour.*

Brock lui serra la main.

— *Comment peux-tu dire cela, après ce qu'on a vécu ? Avec tout ce qu'il nous reste à vivre ?*

— *Il ne nous reste rien, rétorqua-t-elle en retirant sa main. Je suis mariée. Et je veux réussir mon mariage parce que...*

— *Mélanie...*

— *Parce que cet homme m'aime, conclut-elle.*

— *Cet homme, déclara-t-il, la voix grave, t'aime.*

— *C'est trop tard.*

Elle se leva. Mille fois, elle avait chassé Brock Dobbin de son esprit, tenté de se convaincre qu'elle pouvait faire sa vie avec Luc. Luc, si affable, si débonnaire, si solide et si fort. Brock apparaissait, faisait des promesses, l'aimait passionnément, puis repartait et la laissait dans un nuage de souvenirs. Il disparaissait dans une traînée de fumée, pour tracer son chemin dans le monde, traquer une histoire qui ne serait jamais la leur. Luc ne l'aimerait sans doute jamais comme Brock l'avait aimée, d'un amour qui emplissait son corps et son esprit d'un bonheur si intense qu'il effaçait tout. Mais ce bonheur ne durait jamais et elle avait besoin de croire au mot toujours, même si ce toujours impliquait de se réveiller la nuit, le cœur plein de désirs et de rêves inassouvis.

— *Mélanie, appela Brock, tandis qu'elle s'engageait dans la rue pavée, enroulant son écharpe autour de son cou. Reviens !*

Ce mot, elle le connaissait par cœur. Elle l'avait prononcé elle-même, à la gare de Prague, devant le Plazza, alors qu'il sautait dans un taxi ou encore sur le pont du yacht, alors que son bateau s'éloignait, brisant les vagues. C'était toujours lui qui partait. Mais pas cette fois. Cette fois, elle continua à marcher. Sans se retourner.

Vas-y, Mélanie, pensai-je en reposant la feuille sur mes genoux. Malgré tout, c'était déroutant de voir l'héroïne de ma mère sacrifier la passion à la sécurité qu'offrait un homme bourré de défauts. Ma mère, chantre de la stabilité ? C'était une pensée dérangeante. Elle avait été si prompte à m'affirmer que j'avais tort de ne pas croire à l'amour ! Cela dit, il était trop tôt pour s'alarmer : il lui restait encore un certain nombre de pages à écrire et tout était encore possible...

Chapitre 14

— Gare-toi devant ce magasin, là-bas ! lança Paul à Cédric, qui conduisait. D'acc ?

Cédric hocha la tête et mit son clignotant. À l'avant de la voiture, Lisa se retourna pour me jeter un regard significatif, tout en désignant d'un signe de tête la tablette arrière qui, outre le cendrier et le porte-verres habituels, comportait un écran et un lecteur CD.

— Cette voiture est incroyable... murmura-t-elle.

On ne pouvait pas dire le contraire. Cédric conduisait l'un de ces immenses 4×4 tout équipé qui, avec leurs boutons clignotants et leurs manettes, ressemblent à des vaisseaux spatiaux. Je n'aurais pas été autrement surprise de trouver, à gauche du volant, un petit bouton HYPERESPACE.

La voiture se gara devant le Quik Zip et Cédric coupa le moteur.

— Qui veut quoi ? On a un long voyage devant nous...

— Il nous faut des provisions, confirma Paul en ouvrant sa portière, qui fit entendre un petit bruit poli.

— Une bière, et puis... ?

— Des Skittles, compléta Lisa.

Il se mit à rire.

— Un paquet de Skittles. D'accord. Et toi, Julie ?

— Un Coca light. Merci.

Il sauta à terre et referma derrière lui. Cédric bondit lui aussi, laissant les clefs sur le contact. La radio jouait doucement.

On faisait une virée à la ville voisine, pour une nuit blanche dans un drive-in. Lisa n'était pas vraiment avec Cédric, car il avait déjà une copine et, au départ, on avait invité Chloé et Marion. Mais Marion avait été empêchée par un baby-sitting et Chloé, qui s'était débarrassée de son espèce de ringard, était déjà sur une nouvelle cible, rencontrée au centre commercial.

— Si j'avais une voiture comme ça, déclara Lisa en se tournant complètement vers moi, je vivrais dedans. Sérieux, je pourrais vivre dedans ! Comme ça, je louerais ma piaule.

Je jetai un regard derrière moi, vers les deux autres rangées de sièges.

— C'est immense... C'est même dingue... Qui a besoin d'un truc aussi grand ?

— Peut-être qu'il fait de grosses courses...

— Tu parles, il est étudiant.

Elle haussa les épaules.

— En tout cas, c'est dommage qu'il ait une copine. J'ai décidé de craquer pour les mecs riches et beaux.

— Je te comprends... dis-je d'une voix absente, tout en observant Paul et Cédric discuter avec le type du comptoir.

Tout le monde savait que certains vendeurs vérifiaient soigneusement les cartes d'identité, et d'autres pas. Je les vis se diriger vers le fond du magasin et attraper deux paquets de Skittles au passage. Ces garçons, je l'avais découvert, ne faisaient jamais rien en petit. Tout ce que Paul avait pu m'acheter depuis deux semaines était ou Géant ou Double. Il dégainait son portefeuille plus vite que son ombre et faisait fi de mes vaines tentatives pour payer ma part. C'était toujours le Parfait Petit Paul, le Copain Idéal Pour La Frime. Et malgré tout, quelque chose me tracassait, je n'arrivais pas à profiter pleinement du fruit bien mérité de longues années de drague.

J'entendis un bruit de ferraille et, en tournant la tête, je vis le camion de Truth Quad se garer juste à notre gauche. Je me jetai sur la banquette, par réflexe, puis me rappelai que les vitres étaient teintées et que, par conséquent, on ne pouvait pas me voir. Fred était au volant, une cigarette au bec, et Jean-Michel à la place du mort. Il se pencha, appuya sur la poignée et ouvrit la portière mais, pour une raison quelconque, il oublia de la lâcher, se retrouva emporté et disparut.

Fred jeta un regard au siège vide, laissa échapper un soupir agacé, puis sortit du camion et claqua la portière.

— Crétin, marmonna-t-il, assez fort pour qu'on l'entende.

Il contourna le pare-chocs avant. Je le suivis des yeux dans le rétroviseur et le vis regarder par terre.

— Tu t'es fait mal ?

La réponse de Jean-Michel ne parvint pas jusqu'à nous. Mon attention était de toute façon occupée ailleurs : Damien se faufilait maladroitement à l'avant du camion. Il se prit les pieds dans la boîte de vitesses, s'affala sur le siège du conducteur et dégringola par terre avec guère plus de grâce que Jean-Michel. Il portait le même tee-shirt orange que le jour où je l'avais rencontré et une sur-chemise blanche. Un des appareils photos défectueux dépassait de sa poche de devant. Il regarda par la vitre de Lisa et plissa les yeux. Elle le regarda en retour. On aurait dit qu'elle se trouvait derrière un miroir sans tain.

— C'est Damien, non ? murmura-t-elle à voix basse, à cause de la vitre de Cédric restée ouverte.

— Oui.

Il sortit l'appareil de sa poche et prit une photo de la vitre noire. Le flash éclaira un instant l'intérieur de la voiture. Il dut ensuite s'y reprendre à deux fois pour réussir à ranger l'appareil dans sa poche.

Lisa et moi, on le suivit des yeux. Il contourna le camion en titubant et en s'appuyant sur le pare-chocs de Cédric pour ne pas tomber. Je n'arrivais pas à reconnaître sa maladresse habituelle. Il avait l'air soûl.

— Bon, écoutez-moi bien, tous les deux, déclara Fred. J'ai promis de vous amener ici, je vous ai amenés, point à la ligne. Marie m'attend et elle est déjà furieuse contre moi. Je ne suis pas un taxi !

— Mon brave, répondit Jean-Michel en imitant Robin des Bois, tu as fait ton devoir.

— Tu vas te lever, oui ?

Jean-Michel se leva. Il ne s'était pas changé et portait encore ses vêtements de travail, mais ils étaient tout fripés, comme si quelqu'un l'avait roulé en boule. Sa chemise sortait de son pantalon plus que froissé. Il avait, lui aussi, un appareil photo dans sa poche arrière et sa joue était égratignée, sans doute à cause de la chute. Il leva la main et toucha l'égratignure, surpris, puis la laissa retomber le long de son corps.

— Mon brave, déclara Damien en passant un bras autour des épaules de Fred, qui fit une grimace, visiblement excédé. Tu nous as rendu le plus grand des services !

— Mon brave, reprit Jean-Michel en écho, pour te récompenser, nous te donnerons de l'or, des vierges et nous jurerons une éternelle allégeance à ta cause. Hourrah !

— Hourrah ! répéta Damien en levant la main.

— Vous allez arrêter, oui ? s'énerva Fred. C'est pénible !

— Comme tu veux, camarade, répondit Jean-Michel. Levons nos verres et hourrah !

— Hourrah !

— Ça suffit, décréta Fred en se dirigeant vers le camion. J'y vais. Je vous laisse, vous et vos hourrah...

— Hourrah ! crièrent-ils à l'unisson (Jean-Michel faillit perdre l'équilibre en levant le bras).

— ... vous vous débrouillerez tout seuls pour rentrer. Et pas de conneries, compris ? On n'a pas de fric pour payer une caution en ce moment !

— Hourrah ! déclara Jean-Michel. Merci, ô gentil seigneur !

Fred, exaspéré, leur fit un doigt, puis il s'éloigna, les laissant en plan devant le Quik Zip. Ils commencèrent par se prendre en photo réciproquement, devant les présentoirs à journaux. À l'intérieur, Paul et Cédric baratinaient le type du comptoir, tout en rangeant leurs deux packs de bières dans un sac en papier.

— Bon, déclara Damien, maintenant, prends la pose !

Jean-Michel redressa fièrement la poitrine, l'air séducteur et déploya un carnet de coupons de réduction en éventail devant son visage.

— Hé, c'est bon, ça ! Super !

Le flash crépita. Damien arma l'appareil dans un rire nerveux.

— Bien, maintenant, sois triste. Parfait. Tu es grave. Tu es blessé...

Jean-Michel regarda par-delà la route, soudain lugubre, et considéra le Double Burger qui se trouvait en face avec une expression mélancolique.

— Magnifique ! s'exclama Damien.

Ils éclatèrent de rire. J'entendis Lisa glousser à l'avant de la voiture. Jean-Michel réussit ensuite sa meilleure pose en s'adossant langoureusement contre la cabine téléphonique et en papillonnant des paupières. Un dernier flash, Damien était arrivé au bout de son film.

— Mince, dit-il en secouant l'appareil, comme pour faire apparaître d'autres photos. Oh, et puis tant pis...

Ils s'assirent sur le trottoir. Je pensai qu'on aurait dû baisser les vitres et leur signaler notre présence, mais c'était déjà trop tard.

— Pour tout dire, mon brave, déclara Jean-Michel d'un air solennel, en tripotant son propre appareil photo, je suis triste. Et grave. Et blessé.

— Mon brave, répondit Damien en s'appuyant sur les mains et en étirant les jambes, je te comprends.

— La femme que j'aime ne veut pas de moi. Il paraît que je ne ferais pas un bon mari et, pour reprendre ses paroles, que je manque de maturité... Et moi, par défi, je quitte un boulot super facile où je touchais neuf dollars par heure sans me fouler...

— Il y a d'autres boulots, mon seigneur.

— En plus, poursuivit Jean-Michel, le groupe va, encore une fois, se faire jeter par une maison de disques à cause de l'intégrité artistique de sir Fred, qui va nous envoyer droit dans le décor avec son *Opus de la patate*...

— Ma foi, acquiesça Damien, c'est fort juste. Le Jeune Fred peut effectivement tout foutre par terre.

Ça, c'était nouveau. Mais pas très surprenant. Damien m'avait confié que l'obstination de Fred, comme son refus de faire des reprises dans les démos, leur avait déjà joué des tours.

— Mais vous même, cher ami, déclara Jean-Michel en donnant un coup maladroit sur l'épaule de Damien, vous avez aussi des soucis...

— Fort juste...

— Ah, les femmes... soupira Jean-Michel.

Damien s'essuya le visage du revers de la main et fixa le goudron.

— Les femmes. En effet, cher seigneur, elles me déroutent, moi aussi. Ah, la belle Julie ! ajouta-t-il avec éloquence.

Je sentis le rouge me monter aux joues, tandis que Lisa, à l'avant, portait la main à sa bouche.

— La belle Julie, reprit Damien, a considéré que je n'étais pas un risque valable.

— Vraiment.

— Il est vrai que je suis un voyou. Un vaurien. Un *musicien*. Je ne lui aurais apporté que pauvreté, honte et des bleus sur les tibias... Elle a eu raison de partir.

Jean-Michel fit mine de se planter un poignard dans la poitrine.

— Que ces mots sont cruels, mon seigneur !

— Hourrah, acquiesça Damien.

— Hourrah, répéta Jean-Michel. Vraiment.

Ils restèrent silencieux un moment. Mon cœur battait trop fort. Je savais que je ne pouvais plus revenir en arrière. Et j'avais honte d'être restée cachée.

— Qu'est-ce qu'il te reste comme fric ? s'enquit soudain Jean-Michel en fourrant les mains dans ses poches. Je pense qu'on a besoin d'une autre bière.

— Je pense, déclara Damien en laissant tomber sur le sol une liasse de billets et quelques pièces, que tu as raison.

À cet instant, les deux garçons sortirent du magasin et Paul cria dans notre direction :

— Hé, Julie, c'est du light ou du normal que tu voulais ? Je ne m'en rappelais plus...

Il plongea la main dans son sac et en sortit deux bouteilles.

— Je t'ai pris les deux, mais...

Lisa posa la main sur le bouton d'ouverture de sa vitre, puis hésita et me consulta. Les yeux rivés sur Damien, les sourcils froncés, je ne bougeais pas. Il semblait peu à peu comprendre. Il se tourna lentement vers notre voiture.

— Light, cria-t-il en regardant droit dans ma direction, comme si, maintenant, il pouvait me voir.

Paul se tourna vers lui.

— Quoi ?

Damien s'éclaircit la voix.

— Elle veut du light. Mais pas en bouteille, comme ça.

— Hé, mec, déclara Paul, un léger sourire aux lèvres, de quoi tu parles ?

Damien se leva.

— Julie boit du Coca light, mais à la fontaine. Format géant, avec plein de glaçons. C'est pas vrai, Julie ?

— Julie, chuchota Lisa, on devrait peut-être...

Sans savoir ce que je faisais, j'ouvris ma portière, me laissai tomber sur le sol (c'est fou ce que les Excursion sont hautes) et les rejoignis. Paul souriait d'un air embarrassé. Damien me regardait.

— Hourrah, déclara-t-il.

Cette fois, Jean-Michel ne lui fit pas écho.

— C'est très bien, dis-je à Paul en prenant les bouteilles. Merci.

Damien nous regardait toujours. Je sentais Paul mal à l'aise. Il avait du mal à cerner la situation.

— Non, ça va, déclara soudain Damien, alors que personne ne lui avait posé de question. Aucune gêne. On a dit qu'on se le dirait, de toute façon, hein ? C'est le deal. Le deal de l'amitié.

Cédric se dirigea vers la voiture, assez malin pour savoir qu'il valait mieux ne pas s'en mêler, et Jean-Michel entra au Quik Zip. Il ne resta plus que nous trois.

Paul se tourna vers moi.

— Tout va bien ?

— Très bien, répondit Damien. Tout va très bien.

Paul m'interrogea du regard.

— Ça va, dis-je. Tu peux me laisser une minute ?

— Bien sûr.

Il me pressa le bras (ce qui n'échappa pas à Damien), puis marcha jusqu'à la voiture et referma la portière derrière lui.

Damien me regarda.

— Tu vois, tu aurais pu me dire que tu étais là...

Je me mordis la lèvre, les yeux sur la bouteille de Coca light.

— Ça va ? demandai-je à voix basse.

— Très bien, répondit-il un peu trop vite, puis il claqua des doigts d'un air insouciant. Ça va super bien !

Il jeta un regard à la voiture.

— Je rêve, ce truc a un putain d'autocollant des Spinnerbaits. Tu devrais te dépêcher, Julie, les deux gros pleins de sous vont s'impatienter...

— Damien...

— Quoi ?

— Pourquoi tu fais ça ?

— Je fais quoi ?

Bon, c'est vrai, je connaissais la réponse. C'était l'attitude normale des mecs après une séparation, une attitude qu'il aurait dû avoir depuis le début. Mais comme il ne l'avait que maintenant, j'étais déboussolée.

— C'est toi qui as voulu qu'on soit amis...

Il haussa les épaules.

— Tu parles... Tu n'as jamais pris ça au sérieux, pas vrai ?

— Si.

— C'est tout toi, insista-t-il en pointant un doigt vacillant vers ma poitrine. Tu ne crois pas à l'amour, c'est logique que tu ne croies pas à l'amitié. À quoi que ce soit qui implique un risque !

— Écoute, dis-je (je commençais à m'énerver vraiment). J'ai été honnête avec toi !

— On devrait te donner une médaille, rétorqua-t-il en tapant dans ses mains. Tu as cassé avec moi parce que j'aurais pu t'aimer un peu trop et maintenant, c'est *moi* le sale type !

— D'accord, alors tu aurais préféré que je mente ? Que je fasse semblant de t'aimer aussi et que je casse un mois plus tard ?

— Ç'aurait été trop dommage, tu aurais raté Monsieur Spinnerbaits... Une chance pareille !

Je levai les yeux au ciel.

— Alors, c'est ça ? Tu es jaloux ?

— Ça serait plus simple, pas vrai ? Et Julie aime les choses simples. Tu crois que tu sais tout sur tout, qu'il te suffit de reporter mes réactions et mes paroles sur le petit graphique que tu gardes bien rangé. Mais dans la vie, ce n'est pas comme ça !

— Ah ouais ? C'est comment, alors ? Dis-le-moi, toi !

Il s'approcha très près de moi et baissa la voix.

— Tout ce que je t'ai dit, je le pensais. Ce n'était

pas un jeu. Tout était vrai, depuis le premier jour. Tout. Le moindre mot.

Dans ma tête défilèrent les défis, les blagues, les bribes de chansons. Où était la vérité là-dedans ? À part le premier jour, il n'avait rien dit de grave, et c'était seulement pour...

J'entendis un léger vrombissement, puis la voix de Lisa, toute timide :

— Euh... Julie ?

Elle s'éclaircit la gorge, comme gênée par sa propre voix.

— On va rater le début du film.

— D'acc, lançai-je par-dessus mon épaule. J'arrive.

— On a fini, de toute façon, expliqua Damien en faisant un salut en direction de la voiture.

Puis il ajouta :

— Ça n'a jamais été autre chose, pour toi, c'est ça ? Mettons les choses au clair : toi et moi, ça n'a jamais été rien de plus qu'avec ce Monsieur Spinnerbaits ou celui d'après, ou celui d'encore après, c'est ça ?

Une fraction de seconde, j'eus envie de lui dire qu'il se trompait. Mais le ton insolent de sa voix m'en empêcha. Il m'avait traitée de garce et, avant, j'en aurais été fière. Alors, d'accord, j'allais jouer le jeu.

— Ouais, dis-je en haussant les épaules. C'est ça.

Il resta à me regarder, immobile, comme si je m'étais soudain métamorphosée sous ses yeux.

Mais c'était ça, la vraie Julie. Celle que j'étais depuis toujours. Je l'avais juste cachée.

Je me dirigeai vers la voiture. Paul ouvrit la portière arrière.

— Est-ce qu'il t'embête ? Parce que s'il...

— Non, dis-je en secouant la tête. Tout va bien. On a fini.

— Jeune chevalier, lança Damien à Paul, alors qu'il fermait la porte. Sois sur tes gardes ! Quand elle a bu la boisson de la fontaine, elle a une arme terrible. Elle te transpercera, mon brave. Au moment où tu t'y attendras le moins !

— On y va, déclara Paul.

Cédric acquiesça, puis commença sa marche arrière. J'étais décidée à ne pas regarder mais je le vis, dans le rétroviseur de Lisa, qui agitait les bras comme pour nous dire au revoir. Bon voyage, bonne chance. Allez en paix. Hourrah.

Le jour suivant, alors que je rentrais de ma nuit chez Lisa, je trouvai ma mère à la maison. J'avais jeté mes clefs sur la table de l'entrée et mon sac à main au pied de l'escalier, puis je m'étais dirigée vers la cuisine.

— Roger ?

Sa voix se répercutait en écho dans le couloir qui menait à la nouvelle aile.

— Chéri ? C'est toi ? J'ai pris un vol plus tôt, je voulais te faire une surprise...

J'entendis le cliquetis de ses sandales sur le sol.

Elle dépassa le coin, puis s'arrêta net en m'apercevant.

— Ah, Julie... Bonjour. J'ai cru que c'était Roger.

— J'avais compris. Comment c'était, la Floride ?

— Paradisiaque !

Elle me prit dans ses bras et me serra contre elle. Elle avait un joli bronzage, une nouvelle coupe, plus courte, avec des mèches blondes. Comme si, en Floride, la loi obligeait à avoir l'air tropical.

— Absolument merveilleux. Revigorant. Rajeunissant !

— Ouah, dis-je, alors qu'elle me relâchait. Tout ça en trois jours ?

— Oh, soupira-t-elle, tout en se dirigeant vers la cuisine. C'était exactement ce dont j'avais besoin. Il s'est passé tellement de choses, depuis mon mariage, tellement stressantes... Et même avant, avec ces histoires de planning, tous ces détails à régler... C'était trop, tu vois ?

Je décidai de ne pas lui faire remarquer à quel point *elle* s'était peu occupée de l'organisation de son mariage, préférant attendre la suite. Je m'adossai donc à l'évier, tandis qu'elle sortait un Nesvital du frigo, l'ouvrait et buvait une gorgée.

— Quand je me suis retrouvée là-bas, continuat-elle, la main sur le cœur et les yeux fermés (l'air théâtral), le bonheur à l'état pur. Les vagues qui déferlent sur la plage. Les couchers de soleil. Ah oui... et mes fans ! J'ai soudain eu l'impression d'être à nouveau moi-même. Tu vois ce que je veux dire ?

— Ouais...

— J'ai donc pris un avion plus tôt, impatiente de partager ça avec Roger, mais... il n'est pas là.

Elle but une nouvelle gorgée, le regard tourné vers la fenêtre.

— Je me suis fait de faux espoirs...

— Il a été absent presque tout le temps. Il a dû travailler tout le week-end.

Elle hocha gravement la tête, puis posa le Nesvital sur le buffet.

— C'est un vrai problème pour nous. Son travail. Mon travail. Tout ça. Ça nous empêche de devenir vraiment mari et femme...

Oh-oh, pensai-je, tandis qu'un signal d'alarme sonnait doucement dans ma tête.

— Ça ne fait que deux mois que vous vous êtes mariés...

— Exactement. Et pendant que j'étais là-bas, j'ai réalisé qu'il fallait que je me consacre davantage à ce mariage. Mon travail peut attendre. Tout peut attendre. Pendant longtemps, j'ai préféré faire passer certaines choses avant, mais j'avais tort. C'est fini. Et ça va être beaucoup mieux.

Bien. Tout ça avait l'air très positif.

— C'est super, maman.

Elle me sourit d'un air satisfait.

— J'y crois vraiment, Julie. Les premiers ajustements ont peut-être été un peu chaotiques, mais cette fois, c'est la bonne. J'ai pris conscience de ce que ça voulait dire de vivre à deux. Et c'est merveilleux.

Elle avait l'air terriblement heureuse. Comme si, en survolant le littoral du Southeast, elle avait soudain mis la main sur la dernière pièce d'un puzzle qui, jusque-là, lui résistait. Ma mère s'était toujours dérobée quand les choses devenaient difficiles, refusant de se salir les mains avec des détails sordides. Mais tout le monde peut changer. Sans doute.

— Oh, mon Dieu ! Je suis tellement impatiente !

Elle attrapa son sac à main.

— Je vais passer lui apporter son repas. Il *adore* ça ! Chérie, s'il appelle, tu ne dis rien, d'accord ? Je veux lui faire une surprise !

— D'accord.

Elle m'envoya un baiser à travers les airs, puis se précipita dehors. Je restai sans voix devant cet amour absolu qui ne pouvait pas attendre une heure ou deux. Je n'avais jamais rien ressenti de tel, jamais. Le besoin impérieux de dire quelque chose à quelqu'un dans la seconde. C'était presque romantique. Encore fallait-il aimer ce genre de choses.

Le lendemain matin, alors que je faisais la queue au Jump Java, à moitié endormie, et que j'attendais le moka de Lola, j'aperçus le camion blanc qui se garait dans un râle sur l'emplacement réservé aux pompiers. Fred sauta à terre et entra dans la cafétéria, des billets froissés à la main.

— Salut ! me lança-t-il.

— Salut...

Je fis semblant d'être captivée par une histoire de redécoupage électoral, à la une du journal local.

La file d'attente était longue, pleine de gens grincheux qui voulaient leur café comme ceci, et pas comme cela. J'en avais mal à la tête rien que de les entendre. Karen s'agitait devant la machine à espresso, peinant à s'en sortir, avec tous ces laits écrémés, au soja, très longs et très courts. Son visage reflétait une grande lassitude.

Fred n'était pas juste derrière moi, mais le type qui se trouvait entre nous renonça, excédé par l'attente, et on se retrouva l'un derrière l'autre, bien forcés de faire un bout de conversation.

— Alors, Lucas m'a dit que vous aviez un rendez-vous avec Rubber Record ?

— Ouaip. Ce soir, à Washington. On part dans une heure.

— Ah bon ? dis-je en avançant de deux centimètres.

— Ouais. Ils veulent qu'on leur fasse une démo, tu sais, au siège. Et peut-être à une soirée, mardi, s'ils nous trouvent un créneau. Ensuite, si ça leur plaît, on aura sans doute un truc permanent là-bas.

— C'est super !

Il haussa les épaules.

— C'est pas dit qu'on leur plaise. En plus, ils insistent pour qu'on fasse des reprises, et tu sais que ça va contre l'intégrité artistique du groupe...

— Ah...

— Je veux dire... les autres, bien sûr, ils seraient

prêts à n'importe quoi pour décrocher un contrat, mais tu vois, pour moi, c'est plus que ça. C'est de la musique. De l'art. De l'expression personnelle. Pas un truc de merde décidé par des mecs du marketing.

Un homme d'affaires, plongé dans *Les Échos*, releva la tête dans notre direction, mais Fred le toisa d'un regard indigné, et il retourna à son journal.

— Vous allez jouer l'*Opus de la patate* ?

— On devrait, je trouve. J'essaie de les convaincre. Qu'ils nous aiment pour nos trucs originaux, ou alors c'est pas la peine ! Mais tu connais Lucas. Ça l'a jamais vraiment branché, les patates. Il n'a aucune ambition intellectuelle, mais c'est ridicule. Je veux dire... Il vient d'un groupe de hair metal. Qu'est-ce qu'il peut connaître à la vraie musique ?

Je ne savais pas très bien quoi répondre.

— Après, t'as Jean-Michel, qui est prêt à jouer n'importe quoi du moment qu'il ne se retrouve pas à la fac ou dans la boîte de son père à doper les ventes de papier. Reste Damien, et tu sais comme il est.

J'eus un léger sursaut.

— C'est-à-dire ?

Il leva les yeux au plafond.

— Monsieur Positif. Monsieur Tout-Va-Très-Bien. Si on l'écoutait, on irait là-bas sans rien fixer d'avance, sans aucune exigence, et on attendrait de voir comment ça se passe.

Il fit un geste désabusé de la main.

— Sans blague ! Pas de projet, pas de soucis,

jamais ! Je déteste les gens comme ça. Tu es bien placée pour savoir ce que je veux dire.

Je pris ma respiration. Je ne trouvais rien à dire. C'était ce que j'avais toujours reproché à Damien mais, dans sa bouche, ça paraissait mesquin, négatif. Il était tellement suffisant, tellement borné ! Bien sûr, c'était vrai, Damien n'était pas assez prévoyant, mais on pouvait quand même accepter que...

— Suivant ! cria Karen.

C'était moi. Je fis un pas et expliquai que je voulais « comme d'habitude », puis je me rangeai sur le côté pour laisser Fred commander un café noir, super long, sans couvercle.

— Eh bien, dis-je, tandis qu'il payait, bonne chance !

— Ouais. Merci.

On sortit ensemble, puis il se dirigea vers le camion et je retournai au Dolce Vita, où je coulais mes derniers jours de réceptionniste. On était le 20 août, je prenais l'avion dans trois semaines. J'avais toujours pensé que, si on était restés ensemble, ce serait moi qui l'aurais quitté. Et finalement, non. C'est lui qui partait le premier. Les choses ne se passent pas souvent comme on les imagine. Mais c'était mieux comme ça. Bien sûr.

Damien absent, je n'avais plus à craindre de rencontres inopinées ou gênantes. La vie était devenue plus facile. J'étais prise d'une envie subite de tout remettre en ordre, comme si sa seule présence dans le secteur suffisait à faire vaciller mon équilibre interne.

D'abord, je me mis à nettoyer. Tout. Je commençai par ma voiture, dont je pulvérisai chaque centimètre de Rénovauto et que je portai ensuite chez le garagiste pour une vidange. Je shampouinai les sièges, replaçai mes CD en ordre alphabétique et, oui, lavai vitres et rétroviseurs, même de l'intérieur. Je m'attaquai ensuite à ma chambre et remplis quatre sacs poubelle de vêtements pour la Croix-Rouge, avant d'aller faire les soldes chez Gap acheter de nouvelles fringues pour ma nouvelle vie. Mon efficacité m'impressionnait moi-même.

Comment avais-je pu me relâcher autant ? Moi qui suivais scrupuleusement les lignes de mon tapis lorsque je passais l'aspirateur ! Animée d'une nouvelle ferveur, je découvrais des traces de boue dans mon dressing, de mascara dans mon tiroir, et même une paire de chaussures dépareillées (l'autre enfouie profondément sous mon lit !). Je me demandai si je n'avais pas été dans un état second. Restaurer l'ordre dans mon univers relevait de l'urgence : je repliai mes tee-shirts, bourrai mes chaussures de mouchoirs en papier et empilai soigneusement les billets dans ma boîte secrète (où ils avaient été jetés en vrac, sûrement par mon moi maléfique), tous sur la même face.

Toute la semaine, je ne cessai de faire des listes et de cocher des cases. Je finissais chaque journée avec le sentiment du devoir accompli, que seul venait éclipser une intense fatigue. Mais c'était exactement ce que je souhaitais : une sortie propre, lisse, sans effort, des barres sur tous les t et des points sur tous les i. Il ne restait plus que quelques zones de flou, des points de détail : tous mes plans étaient faits, les étapes numérotées, et j'avais plein de temps devant moi.

— Oh-oh, déclara Marion d'un air sinistre, alors qu'on buvait un verre au Bendo. Je connais ce regard...

Chloé consulta sa montre.

— C'est vrai que le moment est venu. Tu pars dans trois semaines.

— Oh non ! s'exclama Lisa, qui venait juste de comprendre. Pas Paul ! Pas déjà !

Je haussai les épaules en faisant glisser ma bière sur la table.

— C'est logique. Le temps qu'il me reste, je préfère le passer avec ma famille. Et avec vous. Il n'y a aucune raison de faire traîner les choses et de risquer la grande scène de l'aéroport.

— Bien vu, acquiesça Chloé. C'est clair qu'il n'a pas la carrure pour l'aéroport.

— Mais j'aime bien Paul, protesta Lisa, il est si gentil !

— D'accord, mais il est temporaire. Comme moi pour lui.

— Bienvenue au club, déclara Chloé en levant sa bière. À Paul !

Tout le monde but. Je ne pus m'empêcher de penser à ce que m'avait dit Damien, ce jour-là, sur le parking du Quik Zip, qu'il n'était pas différent du type d'avant, ni de celui d'après. Il avait raison. Il n'avait été qu'une anomalie entre Jonathan Le Nullos et Le Parfait Petit Paul. Un flirt de vacances, qui s'effaçait déjà de ma mémoire...

Vraiment ? Je ne cessais de penser à lui, parce que, malgré nos efforts, ça s'était mal fini. Damien restait l'une des choses qui ne s'étaient pas passées comme je l'avais décidé, l'une des cases que je ne pouvais pas cocher d'un trait.

Paul, en revanche, en prenait doucement le chemin. Mais, pour être honnête, je ne m'étais pas vraiment impliquée, même au début. Ce n'était pas sa faute. J'aurais peut-être eu besoin d'une petite pause avant de me lancer dans une nouvelle histoire. J'avais souvent l'impression d'être à côté de mes pompes, quand on parlait, qu'on dînait ensemble, qu'on sortait avec ses amis ou même quand on faisait l'amour dans la pénombre de sa chambre ou de la mienne. J'avais parfois du mal à me souvenir de son visage quand je n'étais pas avec lui. Aussi le moment était-il venu de régler les choses une fois pour toutes.

— Le club des petits copains... déclara Marion en s'adossant contre sa chaise. Avec combien de mecs est sortie Julie ?

— Une centaine, répondit Lisa sans réfléchir.

Elle croisa mon regard et se ressaisit.

— Enfin... je ne sais pas...

— Cinquante, trancha Chloé. Minimum.

Elles se tournèrent toutes vers moi.

— Aucune idée, dis-je. Pourquoi on parle de ça ?

— Parce que c'est un sujet d'actualité. Alors que tu es sur le point d'étendre ton expérience à l'ensemble du pays...

Marion éclata de rire.

— ... et de t'embarquer vers de nouvelles aventures, c'est normal qu'on fasse le tour de tes plus grands succès...

— Tu as trop bu ou quoi ?

— Le premier, continua-t-elle, impassible, c'était Gwénaël Baucom.

— Oh, Gwénaël, soupira Lisa. Moi aussi, j'en étais amoureuse !

— C'était en sixième, protestai-je. Vous allez remonter jusqu'où !

— Ensuite, déclara Marion, la cinquième : Michel Loehmann, Thomas Gibbs, Elijah Trucmuche...

— Ah oui, celui qui avait une tête en forme de cruche, commenta Lisa. Comment il s'appelait, déjà... ?

— Je ne suis jamais sortie avec un type qui avait une tête en forme de cruche ! m'exclamai-je, indignée.

— Ensuite, il y a eu Roger pendant six mois, continua Chloé en secouant la tête. Mauvaise pioche.

— C'était un enfoiré, acquiesçai-je.

— Tu te rappelles quand il t'a trompée avec

Jennifer Tash et que tout le collège était au courant sauf toi ? me demanda Lisa.

— Non, marmonnai-je, lugubre.

— Ensuite, chantonna Chloé, la seconde et le terrible trio Luc, Daniel et Ivan : Julie sort méthodiquement avec tous les attaquants de l'équipe de foot...

— Minute !

Je me sentais devenir agressive mais bon, je ne pouvais pas les laisser dire n'importe quoi !

— À vous entendre, on croirait que je suis une vraie garce...

Il y eut un silence, puis un grand éclat de rire.

— Ce n'est pas drôle, grommelai-je. J'ai changé.

— On sait que t'as changé, déclara Lisa, me tapotant la main avec sa gentillesse habituelle. Mais là, on parle du bon vieux temps...

— Pourquoi on ne parle pas de vous, alors ? Pourquoi on ne parle pas des cinquante mecs de Chloé ?

— Je les assume sans problème, rétorqua-t-elle, un sourire aux lèvres. Mais Julie, qu'est-ce qu'il t'arrive ? T'as perdu ton humour ? Tu n'es plus fière de tes conquêtes ?

Je me contentai de la regarder.

— Ça va très bien. Je gère

Le décompte se poursuivit. Je m'appliquai à ne pas réagir. Il y avait des types dont je ne me souvenais même pas (Antoine, qui vendait des vitamines au centre commercial) et d'autres que j'aurais préféré avoir oublié, comme Pierre Scranton qui, non content d'être un pauvre type, avait une autre copine dans un collège de Fayetteville, qui s'était tapé les deux heures de trajet pour venir me botter les fesses. Vous parlez d'un week-end. Et le défilé des noms continuait...

— Boris Tisch, dit Lisa en comptant sur ses doigts. Il avait une Porsche bleue.

— Edouard d'Atlantic Beach, ajouta Marion. Dans la catégorie : flirt de vacances de deux semaines.

Chloé inspira, puis déclama, théâtrale, la main sur sa poitrine :

— *Dante*.

— Ah ouais ! s'exclama Marion en claquant les doigts. L'échange scolaire. Julie passe à l'international !

— Ce qui nous amène, conclut Chloé, à Jonathan. Puis à Damien. Et maintenant...

— Paul, ajouta Lisa d'un air triste, le nez dans sa bière. Le Parfait Petit Paul.

Lequel franchissait à l'instant la porte du Bendo et s'arrêtait pour faire contrôler sa carte d'identité. Il sourit en m'apercevant, puis traversa la salle, comme Jonathan avant lui, en toute inconscience. Je pris une inspiration profonde et songeai qu'avec mon expérience, ç'aurait dû devenir une seconde nature, comme l'enfant qu'on jette à l'eau et qui sait instinctivement nager. Mais je restai assise et attendis.

— Salut, déclara-t-il en se glissant près de moi.

— Salut...

Il me prit la main, enroula ses doigts autour des miens et, soudain, je me sentis très fatiguée. Encore une rupture. Encore une fin. Je n'avais même pas pris le temps de penser à ce que je devais dire, ni à comment il allait réagir... Un petit travail préparatoire que j'avais toujours fait naturellement.

— Tu veux une bière ? Julie ?

— Écoute...

Les mots se frayaient leur chemin tout seuls, sans que j'aie besoin de réfléchir. C'était un processus froid et mécanique, comme de poser les chiffres d'une équation. J'aurais presque pu être quelqu'un d'autre, un simple témoin, vu le peu d'émotion que j'éprouvais...

— Il faut qu'on parle.

Chapitre 15

— Et pour la fois où elle a dit à l'horrible Tucker de s'asseoir et d'attendre son tour... déclara Talinga, un verre vacillant à la main.

— Et pour la fois où elle a délivré la femme du juge du sèche-cheveux mural... renchérit Amanda.

— Pour toutes les fois, déclara Lola, plus fort que les autres, où elle ne pouvait plus supporter notre bazar...

Il y eut une pause. Talinga renifla, puis s'essuya les yeux du bout de l'ongle. Un ongle très long, rouge vif, et d'un ovale parfait.

— ... à Julie, conclut Lola.

On leva nos verres et trinqua. Du champagne coula sur le sol.

— Tu vas nous manquer, ma fille !

On but. On ne faisait que ça depuis que Lola avait officiellement fermé le salon, à quatre heures (deux heures plus tôt que d'ordinaire), afin de célébrer mon départ en grande pompe. On n'avait pas beaucoup travaillé, de toute façon. Talinga m'avait offert un petit bouquet. Elle avait tellement insisté pour que je l'accroche à mon corsage que, toute la journée, j'avais eu l'air d'attendre que mon chéri vienne me chercher, dans la voiture de son père, pour le bal des étudiants. Mais c'était vraiment gentil. Tout comme l'étaient le gâteau, le champagne et l'enveloppe qu'elles m'avaient donnée, avec cinq cents dollars rien que pour moi...

— Pour les imprévus, m'avait dit Lola en me la fourrant dans la main. Pour les choses importantes.

— Une manucure, par exemple, avait précisé Amanda. Ou une épilation des sourcils.

J'avais été à deux doigts de fondre, mais je savais que ça les aurait toutes fait pleurer (les filles du Dolce Vita avaient la larme facile). J'avais aussi pris conscience que, cette fois, c'était sérieux. Stanford. La fin de l'été. Le début de ma vraie vie. Ce n'était plus un vague espoir à l'horizon, c'était là, bien réel.

Il y en avait des signes partout. Je recevais des tonnes de paperasses de l'université, des formulaires à remplir, des listes de dernière minute. Ma chambre était envahie de cartons avec des étiquettes indiquant clairement ceux qui partaient et ceux qui restaient. Je n'entretenais aucune illusion sur le désir de ma mère de faire de ma chambre un sanctuaire dédié à La Julie d'Avant. Au contraire, je savais que, la seconde qui suivrait mon départ, elle viendrait farfouiller dans mes affaires et vérifier si l'étagère qu'elle voulait pour sa bibliothèque tenait dans mes murs. Quand je reviendrais, tout aurait changé. Moi la première.

On se préparait toutes à partir. Lisa était la plus larmoyante, alors qu'elle se contentait de déménager à l'autre bout de la ville et qu'elle pourrait voir le clocher de l'église de sa fenêtre. Marion, qui avait trouvé un travail administratif dans le service pédiatrique d'un hôpital, commençait ses cours du soir le 1er septembre. Quant à Chloé, elle s'employait à faire ses cartons et à se constituer une nouvelle garde-robe, pour partir à l'assaut d'une fac juste assez éloignée afin que sa réputation de briseuse de cœurs ne la précède pas. Cet entre-deux, qui nous avait paru interminable, touchait à sa fin.

La veille, j'avais déterré mon lecteur de CD du fond de mon placard puis, assise sur mon lit, j'avais délicatement sorti le disque de mon père et l'avais rangé dans son boîtier. Mais au moment de le mettre dans la caisse, avec ceux que je voulais emporter, quelque chose me retint. Même si mon père m'avait laissé, en guise d'héritage, la conviction que tous les hommes m'abandonneraient, je n'étais pas obligée de la reprendre à mon compte, et encore moins de trimballer un pense-bête partout avec moi. Je l'avais donc glissé dans le tiroir, maintenant vide, de mon bureau. Mais la caisse n'était pas encore scotchée et je pouvais encore changer d'avis.

— Bon, les filles, déclara Lola en empoignant le champagne, qui en veut encore ?

— Moi, répondit Talinga. Et je reprendrais bien du gâteau.

— Tu n'en as pas besoin, remarqua Amanda.
— Je n'ai pas besoin de champagne non plus, répliqua-t-elle. C'est pas ça qui va m'arrêter !

Elles éclatèrent de rire, puis le téléphone sonna. La bouteille toujours à la main, Lola se précipita. De mon côté, j'attrapai l'une des roses en sucre du gâteau, la portai à ma bouche et la laissai doucement fondre sur ma langue. Ma mère m'avait demandé de réserver mon appétit pour le repas qu'elle organisait ce soir, ultime célébration familiale avant mon départ. La bonne humeur qu'elle avait rapportée de Floride ne s'était pas assombrie, elle travaillait d'arrache-pied à devenir La Femme de Roger. Elle allait jusqu'à délaisser l'écriture de son roman et je me demandais où pouvait bien se trouver Mélanie. Ce n'était pas son genre de laisser une histoire en plan, surtout si près de la fin. Mais chaque fois que je sentais l'inquiétude m'envahir, je me répétais qu'elle y arriverait. Elle n'aurait pas le choix.

Tout en continuant à boire, je m'avançai vers la vitrine. De l'autre côté du parking, la porte de Photo Flash était ouverte. Et tandis que je pressais mon front contre le verre froid, je sentis que le champagne commençait à faire son effet. Truth Quad était rentré deux jours plus tôt. J'avais aperçu Lucas en train de manger un paquet de chips devant Le Marché, mais je m'étais bien gardée de venir lui demander comment les choses s'étaient passées à Washington. Depuis cette fois où j'avais quitté la maison jaune alors qu'ils étaient tous dans le jardin, je ressentais clairement que leur destin n'avait plus rien à voir avec le mien.

Et pourtant, la pensée de Damien ne me quittait pas. Il était la dernière zone de flou qui restait et je détestais le flou. Ce besoin de mettre les choses au clair n'avait rien de sentimental : c'est juste que je n'avais pas envie de traverser le pays avec l'impression d'avoir laissé le fer allumé ou oublié d'éteindre la machine à café. Une question d'hygiène mentale. Donc indispensable.

À cet instant, j'aperçus une silhouette dégingandée et gauche sur le seuil de Photo Flash. Impossible de s'y tromper. Très bien, pensai-je, le timing est parfait. Je vidai mon verre, puis vérifiai mon rouge à lèvres. J'allais pouvoir régler ce dernier point et, malgré tout, arriver à l'heure à la maison.

— Où tu vas ? me demanda Talinga, qui me surprit en train d'ouvrir la porte.

Amanda et elle avaient allumé la chaîne hi-fi et dansaient dans le salon désert, pieds nus, tandis que Lola se servait une nouvelle part de gâteau.

— Tu devrais reprendre du champagne, Julie ! C'est ta fête, après tout...

— Je reviens dans une minute, dis-je. Tu peux remplir mon verre ?

Elle acquiesça, puis s'en versa un pour elle. Amanda ondulait en gloussant et, dans son excitation, heurta un présentoir de vernis à ongles. La porte se referma sur leurs éclats de rire. Je plongeai dans la chaleur.

Ma tête bourdonnait. Je trouvai Lucas au comptoir, en train de surveiller la machine à développer. Il me jeta un regard, puis s'exclama :

— Salut ! C'est le grand bal, ce soir ?

Je me figeai sur place, interdite, puis compris qu'il faisait allusion à mon bouquet, qui avait l'air, lui aussi, d'avoir absorbé un peu trop de champagne.

— Damien est là ?

Lucas repoussa sa chaise, roula en arrière et passa la tête par la porte de service.

— Dam !
— Quoi ?
— Une cliente.

Damien apparut en s'essuyant les mains sur son tee-shirt et souriant d'un air décontracté, genre « Que puis-je faire pour vous ». Il se raidit légèrement en m'apercevant.

— Salut, lança-t-il, c'est le grand bal ?

— Pas terrible, marmonna Lucas, tout en retournant à sa machine. Et déjà dit.

Damien s'approcha du comptoir sans lui prêter attention.

— Eh bien, s'enquit-il en attrapant un paquet de photos, qu'il se mit à battre comme un jeu de cartes, que peut-on faire pour vous ? Vous avez des photos à développer ? Peut-être un agrandissement ? On fait une promo sur les dix-quinze, aujourd'hui...

— Non, rétorquai-je, haussant la voix pour me faire entendre malgré les chunck-chunk de la machine que Lucas avait remise en route et qui recrachait de précieux souvenirs. Je voulais juste te parler.

— Bien.

Il continua à mélanger les photos, sans vraiment me regarder.

— Parle, alors.

— Comment ça s'est passé, à Washington ?

Il haussa les épaules.

— Fred a piqué sa crise, comme d'hab. L'intégrité artistique et tout le bazar. Il est sorti comme un ouragan. On a réussi à leur soutirer un autre rendez-vous, mais en attendant, on est coincés ici avec un autre mariage. Ça a l'air d'être une fatalité, en ce moment.

Je restai silencieuse un instant, cherchant mes mots. Son attitude n'était vraiment pas sympa, mais je décidai de poursuivre malgré tout.

— Donc, je pars bientôt, et...

— Je sais.

Il me regarda.

— La semaine prochaine, c'est ça ?

Je hochai la tête.

— Et je voulais, disons, faire la paix avec toi.

— La paix ?

Il reposa les photos. Celle du dessus représentait un groupe de femmes qui posaient autour d'un patchwork, toutes plus souriantes les unes que les autres.

— On est en guerre ?

— Disons qu'on ne s'est pas très bien quittés, la dernière fois, au Quik Zip.

— J'étais un peu soûl, reconnut-il. Et, hum... j'avais peut-être un peu de mal à accepter ta relation avec Monsieur Spinnerbaits...

— C'est fini, rétorquai-je.

— Bon. J'peux pas dire que ça me fait de la peine. C'est les pires branleurs que je connaisse et leurs fans...

— C'est bon, ça va. Je sais. Je déteste les Spinnerbaits.

— Je déteste les Spinnerbaits, marmonna Lucas.

— Écoute, déclara Damien en se penchant par-dessus le comptoir. Je t'aimais vraiment, Julie. Peut-être qu'on ne pouvait pas être amis. Mais tu ne peux pas dire que tu as perdu ton temps, pas vrai ?

— Je ne voulais pas que ça finisse mal, je voulais vraiment qu'on soit amis. Mais ça ne marche jamais. Jamais.

Il parut réfléchir un instant.

— D'accord. Tu as sans doute raison. Et on a eu tort, tous les deux. Je n'étais pas tout à fait honnête quand je t'ai dit que je voulais être ton ami. Et tu n'étais pas tout à fait honnête, tu sais, quand tu m'as dit que tu m'aimais.

— Quoi ? m'exclamai-je, un peu trop fort (à cause du champagne). Je n'ai jamais dit que je t'aimais !

— Peut-être pas en toutes lettres, rétorqua-t-il en mélangeant à nouveau les photos. Mais on savait bien la vérité, tous les deux.

— Absolument pas.

Je sentais le flou se dissiper peu à peu.

— Cinq jours, déclara-t-il en levant sa main ouverte. Cinq jours de plus, et tu m'aurais aimé.

— J'en doute.

— Eh bien, c'est un défi. Cinq jours, et...

— Damien !

— Je rigole.

Il reposa les photos et me sourit.

— Mais on ne saura jamais, pas vrai ? Ç'aurait pu arriver.

Je lui souris en retour.

— Peut-être.

Et voilà. Fin de partie. La dernière case de ma liste avait été cochée d'un grand trait énergique. Je sentis un poids quitter mes épaules. Toutes mes planètes étaient maintenant bien alignées et le monde en ordre.

— Julie ! lança une voix de dehors.

Amanda se tenait sur le seuil du Dolce Vita, une charlotte sur la tête, et claquait des doigts.

— Tu vas rater la danse !

Dans son dos, Talinga et Lola riaient aux éclats.

— Ouah ! s'exclama Damien, tandis qu'Amanda continuait à se déhancher, en dépit des regards désapprobateurs d'un vieux couple qui passait, un sac de graines pour oiseaux à la main. J'ai l'impression qu'on ne travaille pas du bon côté du parking...

— Il faut que j'y aille.

— Bon, très bien. Tu ne veux pas jeter un œil à ces trucs...

Il ouvrit un tiroir, en sortit un paquet de photos brillantes et les étala sur le comptoir.

— Quelques derniers trophées pour notre mur de la honte... Vise-moi ça !

Elles étaient vraiment terribles. On y trouvait un homme entre deux âges dans une pose de bodybuilder, son gros ventre débordant sur un minuscule maillot de bain ; un couple à l'avant d'un bateau, lui très à l'aise, tout sourire, et elle littéralement verte (la photo suivante l'aurait surprise en train de vomir). Le mauvais goût et la gêne semblaient être les thèmes de la série : les photos étaient toutes plus bêtes ou plus dégoûtantes les unes que les autres. Je tombai en arrêt devant un chat qui semblait vouloir s'accoupler avec un iguane, puis faillis manquer la photo d'une femme en soutien-gorge et culotte.

— Oh, Damien, protestai-je. Franchement...

Il haussa les épaules.

— Quoi ? Chacun fait ce qui lui plaît, non ?

J'allais répondre, quand je réalisai soudain que je connaissais cette femme aux cheveux noirs, assise sur le rebord d'un lit, qui posait d'un air séducteur, les mains sur les hanches pour amplifier son décolleté. Au-dessus de son épaule gauche se trouvait la tête de saint Jean-Baptiste posée sur une assiette.

— Oh non !

C'était la chambre de ma mère. Et cette femme, sur le lit, n'était autre que Patty, la secrétaire de Roger. Je retournai la photo : 14 août. Le week-end dernier, alors que j'étais chez Lisa et que ma mère, en Floride, décidait de se consacrer pleinement à son mariage.

— Ça vaut le détour, hein ? s'exclama Damien en jetant un regard à la pile. Je savais que tu l'aimerais, celle-là...

Je relevai les yeux. Fin de partie. C'était la petite vengeance qu'il avait imaginée : me donner un coup de poing au moment même où j'étais sans défense. Je me sentis soudain folle. De rage. Le sang me monta au visage. Les joues me brûlaient.

— *Salaud !*

Il écarquilla les yeux.

— Quoi ?

— Tu crois que c'est un jeu ?

Je pris les photos et les lui lançai en pleine poitrine. Il recula d'un pas. Les photos s'éparpillèrent sur le sol.

— Comment tu peux faire un truc pareil ? Moi, j'essayais d'arranger les choses, Damien. J'essayais d'être au-dessus de ça !

— Julie, protesta-t-il en levant les mains, qu'est-ce que tu racontes ?

Lucas avait repoussé sa chaise et me regardait.

— Tous ces discours sur la confiance, l'amour... Et après, tu fais un truc pareil, juste pour me faire du mal ! Et pas seulement à moi ! À ma famille !!!

— Julie...

Il essaya d'attraper ma main pour me calmer, mais je me dégageai d'un geste brusque. Mon poignet heurta la caisse enregistreuse. Je ne me contrôlais plus.

— Julie, enfin... dis-moi ce qui...
— Va te faire voir ! hurlai-je avec violence.
— C'est quoi, le problème ? cria-t-il en réponse.
Il se pencha, ramassa les photos et les regarda.
— Je ne...
Je me dirigeai déjà vers la porte. L'image de ma mère me hantait, ma mère qui venait à moi dans un nuage de parfum et d'espoir, ma mère qui avait tout fait pour réussir son mariage, qui avait accepté de se ranger, de se sacrifier même, pour un homme qui, non content de la tromper, en fixait le souvenir sur une pellicule. Le salaud ! Je le haïssais. Et je haïssais Damien. Dire que j'avais presque eu envie de me laisser convaincre ! Quand je lui avais demandé une preuve, ma mère m'avait dit : il n'y en a pas, c'est intangible, immatériel. Mais les charges contre l'amour, elles, étaient solides. On pouvait même les tenir entre les mains.

Cette découverte écourta notre petite fête. Ce n'était pas plus mal. Amanda s'endormit sur la table de la salle d'épilation, pendant que Lola et Talinga faisaient son sort au gâteau en gémissant sur leur vie sentimentale. Je leur fis mes adieux, puis partis, mon enveloppe sous un bras, sous l'autre un carton de tubes de crème, et le poids de ce que je venais d'apprendre, à savoir que le dernier mari de ma mère était le pire du lot. Et ce n'était pas peu dire.

Je mis la clim à fond et tentai de me calmer. La vision de Patty sur le lit de ma mère, dans la chambre de ma mère, m'avait dégrisée d'un coup, comme seules peuvent le faire les mauvaises nouvelles. Je détestais Damien de m'avoir montré la photo et, tout en conduisant, je me demandai comment j'avais pu ne pas voir son côté fourbe, mesquin, méchant. Il avait bien caché son jeu. Et c'était minable, de sa part, d'avoir mêlé ma famille à ça. Qu'il me blesse, d'accord. Je savais me défendre. Mais ma mère, non. Ma mère, c'était autre chose.

Je m'engageai dans l'allée et coupai le moteur, puis je restai assise jusqu'à ce que le ronronnement de la clim s'arrête. Je redoutais ce qui m'attendait. Je savais que certains n'auraient rien dit, auraient laissé ce mariage, si faux soit-il, suivre son cours. Mais pas moi. Je ne pouvais pas partir en laissant ma mère affronter seule une déception pareille. Et comme je croyais fermement au bénéfice de l'action énergique (les trucs pénibles, c'est comme les sparadraps, il vaut mieux les arracher d'un coup), il fallait que je lui parle.

Alors que je remontais l'allée, bizarrement, j'eus le pressentiment que j'arrivais trop tard. Je le sus avant même d'apercevoir les canettes de Nesvital éparpillées sur la pelouse. Certaines avaient roulé sous les buissons, l'une se tenait toute droite sur les marches, comme attendant d'être ramassée.

En poussant la porte d'entrée, je sentis qu'elle butait sur quelque chose : une autre canette. Il y en avait partout dans l'entrée. Je gagnai la cuisine.

— Maman ?

Ma voix résonna contre le plan de travail et les placards. Pas de réponse. Des sacs de courses pour le grand repas de ce soir s'entassaient sur la table, pas encore déballés, à côté d'une pile de courrier. Une enveloppe, ouverte, portait l'adresse de ma mère en lettres majuscules bien nettes.

J'enjambai une autre canette et traversai la cuisine. Le rideau de perles était tiré, mais cette fois, je passai outre.

Elle était assise devant sa machine à écrire, la photo que j'avais jetée à Damien face à elle, positionnée comme une feuille de papier.

Curieusement, elle paraissait très calme. Après la tempête, la mer était d'huile. Une expression stoïque sur le visage, ma mère regardait Patty lui sourire.

— Maman ?

Je posai doucement la main sur les siennes.

— Ça va ?

Elle avala sa salive et hocha la tête. Elle avait pleuré, ça se voyait, son mascara avait laissé des traînées noires sous ses yeux. C'était peut-être le plus déstabilisant de tout. Car même dans les pires circonstances, ma mère gardait toujours une apparence irréprochable.

— Ils l'ont prise dans ma propre chambre. La photo. Sur mon lit.

— Je sais.

Elle se tourna vers moi d'un air interrogateur. Je battis en retraite. Elle n'avait pas besoin de savoir qu'un autre exemplaire existait.

— Je vois bien... C'est la tapisserie, là, non ? Derrière elle.

Elle regarda à nouveau la photo. Je la regardai aussi. Un silence suivit. Le seul bruit qu'on entendait était celui du réfrigérateur qui crachait joyeusement une nouvelle fournée de glaçons.

— J'ai raté...

Je m'assis et me rapprochai d'elle.

— Je sais, dis-je dans un murmure. Tu es revenue de Floride avec l'envie de faire tout ce que tu pouvais, et tu découvres que c'est un rat qui...

— Non, coupa-t-elle d'un air distrait. Je l'ai raté. Pas une seule ne l'a touché. Je vise très mal.

Elle poussa un soupir.

— Même une seule, ça m'aurait fait du bien...

Je mis un moment à comprendre de quoi elle parlait.

— Tu as lancé toutes ces canettes ?

— J'étais furieuse, expliqua-t-elle.

Elle renifla, puis se moucha avec le Kleenex qu'elle tenait serré dans sa main.

— Oh, Julie ! J'ai le cœur brisé...

La bonne humeur que j'avais ressentie à l'image de ma mère bombardant Roger de canettes (rien de plus drôle, il faut bien avouer) me quitta d'un coup.

Elle renifla encore, s'agrippa à mes doigts et les serra avec force.

— Et maintenant ? s'enquit-elle en agitant son mouchoir sous mes yeux d'un geste désespéré. Qu'est-ce que je vais faire ?

Mon ulcère se réveilla soudain, comme en réponse à son appel. J'étais à deux pas de la porte de sortie et voilà que ma mère flottait à nouveau à la dérive, qu'elle avait besoin de moi. Je sentis un élan de colère contre Roger, cet égoïste, qui me laissait avec le problème sur les bras, tandis qu'il s'esquivait, libre comme l'air. J'aurais aimé être là tout à l'heure. Parce que moi, je vise bien, je ne l'aurais pas raté. Garanti.

— Bien. D'abord, il faut appeler ton avocat, M. Jacob. Ou alors Jonhson. A-t-il emporté quelque chose avec lui ?

— Juste un sac, répondit-elle en s'essuyant les yeux.

Je sentis que je passais en mode Gestion De Crise. Ça ne faisait pas si longtemps que Martin était parti. Les souvenirs étaient encore tout frais.

— Bien, repris-je, alors il faut fixer un créneau pour qu'il vienne chercher ses affaires. Il ne peut pas passer n'importe quand et il faut toujours qu'il y ait quelqu'un. Et tu devrais aussi contacter la banque, par sécurité, et bloquer votre compte joint. Il a de l'argent de son côté, ce n'est pas le problème, mais les gens font parfois des choses bizarres les premiers jours... Pas vrai ?

Tournée vers la fenêtre, les yeux rivés sur les arbres qui ondulaient sous l'effet du vent, elle ne répondit pas.

— Écoute, je vais trouver le numéro de l'avocat, dis-je en me levant. Il ne doit pas être là, vu qu'on est samedi, mais on peut toujours laisser un message. Comme ça, il te contactera lundi dès la première heure...

— Julie...

Je m'arrêtai, le souffle court, et vis qu'elle me regardait.

— Oui ?

— Chérie, déclara-t-elle d'une voix calme, tout va bien.

— Maman, dis-je, je sais que tu es bouleversée, mais c'est important de...

Elle me prit par la main et m'obligea à me rasseoir.

— Je pense...

Elle s'interrompit, respira un grand coup et poursuivit :

— Il est temps que je me prenne en main.

— Ah.

C'est peut-être bizarre, mais je me sentis blessée.

— Je me disais juste...

Elle laissa échapper un sourire fragile, puis me tapota la main.

— Je sais. Mais tu as assez donné, tu ne crois pas ?

Je ne répondis pas. Je l'attendais depuis toujours, ce moment magique où ma mère me rendrait ma liberté. Mais, bizarrement, ça ne ressemblait pas du tout à ce que j'avais imaginé. Au lieu d'une grande vague de triomphe, je me sentais seule, abandonnée, avec pour toute compagnie le son des battements de mon cœur. Terrifiant.

Ma mère dut le sentir, à l'expression de mon visage.

— Julie, reprit-elle d'une voix douce, ça va

aller. Il est temps que tu t'occupes un peu de toi, pour changer. Je peux prendre le relais.

— Pourquoi, tout à coup ?

— Je le sens, répondit-elle simplement. Tu ne le sens pas ? Je sens que... ça va.

Est-ce que je le sentais ? Tout semblait si confus, soudain. Mais j'eus alors une vision, celle de ce pays, si immense, et nous deux séparées, plus seulement par nos divergences d'opinion, mais par des milliers de kilomètres. Si loin qu'on ne pourrait plus se toucher, ni même se voir. Ma mère était abattue, mais pas détruite. Et si elle m'avait privée d'une part de mon enfance (du moins de l'enfance que je pensais mériter), il n'était pas trop tard. Elle pouvait me donner à son tour, rattraper toutes ces années, une à une.

Pour l'heure, je me glissai contre elle, genou contre genou, bras contre bras, front contre front. Je m'appuyai contre elle et, au lieu de fuir, je me laissai guider par l'attraction presque magnétique que je ressentais. Je savais que c'était pour toujours, quelle que soit la distance que je mettrais entre nous. Ce sentiment puissant de tout ce qu'on avait partagé, bon ou mauvais, qui nous avait conduites là, à ce croisement où s'ouvrait ma propre vie.

Chapitre 16

Il restait une heure avant l'arrivée de Chris et de Marie-Anne. Je fis le tour de la maison et du jardin, ramassai toutes les canettes de Nesvital, puis écoutai le doux petit bruit qu'elles faisaient en heurtant les parois métalliques de la poubelle. Pendant ce temps, ma mère prenait une douche. Elle avait insisté pour que notre dîner familial soit maintenu, en dépit de ce qui venait de se passer. Malgré mes efforts pour m'adapter à mon nouveau rôle, certaines habitudes étaient tenaces : je décrochai le poster de la grosse femme nue du mur de la cuisine et le fis glisser derrière le réfrigérateur.

J'avais eu droit aux détails les plus sordides. L'affaire avec Patty datait d'avant ma mère, mais elle était alors mariée et leur histoire avait été une série de ruptures et de réconciliations, d'ultimatums et de récidives, jusqu'à ce que Roger la menace de refaire sa vie si elle ne se décidait pas à quitter son mari. Son mariage avec ma mère, cependant, avait servi de catalyseur, et elle avait franchi le pas. Malgré leurs efforts, ils n'avaient pas réussi à « lutter contre leurs sentiments ». Ma mère fit une grimace en me rapportant ces mots, et je grimaçai aussi. Patty, lasse d'attendre, avait fini par envoyer la photo. Roger, de son côté, n'avait même pas cherché à nier : il avait poussé un soupir, gagné la chambre et préparé ses affaires. Pour moi, c'était révélateur.

Quel vendeur de voitures n'aurait pas essayé de tirer, au moins, son épingle du jeu ?

— Il ne peut pas, rétorqua ma mère. Puisqu'il l'aime.

— C'est un salopard.

— C'est une histoire malheureuse, rétorqua ma mère (elle prenait tellement bien les choses que je me demandais si elle n'était pas, tout simplement, sous le choc.) En fin de compte, tout n'est jamais qu'une question de timing.

Tout en ruminant cette pensée, j'empilai les steaks sur une assiette, me dirigeai vers le gril flambant neuf et l'ouvris. Après m'être battue quinze minutes avec le système d'allumage (high-tech et soi-disant « pour les nuls »), je décidai que je préférai garder mes sourcils intacts et extirpai notre vieux gril Weber de derrière une pile de chaises longues. Quelques poignées de charbon, du liquide, et le tour était joué.

Alors que j'attisais les braises, je ne cessai de penser à Damien. Lui qui avait été une zone de flou, ses contours étaient maintenant parfaitement nets, et ses couleurs si criardes qu'elles faisaient mal aux yeux. Encore un flirt raté à ajouter à la liste. Mais finalement, j'avais toujours su que c'était là qu'il finirait.

J'étais en train de disposer des chips et de la sauce salsa sur une assiette quand Chris et Marie-Anne apparurent, de l'autre côté de la pelouse, Tupperware sous le bras, main dans la main. Je me demandai comment elle allait réagir, elle qui avait jugé mon cynisme odieux. Quant à Chris, j'imaginais qu'il prendrait une attitude protectrice par égard pour ma mère, tout en se réjouissant secrètement de pouvoir à nouveau manger des tranches de pain normales.

Je les entendais discuter et rire. Ils avaient l'air très excités. Quand ils entrèrent, je remarquai qu'ils avaient les pommettes rouges. Marie-Anne était plus détendue que jamais, comme si elle avait reçu une double ration de compliments. Chris aussi semblait heureux. Du moins jusqu'à ce qu'il découvre l'emplacement vide au-dessus de la table du petit déjeuner.

— Oh mince ! s'exclama-t-il, le visage défait.

Marie-Anne continuait à sourire.

— Que se passe-t-il ?

— Eh bien, dis-je, en fait...

— On s'est fiancés ! cria-t-elle en tendant brusquement le bras.

— ... Roger avait une maîtresse et il est parti avec elle.

Il y eut une minute de silence absolu. Marie-Anne saisissait lentement le sens de ce que je venais de dire et moi, de mon côté, je me rétractais, gênée. L'instant suivant, on s'exclamait, ma mère et moi :

— Quoi ?

— Mon Dieu, murmura Chris en se laissant tomber contre le frigo dans un bruit sourd.

— Vous vous êtes fiancés ?

— C'est juste...

Marie-Anne leva la main. J'aperçus alors sa bague, un diamant d'une belle taille, si brillant qu'il reflétait la petite lumière de l'évier.

— Formidable, déclara la voix de ma mère.

Je tournai la tête et l'aperçus, les yeux un peu humides, mais souriante.

— C'est vraiment *formidable* !

Qu'elle soit capable d'une réaction pareille, à peine deux heures après que son cinquième mariage eut coulé dans une mare de mensonges, de mauvais clichés et de jets de canettes, en disait long sur la foi totale et absolue que ma mère vouait à l'amour, aussi bien dans ses romans que dans la vie. En la voyant traverser la pièce et prendre Marie-Anne dans ses bras, je ressentis une gratitude dont je n'aurais pas été capable trois mois plus tôt. Elle était forte, aussi forte que j'étais faible. Elle tombait, se blessait, se relevait. Elle vivait. Et malgré ses échecs, elle continuait à croire. La prochaine fois serait peut-être la bonne. Ou peut-être pas. Mais en refusant de jouer, on se condamnait à ne jamais savoir.

On dîna sur la terrasse avec des assiettes en carton. La contribution de ma mère consistait en des steaks (brésiliens), une salade d'artichauts (importés de Bretagne) et du pain frais (italien), cuit le jour même. Celle de Marie-Anne se composait de macaronis au fromage accompagnés d'une laitue croquante avec de la sauce Amora et de la gelée aux fruits recouverte de chantilly. Leurs deux mondes auraient pu entrer en collision mais, alors que la conversation roulait sur les préparatifs du mariage, je compris qu'elles avaient un socle commun.

— Je ne sais pas par où commencer, confia Marie-Anne.

Chris et elle ne se lâchèrent pas la main de tout le repas, ce que je trouvai dégoûtant, mais pardonnable vu les circonstances.

— Le lieu, le gâteau, les invitations... C'est tellement énorme ! Il y a de quoi se décourager !

— Ce n'est pas si terrible, rétorquai-je en attrapant un bout de salade avec ma fourchette. Il te faut une chemise en carton, un carnet et, surtout, fais toujours établir deux devis. Et ne va pas au Inverness Inn, parce que tout est plus cher et qu'il n'y a jamais de papier dans les toilettes.

— C'est si amusant de se marier... gazouilla ma mère, tout en portant son verre à ses lèvres.

Je surpris un nuage de tristesse sur son visage, mais elle se ressaisit et sourit à Chris.

— Si vous avez besoin de quoi que ce soit... de l'aide, de l'argent... Surtout, dites-le moi !

— Promis.

Je rassemblai les assiettes. Ils continuaient à réfléchir aux dates et aux lieux, comme moi un an plus tôt, pour le mariage de ma mère. Je trouvais déstabilisant de voir un mariage finir le jour même où un autre se décidait, comme s'il y avait un programme d'échange dans l'univers, une sorte de planification pour qu'il y en ait toujours le même nombre.

Arrivée devant la porte vitrée, je me retournai et jetai un regard à la terrasse. L'obscurité tombait. J'entendais leurs voix monter et descendre. Je fermai les yeux. Dans des moments comme ceux-là, je ne pouvais pas croire que j'allais vraiment partir. Que ma famille, cette vie-là, allaient continuer sans moi. Je fus à nouveau happée par une impression de vide, que je refoulai aussi sec. Mais je restai plantée là, sur le seuil, à mémoriser le bruit, à photographier l'instant. Pour l'enfouir au plus profond de moi et le retrouver intact le jour où j'en aurais vraiment besoin.

Après le dessert, Marie-Anne et Chris remballèrent leurs Tupperware et repartirent chez eux, lestés de tout le fatras que j'avais gardé : brochures, tarifs, numéros de téléphone... le kit indispensable à un mariage réussi, depuis la location de la limousine jusqu'à la meilleure esthéticienne de la ville. Avec mon cynisme habituel, je n'avais pas douté en avoir besoin à nouveau, et j'avais eu raison. Même si ce n'était pas ce que j'avais imaginé.

Ma mère me souhaita bonne nuit, puis monta se coucher, les yeux un peu humides, mais sereine. Je gagnai ma chambre, revérifiai mes cartons, les réorganisai, emballai quelques dernières petites choses, puis je m'assis sur mon lit, agitée, et écoutai le vrombissement de la clim jusqu'à ce que je ne puisse plus le supporter.

Alors que j'approchai du Quik Zip, incapable de résister à l'appel d'un Coca light géant, je reconnus la voiture de Lisa devant les cabines téléphoniques. Je la débusquai au rayon des bonbons, en train de débattre des mérites respectifs des Skittles et des M&M's, un exemplaire de chaque dans les mains. Elle sursauta quand je lui tapotai l'épaule, puis laissa échapper un cri et, dans le même mouvement, les deux paquets.

— Julie !

Elle me donna un coup sur la main, toute rouge.

— Tu m'as fait peur !

— Désolée. Je n'ai pas pu résister...

Elle se baissa pour les ramasser.

— C'est pas drôle, marmonna-t-elle. Qu'est-ce que tu fais là ? T'avais pas un repas de famille, ce soir ?

— Si, si.

Je me dirigeai vers la fontaine à Coca. Les moindres petits détails me rendaient nostalgique et je fus traversée par un sentiment presque religieux en attrapant un verre et en le remplissant de glaçons.

— C'est déjà fini. Dans le genre repas de famille, c'était spécial. T'en veux ?

— Bien sûr !

Je lui tendis un verre, puis remplis le mien, en prenant soin de faire des pauses pour laisser la mousse se dissiper. En plus, on avait parfois une dose de sirop si on appuyait sur le bouton light, ce qui les rendait Excellentissimes. J'attrapai ensuite un couvercle, une paille et attendis que Lisa se serve de Schweppes. Tandis que je le portais à mes lèvres pour en savourer tout l'arôme, je remarquai que Lisa était bien mieux habillée que d'habitude. Elle avait une nouvelle jupe, s'était peint les ongles de pied et sentait un parfum léger et fleuri. Et j'étais prête à parier qu'elle s'était recourbé les cils.

— Bon, dis-je, avoue : qu'est-ce que tu fais ce soir ?

Elle posa les bonbons sur le comptoir, sourit d'un air entendu et, alors que le type enregistrait ses achats, elle ajouta, d'un air désinvolte :

— J'avais rendez-vous.

— Pas possible !

— Trois soixante-dix-huit, déclara le type.

— Je paye le sien, précisa Lisa en désignant mon Coca d'un signe de tête.

— Merci ! m'exclamai-je, surprise.

— De rien...

Elle lui tendit deux billets froissés.

— Tu sais que J.P. et moi, on s'est un peu tourné autour, ces derniers temps...

— Ouais...

Elle prit sa monnaie et on se dirigea vers la porte.

— L'été sera bientôt fini. Et aujourd'hui, on

était à une expo-vente pour promouvoir les ThéRugir. J'ai décidé que ça suffisait comme ça. J'en avais marre d'attendre, de passer mon temps à espérer qu'il fasse un geste... Je lui ai demandé de sortir avec moi.

— Tu m'impressionnes, Lisa !

Elle glissa la paille dans sa bouche, prit une minuscule gorgée, puis haussa les épaules.

— Ce n'était pas aussi dur que ce que je croyais. En fait, c'était même... plutôt pas mal. Ça m'a donné confiance en moi...

— Attention, J.P., déclarai-je en grimpant sur le capot de sa voiture, la nouvelle Lisa est arrivée !

— On devrait boire à ça, tiens !

On trinqua, puis on resta un moment à regarder les voitures passer, silencieuses. Un autre samedi soir au Quik Zip, un de plus dans une longue, longue série.

— Et puis, ma mère et Roger se sont séparés.

Elle lâcha sa paille et se tourna vers moi.

— Non !

— Si.

— Pas possible ! Qu'est-ce qui s'est passé ?

Je repris tout depuis la scène au Photo Flash, m'arrêtant à intervalles réguliers pour qu'elle puisse secouer la tête, demander des détails et traiter Roger de tous les noms que je lui avais déjà donnés aujourd'hui (ce qui ne m'empêcha pas de me joindre à elle, pour faire bonne mesure).

— Oh là là, s'exclama-t-elle quand j'eus fini. C'est trop nul... Ta pauvre maman !

— C'est sûr. Mais je crois que ça va. Ah oui, et puis... Chris et Marie-Anne ont décidé de se marier.

— Quoi ? s'exclama-t-elle, sous le choc. Et avec toutes ces nouvelles, tu restes froide et calme, tu papotes avec moi, tu te sers ton Coca sans rien dire... Julie, mince !

— Désolée. Je crois que la journée a été un peu longue.

Elle poussa un lourd soupir, fâchée.

— Quel été ! Quand on pense qu'il y a deux mois à peine, ta mère se mariait et moi, je me faisais plaquer...

— L'été n'aura pas porté chance aux histoires d'amour. Il y a de quoi être dégoûté à jamais...

— Nan, protesta-t-elle sans même réfléchir, tu ne peux pas dire ça.

Je bus une petite gorgée et dégageai les cheveux de mon visage.

— Je sais pas. Je ne crois pas que ça puisse marcher, en fait. Et ce qui s'est passé avec Roger n'est qu'une preuve de plus.

— Une preuve de quoi ?

— Que l'amour est une arnaque. Et que j'ai eu raison de casser avec Damien, parce que ça n'aurait jamais marché. Aucune chance.

Elle se mit à réfléchir.

— Tu sais quoi ? finit-elle par dire, en croisant les jambes. Franchement, je pense que c'est des *conneries*.

Je faillis m'étouffer avec ma paille.

— Quoi ?
— Tu m'as très bien entendue.
Elle passa la main dans ses cheveux et coinça ses boucles derrière son oreille.
— Julie, depuis que je te connais, tu as toujours pensé que tu avais tout compris à tout. Et cet été, il s'est passé quelque chose qui t'a fait douter. Je crois que tu as toujours cru à l'amour, au fond de toi.
— Pas du tout, rétorquai-je fermement. J'ai vécu des choses, Lisa, qui...
— Je sais, coupa-t-elle en levant la main. Je suis une débutante, je ne prétends pas le contraire. Mais si tu n'y croyais pas, pourquoi as-tu continué à chercher, toutes ces années ? Tous ces mecs, toutes ces histoires... Pour quoi ?
— Le sexe.
Elle secoua la tête.
— Nan. Parce qu'une part de toi voulait trouver l'amour. Pour te prouver à toi-même que tu avais tort. Tu avais cet espoir. Et tu le sais très bien.
— Tu te trompes. Ça fait longtemps que je l'ai perdu.
Elle me regarda, une expression de compréhension tranquille sur le visage.
— Peut-être pas, malgré tout, déclara-t-elle doucement.
— Lisa...
— Non, écoute-moi !
Elle fixa la route un instant, puis se tourna de nouveau vers moi.

— Peut-être que tu l'as enfoui très profondément, tu vois ? Si profondément que, quand tu l'as cherché, tu ne l'as pas trouvé. Perdu, c'est pour toujours, mais enfoui... C'est toujours là, quelque part. Mais pas où tu le crois.

Je vis alors, dans une sorte de brume, les visages des mecs que j'avais eus, au propre ou au figuré. Ils défilaient les uns après les autres, comme les pages de mon vieux carnet de rendez-vous Barbie, et leurs traits flous se fondaient les uns aux autres. Je réalisai qu'ils se ressemblaient tous. Ils avaient tous de jolis visages, de beaux corps et un certain nombre des qualités que j'avais listées dans ma tête. Je les avais toujours approchés avec méthode, histoire d'être sûre, avant de faire le moindre pas, qu'ils correspondaient bien au profil.

À part, bien sûr...

J'entendis un coup de klaxon énergique et, en levant la tête, j'aperçus Marion qui se rangeait près de nous. J'eus un choc en découvrant Chloé près d'elle.

— Salut ! s'exclama Marion en sortant de la voiture et en claquant la portière. Personne ne m'avait dit qu'on avait rendez-vous ! Comment ça se fait ?

Lisa et moi, on les regarda un instant en silence, puis elle demanda :

— Mais qu'est-ce qui se passe, ce soir ? Tout le monde est devenu fou ou quoi ? Qu'est-ce que vous faites ensemble, toutes les deux ?

— Ne t'emballe pas, rétorqua Chloé sèchement.

J'ai crevé au centre commercial et aucune de vous deux ne répondait au téléphone.

— Imaginez ma surprise, ajouta Marion ironiquement, quand elle m'a appelée au secours...

Chloé lui fit une grimace, mais qui n'avait rien de méchant. Juste un peu d'irritation.

— Je t'ai déjà dit merci. Et je vais te payer un Coca, comme promis.

— Le deal, c'était des Coca à vie, précisa Marion. Mais aujourd'hui, je vais me contenter d'un seul. Géant, et pas trop de glaçons.

Chloé leva les yeux au ciel, puis se dirigea vers le magasin. Lisa glissa du capot en secouant son verre.

— C'est l'heure du remplissage.

Je lui tendis le mien. Elle emboîta le pas à Chloé, un verre dans chaque main. Marion s'assit sur le pare-chocs, un sourire aux lèvres.

— Ça me plaît beaucoup qu'elle me soit redevable, déclara-t-elle, tout en la regardant remplir les verres, tandis que Lisa jacassait.

Chloé n'arrêtait pas de lui jeter des regards atterrés, bouche ouverte, et je compris qu'elle lui racontait l'histoire de ma mère et Roger. J'informai donc Marion, qui réagit à peu près de la même manière, et quand les deux filles revinrent, on avait toutes à boire et on en était toutes à la même page.

— Quel enfoiré ! déclara Chloé, péremptoire.

Elle porta la paille à ses lèvres, puis laissa échapper une grimace et toussa.

— Beurk ! C'est du Coca normal !

— Tu me rassures, rétorqua Marion, qui grimaçait aussi. Parce que ce que j'ai dans les mains a un goût horrible !

Chloé prit le verre qu'elle lui tendait et continua, sans lui prêter attention :

— Donc Patty a envoyé la photo à ta mère ?

— Ouaip.

— Mais elle les avait fait développer chez Photo Flash.

— C'est ça.

Chloé avala, visiblement en train de réfléchir.

— Et Damien savait qui c'était, ce que ça impliquait, et il t'a montré la photo pour se venger.

— Voilà.

Il y eut un silence, à peine troublé par le raclement des glaçons, le crissement des pailles et quelques murmures dubitatifs.

— Je ne comprends pas toute la logique du truc, confia enfin Marion.

— Moi non plus, maintenant que j'y pense, admit Lisa.

— Il n'y a pas de logique, rétorquai-je. C'est un salaud, c'est tout. Il savait que c'était la seule façon de me blesser, donc il l'a fait, alors que je venais pour faire la paix et que je ne me méfiais pas...

Le silence perdura.

— Quoi ? m'exclamai-je, agacée.

— Le problème, commença Chloé, hésitante, c'est qu'on ne peut pas vraiment être sûr qu'il la connaissait...

— Faux. Il l'a rencontrée au barbecue de ma mère. Et elle était à la Toyotaffaire.

— Mais pas nue, remarqua Lisa.

— Qu'est-ce que ça change ? Nue ou pas, elle a toujours la même tête !

— Mais, reprit Chloé, comment pouvait-il savoir que Roger avait pris la photo ? Ou que c'était la chambre de ta mère ? Je veux dire... il n'y est jamais allé, non ?

Ce fut mon tour de rester silencieuse. Je me laissai lentement pénétrer par cette nouvelle logique. Sous l'effet du choc, j'avais fait comme si Damien connaissait la chambre de ma mère et cette hideuse tapisserie biblique en particulier. Mais était-ce la vérité ? Pour lui, ce n'était rien de plus que la photo d'une femme qui travaillait pour mon beau-père et qui prenait son pied à faire des photos de nu dans une chambre, la sienne ou celle d'un autre.

— Je comprends que tu en veuilles à Damien, ajouta Chloé en tapotant le capot du bout des ongles, mais autant que ce soit pour une bonne raison. Reconnais-le, Julie Starr. Tu t'es trompée !

Je m'étais trompée. Je l'avais rendu coupable de tout. D'avoir brisé le mariage de ma mère, de m'avoir fait croire en lui comme jamais personne avant lui. Mais il n'était coupable de rien.

— Oh mince, murmurai-je. Qu'est-ce que je vais faire ?

— Va le voir et excuse-toi, trancha Lisa.

— Reconnais que tu as fait une erreur, ne va pas le voir, continue ta vie, riposta Chloé.

Je jetai un regard à Marion, qui se contenta de hausser les épaules.

— Aucune idée. C'est à toi de voir.

J'avais hurlé, je l'avais envoyé se faire voir, j'avais jeté la photo et j'étais partie sans même lui laisser le temps de s'expliquer. Je l'avais plaqué parce qu'il voulait être autre chose qu'un simple flirt de vacances anonyme, qui sent le soleil et le chlore.

Et alors ? Qu'est-ce que ça allait changer ? Rien. Même si j'allais le trouver, c'était trop tard. On n'aurait pas le temps de poser les bases avant qu'on ne s'envole l'un et l'autre vers des côtes opposées. Et de toute façon, tout le monde sait bien que, dans ces cas-là, ça ne marche *jamais*.

Ma mère avait raison : tout n'était qu'une question de timing. Une seconde, une minute ou une heure pouvaient tout changer. Parce que tout repose sur ces détails minuscules qui, mis bout à bout, composent une vie, comme des mots composent une histoire. Et qu'avait dit Fred ? Un mot peut changer le monde.

« Salut », avait dit Damien, le premier jour, en s'asseyant à côté de moi. C'était un mot. Si j'étais restée quelques secondes de plus dans le bureau de Roger, Damien n'aurait peut-être plus été là au moment où j'en étais sortie. Si ma mère et moi avions attendu une heure de plus, Roger n'aurait peut-être plus été là quand on était allées acheter sa nouvelle voiture. Et si Marie-Anne n'avait pas eu besoin d'une vidange, ce jour-là de cette semaine-là, elle n'aurait jamais jeté son regard par-dessus un comptoir de chez Speedy et n'aurait jamais vu Chris. Mais quelque chose, pourtant, avait permis que tous ces chemins convergent. Quelque chose qui ne pouvait faire partie d'aucune liste, ni d'aucune équation. C'était arrivé, tout simplement.

— Je rêve, déclara soudain Marion en me tirant par la manche. Regarde qui arrive !

Toujours sous le choc, je relevai la tête. C'était Roger. Roger au volant d'une Land Cruiser toute neuve, étincelante, qui portait encore l'étiquette du vendeur. Il se gara de l'autre côté du Quik Zip, descendit de voiture, cliqua sur la commande automatique de fermeture des portes et, sans nous voir, pénétra à l'intérieur en lissant le fin duvet de cheveux qu'il avait derrière la tête.

— Et moi qui parlais de timing...
— Quoi ? chuchota Lisa.
— Rien.

On le regarda remonter l'allée du Quik Zip, attraper une boîte d'aspirine et un sac de chips (le repas classique des adultères, d'après moi). Il était occupé à lire les gros titres des journaux près de la caisse et il ne tourna pas une fois la tête vers nous, même au moment de payer. Puis il sortit, se débattit avec le bouchon du tube d'aspirine et remonta en voiture.

— Enfoiré ! marmonna Chloé.

Elle avait raison. Il avait fait souffrir ma mère, sans que je puisse rien pour elle. Mais peut-être que si...

Roger démarra le moteur. Je levai mon Coca et en soupesai le poids.

— Oh yes, murmura Lisa.

— À trois, ajouta Marion.

Il ne nous aperçut qu'au dernier moment, alors qu'il longeait la voiture de Lisa. J'avais déjà lancé mon verre de toutes mes forces. Il explosa contre le pare-brise et se répandit sur son capot rutilant. Roger fit une embardée, mais en vain : deux autres verres s'écrasaient déjà contre la porte arrière et le toit. Ce fut Lisa, contre toute attente, qui réussit le meilleur coup. Son verre passa par la vitre à moitié ouverte, le couvercle se détacha sous l'effet du choc et une vague de glaçons et de Schweppes gicla, atteignant Roger en pleine face. Il ralentit, mais ne s'arrêta pas, et s'inséra dans la circulation. Laissant deux traces mouillées sur la route.

— Joli coup ! lança Marion à Lisa. Courbe parfaite.

— Merci. Chloé n'a pas été mauvaise non plus. Vous avez vu l'impact ?

— Tout est dans le poignet, rétorqua-t-elle en haussant les épaules.

Le calme revint. On entendait le ronronnement de l'enseigne lumineuse du Quik Zip au-dessus de nos têtes. Dans un flash, je revis Damien, au même endroit les bras tendus vers moi. Qui m'appelait, ou me disait au revoir. Ou peut-être un peu des deux.

Son optimisme était du genre à faire grincer des dents une cynique comme moi. En avait-il assez pour deux ? Je ne le saurais jamais. Et le temps continuait à couler. Ces minutes et ces secondes cruciales, capables de tout faire basculer...

Lorsque je partis, elles étaient encore assises sur le capot de Lisa. Et quand, avant de m'engager, je jetai un dernier regard au rétroviseur, je les vis qui faisaient des signes de la main et me criaient au revoir. Le bord du miroir leur faisait comme un cadre. Au fur et à mesure que je m'éloignais, l'image devint floue, puis disparut.

Chapitre 17

Par expérience, je savais qu'il n'y avait que neuf lieux de réception corrects dans la ville. Au cinquième, je trouvai Truth Quad.

À peine étais-je arrivée sur le parking du Hanover Inn que j'aperçus le camion blanc garé près de la porte de service, à côté d'une camionnette de traiteur. J'ouvris la portière. Des notes de musique assourdies parvenaient jusqu'à moi, le rythme régulier d'une basse. À travers les grandes baies vitrées, je vis des gens qui dansaient. La mariée menait une ligne de conga dans un nuage de blanc et de tulle.

Dans le hall, je croisai des demoiselles d'honneur en robes bleu clair avec de grands nœuds dans le dos, puis quelqu'un qui poussait un chariot où se trouvaient des cloches en glace sculptée. Sur la porte, un panneau indiquait *Réception des* MEADOWS-DOYLE. Je me glissai par la porte la plus éloignée et longeai le mur du fond dans l'espoir de passer inaperçue.

Le groupe était sur scène dans leurs costumes de G Flat. Damien chantait un vieux tube de Motown et, derrière lui, Fred grattait sa guitare d'un air morose, comme si le seul fait d'être là était une torture.

La chanson prit fin sur un grand roulement de tambour. Jean-Michel se leva pour se faire applaudir puis, devant le peu d'enthousiasme du public, se rassit dans un soupir.

— Bonsoir, tout le monde ! lança Damien avec sa voix d'animateur de show télévisé. Et maintenant, applaudissons très fort Janine et Robert !

La foule poussa des cris enthousiastes, et la mariée, rayonnante, envoya des baisers à la ronde.

— La prochaine chanson est dédiée au marié par la mariée, poursuivit Damien après avoir échangé un regard avec Lucas. Mais les autres peuvent chanter aussi !

Les premiers accords se firent entendre. Je finis par identifier la B.O. d'un film à grand succès, une chanson d'amour totalement guimauve. Même Damien, pourtant le plus conciliant du groupe, coinçait sur les *Je t'aimerai tant que les étoiles brilleront / Et mon cœur se change en pierre*... Dès le deuxième refrain, Fred se mit à faire le mariole et il ne reprit son sérieux que pour le solo du dernier couplet, qui demandait un peu plus de concentration. Les mariés, de toute façon, ne se rendaient compte de rien. Ils ne se quittaient pas des yeux et dansaient tellement serrés qu'ils bougeaient à peine.

À la fin de la chanson, les applaudissements fusèrent, puis le marié sécha les larmes de la mariée sous le regard attendri du public. Pendant ce temps, le groupe descendait de scène en se chamaillant, Fred et Lucas en tête, Damien et Jean-Michel à la traîne. Ils disparurent par une porte de côté, la sono reprit et les serveurs apportèrent au centre de la piste un grand gâteau de quatre étages, couvert de roses.

Je fis un pas pour les suivre, puis me ravisai, m'adossai au mur et fermai les yeux. Mon Dieu. C'était une chose d'avoir cédé à l'élan d'euphorie qui avait suivi le bombardement de Roger, une autre de passer à l'acte. Surtout pour un truc aussi dingue. Comme conduire à gauche ou laisser le réservoir d'essence se vider complètement avant de le remplir, ce qui était contre mes principes, contre mes valeurs, contre tout ce à quoi j'avais cru jusque-là. Impensable.

Comment avais-je pu aller si loin ? Toute une collection de petits copains, une réputation de garce aigrie et, surtout, une bulle protectrice que j'avais construite autour de moi, si étanche que personne ne pouvait y pénétrer, même avec les meilleures intentions, même avec mon accord. La seule façon de m'atteindre était de monter à l'assaut et de foncer dans les barricades. Un genre de mission kamikaze, avec un résultat imprévisible.

Ce soir-là, au Quik Zip, il avait déclaré, dans un mouvement de colère, qu'il pensait tout ce qu'il m'avait dit. À ce moment-là, je ne m'étais souvenue de rien. Mais là, dans cette salle de mariage, le dos appuyé contre le mur, ses mots me revenaient soudain en mémoire.

Je me suis dit, tout à coup, qu'on avait quelque chose en commun. Une sorte de chimie naturelle, si tu veux.

Il venait de me foncer dedans. Mon coude en bourdonnait encore.

Et j'ai senti qu'il allait nous arriver quelque chose de fou.

Je l'avais trouvé ridicule, ce devin de concessionnaire qui me prédisait l'avenir.

À tous les deux. Qu'on était faits l'un pour l'autre, d'une certaine façon.

Faits l'un pour l'autre. Il ne me connaissait même pas. Il m'avait juste aperçue, de loin.

Tu ne l'as pas senti ?

Non, rien. Ou peut-être au plus profond de moi. Si profond que je n'avais pu y avoir accès. Ou trop tard.

— Ils vont couper le gâteau ! appela une femme en vert, alors que je tentais de traverser la salle.

Les gens posèrent leur verre vide sur les tables et se pressèrent vers la piste de danse. Je me frayai un chemin à travers les tailleurs et les smokings, les robes gaufrées et un lourd nuage de parfums. La porte qui donnait sur le parking était maintenant ouverte. Mais quand j'arrivai, le groupe avait disparu. Il ne restait plus que des pelures de clémentine sur le trottoir.

J'entendis soudain, dans mon dos, un roulement de tambour, puis un coup de cymbales. Le garçon d'honneur avait pris place au micro et portait un toast. Jean-Michel, assis à la batterie, se curait les dents, tandis que Lucas, à côté de la scène, se versait un nouveau verre de bière et que Fred, près de l'ampli, avait l'air lugubre de celui qui vient de perdre un pari. Je tordis le cou pour apercevoir Damien, mais une grosse femme en rose surgit sur le pas de la porte et me cacha la vue. Je sus qu'il était trop tard.

Je fis quelques pas dans l'air frais, les bras croisés sur ma poitrine. Mauvais timing, une fois de plus. Difficile de ne pas y voir un signe. L'univers m'informait que je n'avais pas fait le bon choix. J'avais essayé, j'avais échoué. Voilà. Le jeu était fini.

Mais merde ! Comment pouvait-on vivre comme ça, livrée aux caprices du hasard ? Il y avait de quoi devenir folle ! Se laisser flotter sans but, prendre des chocs, courir le risque d'être renversée par la première grosse vague ? C'était de la folie, de la bêtise et...

Soudain je l'aperçus, là, sur le trottoir, les genoux repliés sur sa poitrine. En un instant, l'horloge se remit en route et les pièces du puzzle trouvèrent leur place. Dans mon dos, le garçon d'honneur finissait son toast, la gorge nouée par l'émotion. « À ce couple heureux », disait-il, et tous répétèrent en écho : « À ce couple heureux. »

J'avançai vers lui en serrant les poings très fort. Des acclamations fusèrent : les mariés devaient couper le gâteau. Moi, je faisais les derniers pas d'un long voyage. Je marchais vite, à grandes enjambées, courant presque. Puis je me laissai tomber et lui donnai un coup dans les côtes, assez fort pour le faire basculer. J'avais compris, maintenant : c'était comme ça que ça devait commencer.

Quand il eut retrouvé et son équilibre et ses esprits, il me regarda. Sans rien dire. On savait tous les deux que, cette fois, c'était à moi de faire le premier pas.

— Salut, dis-je.
— Salut.

Dans un flash, j'enregistrai tout : ses boucles noires, l'odeur de sa peau, son smoking bon marché, les fils décousus au poignet... Il continuait à me regarder, sans bouger. Mais sans s'approcher non plus. Je me sentis saisie d'un vertige à l'idée que je ne pouvais plus reculer, que je n'étais déjà plus sur la falaise, les doigts de pieds dans le vide, mais en plein ciel.

— Tu le croyais vraiment, le premier jour, qu'on était faits l'un pour l'autre ?
— Tu es là, non ?

Il était si loin de moi. Évidemment, mesuré en kilomètres, en mètres ou même en centimètres, ce n'était rien. Mais, pour moi, c'était immense. Je me rapprochai et franchis l'abîme. Ce n'était que le dernier petit pas, mais je savais que ce serait le seul dont je me souviendrais vraiment. Et tandis que je l'embrassais, je me laissai tomber, sans peur du vide, certaine que le sol allait venir à moi pour m'accueillir. Puis je l'attirai plus près de moi et passai la main autour de son cou pour trouver cet endroit où je pouvais sentir son cœur, qui battait aussi vite que le mien. Je pressai mon doigt très fort, comme si c'était la seule chose qui nous reliait l'un à l'autre. Et je ne bougeai plus.

NOVEMBRE

Chapitre 18

Mélanie savait qu'elle devait faire un choix. Avant, elle aurait couru après Luc et la sécurité. Encore avant, Brock lui serait apparu comme la réponse aux questions qui, encore aujourd'hui, la réveillaient la nuit, le cœur battant, se demandant ce qu'elle faisait là. Le choix était facile, et en même temps difficile. Elle monta dans le train de banlieue, entra dans un compartiment, se laissa tomber sur la banquette et posa la main contre la vitre. Le paysage de campagne allait vite disparaître, remplacé par cette magnifique ligne de toits qui avait formé la toile de fond d'une si grande partie de son passé. Elle avait toute la durée du trajet pour décider à quoi ressemblerait la prochaine étape. Alors que le train gagnait de la vitesse, elle se renfonça dans son siège, savourant le mouvement qui l'entraînait en avant, vers son destin.

— Julie ?

Je levai la tête vers ma coloc, Angèle, qui se tenait sur le seuil de la pièce.

— Ouais ?

— Le courrier...

Elle vint s'asseoir à côté de moi et forma deux piles d'enveloppes.

— Des paperasseries de la fac, de la pub pour une carte de crédit, un truc des Témoins de Jéhovah... Et ça, ça doit être pour toi...

— Enfin ! Ça fait une éternité que je l'attendais !

Angèle venait de L.A., donnait des cours d'aérobic et ne faisait jamais son lit. On n'était pas parfaitement assorties, toutes les deux, mais on s'entendait plutôt bien.

— Ah oui, et ce gros truc est pour toi aussi, ajouta-t-elle en extirpant une grande enveloppe kraft de dessous son manuel de maths. Alors, comment tu trouves le livre ?

— Bien...

Je pliai le coin de la page et le refermai. Ce n'étaient encore que les épreuves du *Choix* (le nouveau Barbara Starr), mais trois filles, dans mon couloir, m'avaient déjà demandé de le leur prêter quand j'aurais fini. Je savais que la fin les surprendrait, comme elle avait dû surprendre l'agent et l'éditeur de ma mère. J'avais moi-même ressenti un léger choc quand j'avais lu le manuscrit pour la première fois, dans l'avion qui m'emportait vers la fac. Dans les romans d'amour, on s'attend à ce que l'héroïne ne finisse pas seule. Mais Mélanie, elle, choisissait de ne pas choisir. Elle empaquetait ses souvenirs parisiens et repartait, libre de toute attache, faire son chemin dans le monde. Ce n'était pas mal, comme fin. Après tout, c'était celle dont j'avais rêvé pour moi, il n'y avait pas si longtemps que ça.

Alors qu'Angèle repartait à la bibliothèque, je ramassai l'enveloppe kraft et l'ouvris. Un paquet de photos, maintenues par un élastique, me tomba sur les genoux. C'était moi en train de grimacer, du soleil plein les yeux. Mais la photo avait quelque chose de bizarre. Le bord supérieur était flou et on distinguait une sorte d'image rémanente. En les feuilletant, je vis qu'elles étaient toutes comme ça. La plupart représentaient Damien, quelques-unes moi et plusieurs Jean-Michel. Il y avait aussi des objets inanimés, un pneu et une clémentine. Et soudain, je me rappelai ces appareils photo défectueux que la bande avait trimballés tout l'été. Damien avait raison, finalement : ça avait marché. Mais j'avais raison aussi, elles n'étaient pas parfaites. Et en fin de compte, comme souvent, elles étaient suffisamment bonnes.

L'enveloppe contenait aussi un CD enveloppé dans un carton soigneusement scotché avec écrit, en gros, RUBBER RECORDS et dessous, en petit, TRUTH QUAD. Je connaissais la première chanson par cœur : *La chanson de la patate, première partie*. Mais la deuxième, je la connaissais mieux encore.

Je pris mon baladeur, glissai les écouteurs sur mes oreilles, plaçai le CD et appuyai sur Play. L'appareil fit entendre son petit vrombissement, le temps de trouver les plages. Je passai directement à la deuxième comme le feraient aussi, je le savais, la plupart des gens. Alors que résonnaient les premières notes de l'intro, je m'allongeai sur le lit et pris la dernière photo de la série.

C'était Damien et moi, à l'aéroport, le jour de mon départ. Là encore, le bord supérieur était flou et il y avait des couleurs bizarres dans le coin droit, mais, sinon, elle était plutôt réussie. On se trouvait devant une vitre, tous les deux, j'avais la tête appuyée contre son épaule, et on souriait. Je m'étais sentie triste, ce jour-là, mais pas comme à la fin d'une histoire. Moi aussi, comme Mélanie, je m'envolais pour un nouvel univers. Mais j'emportais avec moi un petit bout de mon passé.

Dans mes écouteurs, la chanson se poursuivait avec son nouvel arrangement jazzy et rétro, et les premiers mots n'allaient pas tarder. En retournant la photo, je vis une écriture penchée, d'une encre qui avait bavé (forcément) : *Washington, Baltimore, Philadelphia, Austin... et toi. Je serai là bientôt.*

Je montai le volume : la voix de Damien emplit mes oreilles, lisse et fluide. Et même si je l'avais entendue des milliers et des milliers de fois, je sentis une drôle d'émotion m'envahir.

Cette chanson-là
N'a que quelques rimes
Quelques accords.
Tu te sens tranquille dans cette chambre
Mais tu les entends toujours
Où que tu ailles.
Je t'abandonnerai
Mais cette chanson-là
Ne s'arrêtera jamais...

Je le savais, il n'y avait aucune garantie. Aucun moyen de savoir ce qui m'attendait ou ce qui l'attendait, lui. Certaines choses durent, d'autres pas. Une bonne chanson, un bon livre, un souvenir qu'on emporte avec soi et qu'on retrouve dans les heures les plus sombres. Damien était maintenant à l'autre bout du pays, mais je sentais qu'il saurait me rejoindre, d'une manière ou d'une autre. Et sinon, j'avais prouvé que j'étais capable de faire la moitié du chemin.

Assise sur mon lit, j'écoutais cette chanson, écrite pour moi par un homme qui ne me connaissait pas, chantée par celui qui me connaissait le mieux. Ça pouvait faire un tube, comme l'espérait la maison de disques, en touchant une corde sensible dans la mémoire collective et en provoquant une vague de nostalgie qui porterait Damien et le groupe au bout de leurs rêves. Mais si ça se trouvait, personne n'aurait envie de l'entendre. Comme toujours, on ne pouvait pas savoir.

À cet instant précis, je ne voulais penser ni à l'avenir ni au passé. J'avais juste envie de me laisser bercer par les paroles, à la fois familières et transformées. Je m'allongeai, fermai les yeux et les laissai m'envahir. Elles suivaient le rythme de mon propre souffle et m'entraînèrent dans le sommeil.

Cet ouvrage a été composé par
PCA - 44400 REZE

Impression réalisée par

La Flèche (Sarthe), le 30-04-2012
N° d'impression : 68155

Dépôt légal : mai 2012

Imprimé en France

   12, avenue d'Italie

75627 PARIS Cedex 13